La Maison des Levasseur

Catalogage avant publication de Bibliothèque et Archives nationales du Québec et Bibliothèque et Archives Canada

Titre : La maison des Levasseur / Julie Rivard
Nom : Rivard, Julie, 1977- , auteure
Rivard, Julie, 1977- | 1959, les grandes rafales
Description : Sommaire incomplet : tome 2. 1959, les grandes rafales
Identifiants : Canadiana 2018942706X | ISBN 9782897831509 (vol. 2)
Classification : LCC PS8635.I937 M35 2019 | CDD C843/.6–dc23

Illustration de la couverture : Sybiline

Les Éditeurs réunis bénéficient du soutien financier de la SODEC et du Programme de crédit d'impôt du gouvernement du Québec.

Financé par le gouvernement du Canada | Canada

Édition
LES ÉDITEURS RÉUNIS
lesediteursreunis.com

Distribution nationale
PROLOGUE
prologue.ca

Imprimé au Canada

Dépôt légal : 2019
Bibliothèque et Archives nationales du Québec
Bibliothèque nationale du Canada

JULIE RIVARD

La Maison des Levasseur

1959. Les grandes rafales

LES ÉDITEURS RÉUNIS

À tous les Rivard, Blanchette, Poulin, Lebeuf, Ouellet, Chenard et Lecavalier qui meublent ma vie, me lisent, m'aiment et me soutiennent. Car pour créer une famille fictive de roman, il en faut une grande et belle, bien réelle, comme source d'inspiration. Merci xxx

1
Le grand départ

Vito déambulait dans les allées. Tout était si blanc, si propre, aussi propre que son épicerie, mais si aseptisé que tout reluisait comme un miroir. Une odeur de nettoyant citronné flottait dans l'air froid qui s'était immiscé dans le local par l'ouverture d'une fenêtre. L'homme avait fait l'acquisition de la pharmacie sur un coup de tête, sans consulter quiconque. Il n'avait écouté que son instinct entrepreneurial, sachant au tréfonds de lui que s'il n'achetait pas le commerce sur-le-champ, quelqu'un d'autre sauterait sur cette incomparable occasion. À la suite de l'emprisonnement de son fils délinquant, le pharmacien n'avait plus été en mesure de se consacrer à sa profession avec autant de dévouement qu'auparavant. Mais son âge avancé avait été l'incitatif le plus convaincant dans le processus décisionnel. C'est ainsi que le bon pharmacien avait décidé de vendre son commerce et de déménager sa famille en banlieue de Québec afin de s'offrir un nouveau départ. Le malheur des uns faisant le bonheur des autres, la jolie pharmacie de village s'apprêtait à renaître sous la direction de Vito Costa. Le seul hic, et non le moindre, c'est que le nouveau propriétaire n'avait aucun pharmacien en vue. Il ne pourrait donc pas vendre de médicaments prescrits par les docteurs de l'hôpital. L'une de ses sœurs, Rosa, se chargerait toutefois de la vente aux clients.

Ce matin même, en ficelant ses rôtis à l'épicerie, Vito avait eu une idée de génie : il rédigerait une lettre au Département des sciences pharmaceutiques de l'Université Laval. Il vanterait les bienfaits de la vie au bord du lac Pohénégamook, ferait miroiter un salaire alléchant et dresserait même une liste de loisirs attirants pour un jeune diplômé. Il était sûr d'avoir découvert l'astuce du siècle et, pour s'assurer de la qualité de son français écrit, il demanderait à sa deuxième voisine, qui enseignait au couvent, de réviser son texte. Tout était nickel dans ce plan. La seule déception qu'avait Vito était de ne pas pouvoir partager son enthousiasme avec Olivia. La jeune femme avait commencé ses cours de bureautique à Rivière-du-Loup et ne revenait au village que les week-ends. Leur amour naissant en souffrait beaucoup... quoique leurs retrouvailles soient toujours émotives et exaltantes ! Outre la distance, il y avait aussi leur différence d'âge qui créait quelques accrocs. À trente-cinq ans, athlétique et exhalant ce charme latin, l'homme suscitait chez Olivia une certaine inquiétude. À dix-huit ans, indépendante, belle et brillante, la jeune femme suscitait chez Vito une jalousie plus que certaine. Alors qu'Olivia craignait qu'il s'embête et succombe à une *vraie* femme, Vito angoissait à l'idée qu'elle tombe éperdument amoureuse d'un jeune blanc-bec de sa génération. Bref, le vendredi soir n'arrivait jamais assez vite au goût des nouveaux amoureux, qui devaient composer avec ces aléas et ces craintes.

— Bon mardi, monsieur le boucher ! chantonna une ménagère en s'arrêtant devant le comptoir vitré. Ma foi, on dirait que vous êtes plus bel homme chaque jour !

— C'est parce que je travaille dans le froid, plaisanta-t-il en désignant sa chambre de coupe. Ça me garde bien conservé.

— Arrêtez donc, rigola-t-elle en lui flattant l'avant-bras. Bon, un peu de sérieux. Mon Régis va me ressortir son caractère de cochon si je lui rapporte pas ses tournedos.

Tout en emballant les pièces de bœuf, Vito se dit intérieurement que jamais, au grand jamais, il ne laisserait une futilité comme la viande gâcher une relation de couple. Puis, en répétant sa propre phrase dans sa tête, il éclata d'un rire franc. Il rit si fort que sa cliente en sursauta. Après s'être excusé, il lui remit la marchandise enveloppée de papier rose et la remercia pour son achat, ainsi que pour sa fidélité envers le magasin général Costa. Elle le remercia à son tour et se dirigea vers la caisse. Vito poursuivit sa journée de travail tout en réfléchissant au contenu de la lettre qu'il rédigerait en soirée et tout en rêvassant à Olivia, qui lui manquait tant.

***

À la maison des Levasseur, Raquel achevait de pratiquer ses vocalises. La chorale de l'école préparait un concert de Noël et la jeune femme était l'une des solistes vedettes du groupe. Elle adorait chanter et cette passion la gardait motivée en cette dernière – et selon elle, interminable – année du secondaire. Assise en tailleur sur son lit, les paupières closes, elle se concentrait sur les intonations de sa voix. Elle pouvait atteindre des aigus angéliques tout autant que des basses feutrées. Raquel avait du talent. Dépouillé de tout accompagnement musical, son chant était encore plus émouvant. Sa famille connaissait son amour pour la musique, mais n'avait pas encore eu l'occasion d'apprécier toute l'étendue de son don. Une fois ses exercices terminés, Raquel soupira profondément tout en rouvrant les yeux. C'est à ce moment qu'elle sursauta. Mederick l'observait en silence dans le corridor. Mais depuis combien de temps déjà ? Elle tenta de se ressaisir en appuyant une main sur son cœur. D'un bref coup d'œil, le jeune homme s'assura de ne pas être vu par quiconque avant de pénétrer dans la chambre à coucher. Fou d'amour et d'admiration, il souleva Raquel du lit pour lui imposer un long baiser. Elle n'avait jamais connu de pareilles embrassades, aussi chaudes, aussi fortes, aussi prenantes. À chacune de leurs étreintes, elle réalisait toutefois qu'elle n'était jamais assez près de lui. Raquel souhaitait se coller sur lui au point de se sentir profondément *en lui.* Il était à parier que le jeune homme ressentait le même manque…

— Les gens vont bientôt arriver, chuchota-t-elle en lui caressant le visage et en s'attardant au passage à sa cicatrice distinctive.

Mederick l'embrassa à nouveau et, cette fois, elle fut remuée par l'apparition de mains désireuses sur ses seins gonflés, mais prisonniers d'un cardigan ajusté. Malgré une envie fulgurante qu'il poursuive ses caresses, elle freina l'élan du jeune homme. Tel un brigand pris en défaut, il s'éloigna d'elle en élevant les paumes dans les airs. Son demi-sourire malicieux poussa Raquel à l'insulter un brin tout en pouffant de rire. L'autochtone adorait la fougue de la jeune fille ; il prit donc cette remontrance avec la bonne humeur d'un joueur qui se veut bon perdant.

— Eh que t'as l'air tannant quand tu fais cette face-là !

— Quelle face ? blagua-t-il, faussement ignorant.

Mederick était un homme de peu de mots: il avait hérité du stoïcisme typique qu'on reconnaissait aux autochtones. Lorsqu'une émotion l'habitait, elle se lisait plutôt sur sa physionomie. Tout comme en cet instant précis, où il avait envie de jouer au plus rusé avec Raquel. Ses yeux noirs souriaient au point de se brider davantage.

— Descends avant moi pour que ça paraisse bien, lui ordonna-t-elle dans un murmure.

— Tu vas me donner deux p'tites minutes parce qu'en ce moment, c'est moi qui parais pas bien du tout, chuchota-t-il à son tour.

Elle remarqua le relief à son pantalon et rougit aussitôt. Le jeune homme se mit à faire les cent pas dans la chambre, l'air hyper concentré. Il semblait décidé à vaincre un ennemi embarrassant. Une fois sa victoire plus assurée, il emprunta le couloir et descendit à l'étage inférieur par le grand escalier de noyer. Quelques personnes étaient déjà arrivées au gîte La vieille maison du lac. Mederick reconnut les deux autres pensionnaires, le bon vieux voisin Théophane, Romain et Gisèle Renaud, ainsi qu'un couple de leur âge avec lequel ils tissaient peu à peu des liens. Marion Levasseur s'empressa d'informer Mederick qu'elle attendait d'autres invités, dont quelques *jeunes femmes* agréables. Celui-ci trouva loufoque le fait que la dame insiste sur «jeunes» et «femmes». Bien sûr, il voyait clair dans son jeu. Marion espérait que sa fille et lui se désunissent et se trouvent d'autres partis, chacun de leur côté. Or, Mederick était incapable de s'éloigner de Raquel. L'attirance était viscérale. L'autochtone ne lâcherait pas prise. Ce qu'espérait la dame relevait du vœu pieux.

— Tiens, si c'est pas notre ami chambreur ! lança un des pensionnaires. Je te paye une p'tite frette ?

Mederick accepta avec bonheur la bouteille d'O'Keefe froide et suintante qu'on lui tendit. C'était jeudi soir après tout, la semaine était presque terminée, le vendredi étant toujours plus mollo que les autres jours à l'usine. En plus, il avait écopé de beaucoup d'heures supplémentaires en raison de l'accident de travail d'un collègue. Avec ses dix-neuf ans – il avait célébré son anniversaire la semaine dernière –, Mederick Wallace pouvait se permettre de boire au même titre que les autres hommes invités à cette soirée. Toutefois, il supportait moins bien l'alcool que certains… D'aucuns prétendaient que c'était en raison de ses gènes autochtones. C'était un préjugé bien répandu dans tout le Québec. Cela restait à prouver scientifiquement, mais dans le cas de Mederick, il était bien vrai qu'il devait faire plus attention que les autres.

— J'espère que Colette nous a pas fait des accroires, dit l'un des chambreurs, un grand viril à la tête rasée.

— Colette dans le sens de « Coco » ? s'enquit Mederick.

— Exact, répondit l'homme en essayant de retenir une éructation de houblon. Elle nous a promis de venir faire un tour avec son amie, la p'tite brune, c'est quoi son nom, déjà ?

Le troisième pensionnaire fouilla dans sa mémoire un instant et trouva le prénom en question : Françoise. Elles étaient inséparables, ces deux-là. Un « duo du tonnerre », comme elles se surnommaient elles-mêmes. Elles étaient partout où il y avait des plaisirs à découvrir. Aucune danse, aucune soirée thématique, aucune fête ne leur échappait. Elles adoraient les loisirs et aimaient surtout les hommes qui y participaient. Pour ajouter du lustre à leur duo et pour apporter un peu de *glamour* hollywoodien à ce coin de pays reclus et forestier, les filles s'étaient elles-mêmes attribué le sobriquet « Coco et Frankie ». Une rumeur circulait qu'elles pratiquaient un numéro musical – des reprises de succès américains – afin de lancer leur semblant de carrière à l'hôtel Pohénégamook. C'est Raquel Levasseur qui en avait eu vent à sa dernière répétition de chorale. Coco et Frankie voyaient grand.

— J'ai hâte de voir si Colette va mettre sa p'tite robe avec des cerises, dit le grand gaillard en se léchant la lèvre inférieure.

L'autre pensionnaire émit un rire tendancieux, tandis que Mederick demeurait impassible derrière sa bouteille de bière élevée. Il considéra les deux hommes tout en calant une longue gorgée de liquide frais. Une mélodie résonna jusqu'au salon : quelqu'un venait d'appuyer sur la sonnette du gîte. Les pensionnaires se réjouirent ; ce devait être les petites femmes. Ils redressèrent l'échine et celui avec des cheveux se les coiffa vitement de ses dix doigts. Mederick les trouvait fiers comme des paons. Sérieux en surface, il se moquait d'eux intérieurement. Les nouveaux convives firent alors leur apparition au séjour. Monsieur le curé et l'un de ses bedeaux. Pour les pensionnaires, la déception fut totale ! Ils murmurèrent des jurons tout en s'enfilant de grandes rasades de bière. Mederick était diverti par l'ironie de la situation.

— Entrez, entrez ! s'empressa de les accueillir Marion. Laissez-moi vous débarrasser de vos chapeaux et de vos manteaux. On vous attendait justement pour démarrer les jeux.

Vu la popularité croissante des soirées de cartes de son établissement, Marion s'était procuré d'autres jeux de table pour créer de la variété : Yum, Parcheesi, *cribbage* et backgammon. Marion prépara une crème de menthe sur glace pour le curé Ferguson. Elle avait noté cette préférence dès la première visite du religieux au gîte et comptait ne jamais le décevoir. Bien qu'il soit affable et humble, elle considérait tout de même Grégoire Ferguson comme son plus prestigieux client. Une fois que tous furent attablés, abreuvés et équipés d'un jeu, Marion prépara les bols d'arachides salées, de petits cornichons sucrés et de croustilles. Mais où se terrait Raquel ? Elle était censée l'assister dans le service, puisque Béa dormait déjà et qu'Olivia se trouvait à Rivière-du-Loup. Et par-dessus le marché, voilà qu'on sonnait encore à la porte ! Ne voulant pas que Mederick monte à la chambre de sa fille – elle ignorait qu'il s'y trouvait à peine quinze minutes plus tôt –, Marion demanda plutôt à Gisèle Renaud d'aller jeter un œil à l'étage.

— Je pense que, cette fois-ci, c'est la bonne, murmura l'un des chambreurs avec anticipation.

Il avait raison : Coco et Frankie venaient de faire leur entrée en scène. Tous se retournèrent vers l'arche du salon. Pas de robe à cerises en vue, mais des vêtements moulants et révélateurs des courbes féminines. Les deux chambreurs se réjouirent alors que les demoiselles se dirigeaient tout droit vers leur petite table ronde. Elles n'oublièrent pas de saluer au passage les autres invités. Coco remarqua aussitôt la présence de Romain Renaud. Le curé et son bedeau partageaient sa table, mais Romain semblait non accompagné. Tout en s'assoyant sur les genoux du costaud à la tête rasée, Coco fit exprès de plonger son regard dans celui de Romain. Puis, elle enlaça le cou du gaillard et lui soutira un juteux baiser. Privé d'intimité par sa fragile Gisèle depuis des années, Romain ne sut demeurer de marbre. Il regarda la blonde provocatrice avec du feu sur les joues et des pensées malvenues… qu'il lui fallait chasser au plus vite ! C'est alors que la jolie Gisèle réapparut au séjour. Aussitôt, Coco perdit ses airs badins. Elle se détacha du gaillard et se tira une chaise à ses côtés.

— Raquel se sent grippée tout à coup, murmura Gisèle à Marion. Elle a mal aux muscles, à la gorge…

Marion n'était pas enchantée, mais comprenait que sa fille doive se reposer. Avec sa grande bonté, Gisèle offrit à la tenancière du gîte de l'assister. Les Renaud et les Levasseur étaient plus que des amis ; ils se considéraient comme de la parenté. Ils venaient du même village sur la Côte-de-Beaupré et avaient traversé des hauts et des bas ensemble, comme leur grand déménagement dans le Témiscouata et le récent décès du mari de Marion, lequel avait été une figure paternelle pour Romain. L'aide de Gisèle était donc toute naturelle et Marion ne se sentit pas gênée de l'accepter. Les deux femmes se mirent à distribuer des plats de grignotines et à verser de nouvelles boissons à ceux qui en voulaient. Les jeux débutèrent d'emblée, et surtout, dans l'enthousiasme. À la demande de Marion, Gisèle tamisa l'éclairage et alluma la radio afin d'ajouter une trame de fond musicale. Tout le monde s'amusait ! Les digestifs coulaient à flots, les vainqueurs célébraient et les perdants se plaisaient à les apostropher. Seul Mederick Wallace ne festoyait pas. Il se posait de sérieuses questions. Que se passait-il avec sa belle brune ? Avec finesse, il fit exprès de perdre la partie en cours, prétexta une envie pressante et put ainsi quitter la table. Il monta subtilement à l'étage. Il inséra son visage dans l'entrebâillement de la porte de Raquel.

— T'en as pris du temps, lui reprocha-t-elle en lui faisant signe d'entrer au plus vite. Ferme la porte derrière toi. Tiens, barre-la.

Elle lui lança une clé antique, qu'il attrapa de justesse. Il se dépêcha ensuite d'exécuter les ordres de Raquel. Il savait sa brunette cachottière, mais pas à ce point! Cette fois, elle poussait l'aventure à l'extrême. Sous le même toit que sa mère… et que le curé Ferguson, pour l'amour du saint ciel! Mederick était conscient du risque énorme qu'ils couraient tous les deux à se barricader ainsi dans la chambre à coucher. Il était à la fois excité et réticent. Raquel repoussa les draps: elle avait revêtu un *baby doll* en satin bleu pâle. Ses fines jambes… ses seins qui débordaient de l'ourlet de dentelle… Mederick se précipita sous les couvertures. Les jeunes amoureux savaient qu'ils ne devaient pas dépasser les bornes, mais leur attirance était si puissante qu'il leur était très ardu de ne pas céder à certaines tentations. Ils se laissèrent donc aller un peu plus qu'à l'habitude, se rapprochant davantage… bousculés par le temps très bref qui leur était imparti.

De son côté, Vito Costa souffrait de plus en plus de l'éloignement d'Olivia. En solitaire dans son habitation, il songeait au regard vert profond de sa bien-aimée, à sa beauté intelligente, à son caractère décidé. Stylo à la main, il aurait dû être en train d'écrire sa lettre au Département des sciences pharmaceutiques, mais il n'arrivait pas à se concentrer. Il ne pensait qu'à Olivia. Il ne pouvait croire qu'il serait contraint de vivre une relation à distance pendant toute la durée des études de la jeune femme. Mais plus il cogitait, le bout du stylo bien appuyé sur les lèvres, plus les possibilités s'esquissaient dans son esprit. Et si ?... Non, Olivia n'accepterait jamais ! Mais *qui ne risque rien n'a rien.* En y réfléchissant davantage, Vito trouvait que son plan avait du sens. Il ne lui suffisait que de trouver la bonne approche et les mots justes pour convaincre la jeune femme. Il devrait user de finesse. Vito croyait posséder cet atout. Il sourit pour la première fois de la soirée. Il avait un plan ! Ou du moins il tenait quelque chose... Enorgueilli, il retira le capuchon de son stylo pour enfin amorcer la rédaction de sa lettre à l'Université Laval. « Saint-Éleuthère, le 27 novembre 1958. À l'attention de vos finissants en pharmacologie. Bonjour à vous... » Vito poursuivit ainsi son écriture jusqu'à ses « salutations les plus distinguées », pour ensuite insérer le précieux papier dans une enveloppe. Il inscrivit ses coordonnées ainsi que celles du destinataire. Il ne scella pas l'enveloppe, souhaitant faire réviser la lettre par sa voisine. Mais il en était satisfait et se disait que demain serait un jour porteur d'espoir. Il posterait sa demande et reverrait Olivia. Il se coucha le cœur gonflé d'attentes heureuses.

2
Dévoilé

Romain et Vito s'affairaient dans le garage. Comme tous les vendredis, les deux hommes quittaient le boulot plus tôt et passaient du temps ensemble, à pratiquer un sport ou à bricoler dans la «*shed*» de Romain, comme le disait si bien ce dernier. De son côté, Gisèle était postée devant sa cuisinière afin de réchauffer la soupe à l'orge et aux gourganes qu'elle avait mijotée la veille. Elle éplucherait ensuite les légumes-racines qui accompagneraient son savoureux poulet rôti. C'était la recette préférée de son mari. Comme elle ne pouvait pas pleinement le satisfaire au lit, elle lui témoignerait à tout le moins son affection par d'autres attentions. Au bout d'une quinzaine de minutes de popote, son fils unique arriva du collège. Gisèle le couvrit de baisers et lui remit un cadeau: une boîte de bonbons au sucre d'érable et un paquet de cartes de hockey. L'adolescent en fut ravi, quoiqu'un peu embarrassé par la tonne de becs qui laissèrent des traces rouges sur ses joues.

— C'est pas encore ma fête, tu le sais bien.

— Je pouvais plus attendre, lui avoua-t-elle, tout excitée. Ton père a un autre cadeau pour toi. Il te le donnera dimanche.

Il mit un bonbon dans sa bouche, confirma à sa mère qu'il goûtait «le ciel», puis ouvrit son paquet de cartes. Quelle chance! Il tomba sur une carte recrue de Doug Harvey. Alexis courut chercher le cahier à anneaux dans lequel il gardait ses précieuses cartes sportives.

— Hé, maman, tu devineras jamais! lança-t-il en classant ses nouvelles cartes.

— Deviner quoi, mon beau chéri?

— À Noël, le curé va offrir deux bourses d'études pour la prochaine année scolaire. Deux! Il m'a dit que j'avais des pas pires chances d'en obtenir une si je maintenais un beau bulletin et mes *scores* dans l'équipe.

Sans surprise, ce curé était Grégoire Ferguson. Gisèle se renfrogna. C'était un homme bon, qu'elle appréciait de plus en plus, mais la seule évocation de son nom lui rappelait ses premières séances de «confession», selon elle, mais de «thérapie», selon lui, ainsi que toutes celles qui suivraient. Le religieux avait fondé la troupe des scouts de la région, avant d'en laisser l'organisation à un aumônier. La jeunesse adorait le curé Ferguson. C'était vraiment quelqu'un de bien. Une fois tous les deux ou trois ans, il attribuait des bourses à des garçons méritants et prometteurs. Celles-ci permettaient d'étudier au Séminaire de Rimouski. En songeant à cette bourse, Gisèle éprouvait des sentiments contradictoires: la fierté que son fils soit considéré comme bénéficiaire et la crainte qu'elle doive peut-être s'en séparer.

— De quoi vous jasez, là? intervint Romain en posant une main sur la nuque de son fils.

— J'ai des chances d'aller faire mon cours classique gratuitement… jusqu'à vingt et un ans !

— C'est fabuleux, ça ! Mais t'es au courant qu'il y a seulement des gars à ce collège-là ? le taquina Romain.

— Papa, le gronda Alexis en lui faisant de gros yeux.

— Ha ! ha ! Je t'agace, mon grand. Tu sais bien que je te le souhaite sincèrement. Bon, quelle bonne bouffe tu nous as concoctée, ma douce ? lança-t-il en se tournant vers Gisèle. J'ai faim, moi, ajouta-t-il en se tapant le ventre. Vito, tu restes avec nous pour le souper, j'espère ?

Le grand Italien remercia son meilleur ami pour l'invitation et ne manqua pas de complimenter Gisèle sur ses petits plats qui sentaient drôlement bon. Toutefois, une personne importante était déjà en route vers sa maison.

— Ohhh, c'est vrai, se ravisa Romain, un sourire en coin. Le vendredi soir, c'est le temps des retrouvailles. Je voudrais pas te faire rater une seule seconde de ta *dolce vita.*

— T'as le pire accent italien, mon *chum*, mais je te pardonne étant donné que t'acceptes de me libérer.

Romain s'esclaffa tout en tapant le dos de son ami. Vito les salua tous les trois et se rendit à son magnifique bolide rouge et chrome. Il s'alluma une cigarette, haussa le volume de la radio et embraya en première vitesse. Pas de temps à perdre : il avait des pâtes fraîches à préparer pour son invitée spéciale. Secoué par un frisson, il démarra la chaufferette de sa Mercury Turnpike. De gros flocons tapissèrent peu à peu son pare-brise. Vito adorait les premières neiges de novembre.

Rendu en février, c'était une tout autre histoire par contre. Son irritabilité grimpait en flèche lorsqu'il devait déblayer des mètres cubes de neige à moins vingt degrés Celsius juste pour pouvoir se rendre de son perron à son entrée. Vito continua de longer le lac par la route Principale et s'empressa de chasser ses pensées frustrantes. Olivia arriverait d'ici moins d'une heure et il souhaitait l'accueillir dans les meilleures dispositions. *Loin des yeux, loin du cœur…* Vito était toujours habité par cette crainte de diminuer en importance dans la vie de la belle et indépendante Olivia.

Une fois rendu chez lui, il mit tout en marche : feu de foyer, éclairage feutré, jazz de Chet Baker. Après une douche rapide, il enfila un polo noir ainsi qu'un pantalon de même couleur et choisit une belle montre parmi sa collection. Il attendrait avant de la porter, car il avait à pétrir un mélange de farine, de sel, d'œuf et d'huile d'olive. Protégé par un tablier, il travailla sa pâte à la main, veillant à ce qu'elle ne soit pas collante avant de la laminer. Puis, il en fit des linguines. Il les laissa reposer sur une tôle enfarinée pour se concentrer sur sa sauce. C'était une sauce classique à base d'oignon, d'ail, de lardons, de tomates et d'une touche de vin rouge. Des arômes pourtant simples, mais exquis, embaumèrent l'espace. Vito laissa mijoter sa préparation et mit à bouillir l'eau pour les pâtes. C'est alors qu'on frappa une série de coups à la porte. Vito retira vite son tablier et se rendit au portique en tentant d'attacher la montre à son poignet. Il avait une envie fulgurante de prendre Olivia et de la bouleverser avec un puissant baiser. Il ouvrit grand la porte. Son vieux père se tenait sur le seuil, en pantoufles, sans couvre-chef ni manteau. Par un froid pareil !

— *Papà, ma che fai lì? Entra, fa molto freddo*[1] *!*

L'homme au dos courbé et à la toison argentée fit son entrée dans l'habitation en avançant lentement, comme si la température ne le gênait pas. Il était souriant et serein. Il tapotait l'avant-bras de son fils de trente-cinq ans comme pour lui dire « bon garçon, bon garçon ». La situation était aussi étrange qu'inattendue. L'eau que Vito avait versée dans un chaudron se mettrait bientôt à bouillir et Olivia ne tarderait pas à se pointer ! Il devait gérer le tout de main de maître. Il prit son père par les épaules.

— Assois-toi près du feu pour te réchauffer. *Mamma sa dove sei*[2] *?*

— *Erina?* riposta l'homme.

Mais pourquoi Giuseppe parlait-il de sa propre mère décédée dix ans auparavant, alors que Vito faisait clairement allusion à son épouse ? Quelque chose ne tournait pas rond. Après s'être assuré que son père était au chaud et assis confortablement, il se réfugia dans la cuisine pour téléphoner à la sœur avec laquelle il s'entendait le mieux, soit Rosa. Elle était mariée et n'habitait plus la maison familiale, mais demeurait la plus renseignée sur les faits et gestes de tout un chacun. Malheureusement, tout ce que Rosa trouva à dire était que leur père commençait à avoir quelques « absences », sans doute normales à son âge. Vito s'en laissa convaincre. Pour le moment. Il diminua la chaleur sous sa sauce et ferma

---

1. Papa, mais que fais-tu là ? Entre, il fait très froid !

2. Est-ce que maman sait où tu es ?

le feu sous le chaudron d'eau frémissante. Il enfila son parka et passa un manteau sur les épaules de son père. En espérant qu'Olivia n'arriverait pas entre-temps, il alla le reconduire jusque dans son propre salon. Sa femme l'attendait de pied ferme. Elle était inquiète, mais chez elle, ce sentiment se traduisait toujours en paroles fortes et dénuées de délicatesse. C'est ainsi qu'elle accueillit son mari dans ses bras tout en le chicanant. Vito aperçut l'heure sur l'horloge murale en laiton. Il s'excusa auprès de ses parents et retourna en vitesse vers son cottage situé à l'arrière du vaste terrain familial. Lorsqu'il ouvrit la porte, il constata qu'une visiteuse l'attendait déjà à l'intérieur. Olivia lui faisait le même effet chaque fois qu'il la revoyait: elle lui paraissait encore plus belle que la dernière fois. Elle se leva du canapé pour se précipiter à sa rencontre.

— C'est beaucoup trop long, une semaine sans toi, lui susurra-t-il en parcourant son cou jusqu'à sa bouche.

Vito était grand, enveloppant, et sa peau dégageait le parfait mélange de phéromones masculines et de lotion après-rasage. Olivia avait un mal fou à lui résister, mais en même temps, elle avait tant à lui raconter et n'avait pas avalé une seule bouchée depuis le déjeuner. Elle mourait d'envie de se laisser emporter par un élan de caresses, mais se mourait tout autant de faim! Vito lui expliqua le menu en détail; elle s'en régalait déjà. Il versa du chianti dans deux verres et fit ensuite tinter le sien contre celui d'Olivia. Après avoir plongé les linguines dans l'eau salée bouillonnante, Vito se plongea dans le regard gris-vert de sa bien-aimée. Il désirait tant Olivia qu'il en brûlait intérieurement.

— Est-ce que tes sœurs et ta mère vont être fâchées que tu viennes me voir moi avant elles?

— Raquel va comprendre, lui répondit-elle en lui faisant un petit clin d'œil complice. Pour les autres, je leur ferai des excuses en bonne et due forme.

— T'es heureuse à Rivière-du-Loup ? lui demanda-t-il avant de prendre une gorgée de rouge. Les gens sont toujours aussi… bien ?

Olivia savait que par « gens » il n'entendait pas ses compagnes d'études. Bien sûr, il n'en avait rien à cirer des filles ; il se souciait des professeurs et des étudiants des écoles professionnelles avoisinantes. Au téléphone, la semaine dernière, elle avait trouvé le changement de ton étrange dans la voix de Vito lorsqu'elle avait vaguement mentionné le cousin d'une camarade de classe qui se joignait souvent à son groupe au resto du coin. Elle avait eu vent que les hommes d'origine latine étaient de nature jalouse… le futur le lui confirmerait ou non. Elle goûta son vin avant de répondre à la question. Il était riche, mais soyeux. Elle l'aimait bien en bouche.

— Tout le monde est sympathique. Je me suis vite sentie acceptée. Les filles de la résidence sont gentilles, un peu fêtardes, mais gentilles. C'est ce qui compte.

Vito accrocha sur « fêtardes », mais ne réagit que par en dedans. Ce n'était pas le temps d'engager une discussion houleuse. Il afficha plutôt un sourire suave et étincelant, ce même sourire qui faisait flancher Olivia chaque fois. Cet homme était magnifique. Et il l'avait choisie elle, de dix-sept ans sa cadette, au lieu d'une femme mature et élégante, grimpée sur de superbes escarpins avec bijoux et sac à main assortis. Il lui arrivait encore de ne pas en revenir. Vito la fixait droit dans les yeux. Il voulait lui faire l'amour. Mais en cette fin de l'an 1958, les moyens contraceptifs se faisaient rares et il était compliqué de s'en procurer… Il repoussa difficilement ses envies charnelles pour se concentrer sur les pâtes qui étaient prêtes à être égouttées et nappées de sauce. Olivia se régala. Ils mangèrent en discutant et en buvant. À un certain point, Olivia téléphona à sa mère afin que celle-ci ne s'inquiète pas outre mesure. Puis, les amoureux se déplacèrent au salon et s'installèrent sur le canapé pour terminer la bouteille de chianti.

— Mederick a offert de venir me chercher d'ici une heure, précisa la jeune femme.

— Je vais être correct pour conduire. C'est *mon* rôle d'aller porter *ma* blonde chez elle.

— On verra.

— Si tu me connais bien, tu sais que je vais insister.

Il avait raison ; elle rigola. Vito vida le reste du vin dans le verre d'Olivia en lui disant qu'il lui laissait la « goutte du bonheur ». Elle rit une fois de plus. La musique de fond était parfaite et l'ambiance était impeccable. En fait, Vito était impeccable. Olivia réalisa avec dépit qu'elle avait oublié, depuis dimanche dernier, à quel point il était splendide. Elle en voulait à sa mémoire. Elle était habitée de remords, et pourtant tout était involontaire de sa part !

— J'ai beaucoup réfléchi cette semaine, lui confia-t-il de sa belle voix grave. Je me disais que…

C'en fut trop : Olivia posa son verre sur la table basse et se jeta sur la bouche de l'Italien. Elle glissa les doigts dans sa chevelure sombre et monta sur lui, bassin contre bassin, les jambes repliées de chaque côté de ses cuisses. Il accueillit la jeune femme sans aucune résistance. Le sujet sérieux qu'il souhaitait aborder à l'instant pouvait très bien attendre à plus tard. Ils s'embrassèrent longuement, toujours en suivant une escalade d'intensité et de lasciveté. Une fois rendue à un point brûlant, ce point précis où il est impossible de faire demi-tour, Olivia le surprit avec une proposition :

— Tu peux retirer mes vêtements.

Elle amena la main de Vito à sa boutonnière.

— Je suis prête pour cette étape-là, lui glissa-t-elle à l'oreille.

Vito comprit le sous-entendu : elle lui offrait une nouvelle parcelle de terrain à explorer, mais ne lui donnait pas encore le feu vert pour la grande conquête. Pour qu'elle ne soit pas seule à se dévoiler, il commença par se dévêtir lui-même. C'est ainsi que son polo et son pantalon se retrouvèrent par terre. Il ne conserva que son *boxer* de coton, qui lui seyait à ravir et exposait ses jambes athlétiques et son ventre plat. Même si elle s'efforçait de ne pas trop le fixer, Olivia se délecta de l'image que Vito, presque entièrement dénudé, projetait dans l'éclairage ambré. Était-elle aussi à l'aise que lui et capable d'enlever son cardigan et son pantalon sous le regard insistant qu'il braquait sur elle ? Olivia se sentait freinée par une certaine pudeur. Elle ne s'était dévoilée qu'une seule fois devant lui. Et à ce moment, elle avait gardé ses sous-vêtements. Elle n'avait jamais franchi le pas immense la séparant de la totale nudité. Elle ne voulait pas décevoir Vito ; il avait déjà contemplé d'autres corps. Frondeuse comme elle était, elle se disait toutefois qu'elle devait se lancer. Qu'elle devait oser. C'est pourquoi elle se détacha de

Vito pour se redresser face au canapé. Il demeura assis, dans l'attente des prochains gestes. Même s'il avait l'air grave en surface, il languissait au tréfonds de lui-même. Olivia retira tous ses vêtements en prenant son temps. Absolument tout. Vito remua les lèvres pour lui dire «je t'aime» sans prononcer un son. Elle se rapprocha de lui et il l'agrippa pour l'attirer contre son corps et l'étreindre fortement. Il lui chuchota à nouveau qu'il l'aimait et à quel point elle était magnifique. Fébrile et émue, Olivia sentit ses yeux s'embuer. Elle se trouva un peu niaise de réagir ainsi et se mordit l'intérieur de la lèvre pour freiner cette soudaine sentimentalité.

— Je te veux pour toujours, Olivia, lui souffla-t-il en parcourant son corps soyeux de ses chaudes mains.

Sans se soucier de la portée de telles paroles, Olivia le laissa l'effleurer et la caresser à des endroits qui éveillaient chez elle de toutes nouvelles sensations. On aurait dit que les doigts de l'homme laissaient des sillons brûlants derrière leur passage. Et sa bouche avide sur son corps l'électrisait. Au moment où il la souleva pour mieux la coucher sur la moquette moelleuse, on sonna à la porte. À la fois surpris et frustré, Vito attrapa les vêtements éparpillés au sol et sur le canapé et les rangea en vitesse. Olivia courut à la chambre telle une biche effarouchée. La sonnette retentit derechef.

— *Un momento, un momento*[3], insista Vito de sa grosse voix en sautant dans son pantalon.

---

3. Un instant, un instant.

Il s'assura de bien fermer la porte de la chambre à coucher avant d'aller répondre. Pas question de faire vivre une once de malaise à Olivia. Il s'achemina ensuite vers le portique tout en maugréant. Il changea de face dès qu'il vit qui se tenait sur le perron. Il invita le visiteur à l'intérieur sans hésiter une seconde.

— Quel bon vent vous amène, monsieur le curé ?

Il avait fait exprès de hausser le ton en prononçant « curé ». Alertée, Olivia remit son cardigan et son pantalon plutôt que de rester assise au coin du lit dans ses sous-vêtements satinés. Elle avait pris toutes les précautions pour ne pas faire de bruits susceptibles d'intriguer le religieux.

— Assoyez-vous, assoyez-vous, dit Vito au visiteur inattendu. Je vous sers quelque chose à boire ou à manger ?

— Oh non, ne vous dérangez pas pour moi, mon cher Vito, le remercia Grégoire Ferguson en souriant. J'arrive d'une soirée de bingo qui n'en finissait plus de finir… vous étiez sur mon chemin… je ne resterai pas très longtemps.

Vito était médusé : jamais le curé ne s'était arrêté à son cottage. Il avait bien sûr rendu visite à ses parents à de nombreuses reprises, prenant même part à certains soupers et événements familiaux, mais n'avait jamais frappé à sa porte pour s'adresser à lui personnellement.

— Écoutez, je ne passerai pas par quatre chemins, commença le curé.

Vito se raidit. Dans l'autre pièce, Olivia se redressa à son tour pour tendre l'oreille.

— Pendant la messe de ce matin, votre père a ramassé une bonne poignée d'argent dans la quête au lieu d'y en déposer. Remarquez qu'il n'était pas obligé de donner non plus, puisqu'il a souvent fait de généreux dons pour m'aider à entretenir notre belle église. Mais j'ai trouvé très inusité qu'il en vole sans gêne devant les regards scrutateurs de certains paroissiens.

Honteux et préoccupé, Vito se frotta le front tout en fixant le sol. Il ne savait pas quoi répondre au curé ni où se mettre. En dessous de la carpette aurait été l'endroit idéal…

— En fait, je ne suis pas en train de l'accuser de vol, précisa Grégoire avec compassion. Je suis certain qu'il y a une explication logique derrière tout ça. Après tout, votre père avait un grand sourire en pigeant dans la corbeille. S'il avait voulu me prendre de l'argent, il se serait caché, non ? C'est le réflexe premier, il me semble.

Dans la pièce adjacente, Olivia était estomaquée. De son côté, Vito faisait les cent pas. Il s'empressa de faire ses excuses au religieux, puis lui avoua que son père avait beaucoup d'économies, donc un vol motivé par un manque d'argent était hors de question. Son père venait d'ailleurs d'investir des sous dans l'achat de la pharmacie, le tiers de l'investissement pour être plus précis. Lors de cette transaction, Vito avait pu consulter le solde des comptes bancaires de son père.

— C'est ce que je me disais aussi, le rassura le curé Ferguson. C'est la raison pour laquelle je vous en parle en premier. Auriez-vous remarqué quelque chose de différent chez votre père ou auriez-vous une hypothèse quelconque qui expliquerait son geste ?

Même s'il était bourré d'inquiétude, Vito devait lui exprimer ses soupçons afin d'éclaircir la situation.

— Je pense que mon père commence à perdre la carte, lui avoua-t-il avec un faible trémolo dans la voix. Des oublis, des attitudes un peu déphasées, je…

Il s'arrêta net, car la simple pensée que son père pouvait dépérir lui serrait le cœur. Il se rendit alors près de la porte, où se trouvait un meuble en acajou contenant un vide-poche. Il y pigea un chéquier et un stylo.

— Dites-moi combien je vous dois.

Grégoire quitta son siège pour aller poser une main chaleureuse sur l'épaule du grand Italien.

— Des peccadilles, oubliez ça.

Il remit son chapeau de feutre et boutonna le col montant de son paletot.

— Prenez soin de votre père et tenez-moi au courant. Je l'aime bien et ça me fait quelque chose…

Il ne termina pas sa phrase, choisissant plutôt de partir pour laisser Vito finir sa soirée dans la tranquillité. Lorsqu'elle fut certaine d'être de nouveau seule avec Vito, Olivia sortit de sa planque. L'Italien était adossé au mur, le visage levé au plafond. Orgueilleux, il se dépêcha d'essuyer une larme quand Olivia fit son apparition dans la pièce. Mais une seconde larme coula lorsqu'elle le serra avec émotion. Elle savait ce que c'était que de pleurer un père.

3
Belles de nuit

Toute la matinée, les filles avaient aidé leur mère à entrer et à corder du bois de chauffage dans la cave, alors que le voisin, Théophane Garneau, s'était employé à installer leurs châssis d'hiver. Cet homme avait été d'une bonté et d'une serviabilité salutaires depuis la crise de cœur fatale de leur père. Les Levasseur l'accueillaient gratuitement aux soirées de jeux de leur gîte et le remerciaient par la panse avec de bons petits plats mijotés. Un donnant-donnant qui faisait plaisir à tout le monde.

— Je vais peut-être venir faire mon p'tit tour ce soir, les avisa Théo en les saluant de sa grosse patte d'ours.

Les filles le remercièrent une fois de plus.

— Oh non ! s'exclama alors la petite Béa en accourant vers le bord du lac. L'eau commence à geler en gros blocs. Monsieur Garneau, pensez-vous que Ponik va pouvoir nager quand même ?

L'inquiétude de la fillette était sincère. L'homme la rejoignit, un sourire affable au visage et les rides d'expression plus creusées qu'à l'habitude. Il tendit un bras vers le large afin de désigner un endroit précis à la fillette. À travers les masses de condensation flottant au-dessus de l'eau gelée, Béa crut apercevoir le fameux point.

— Pendant l'hiver, la bête du lac va se réfugier là.

— Pourquoi ? le questionna-t-elle, fascinée et croyant dur comme fer à toutes ces histoires.

— Parce que c'est le seul *spot* dans tout le lac où le fond devient très creux, très vite. Ponik fait comme les crapauds : il plonge dans son trou et passe l'hiver à l'abri, protégé par l'épaisse couche de glace.

Emballée par ces propos mythiques, la fillette bondit de joie pour atterrir dans les bras de Théo. Il la souleva et fit semblant de la lancer dans le lac, amusé par ses cris excités et ses éclats de rire. Marion, Olivia et Raquel les regardaient avec tendresse. C'était un beau portrait qui venait de se peindre sous leurs yeux. Si beau qu'elles en devinrent vite émues. Leur paternel leur manquait cruellement en pareil moment… En après-midi, après que Théophane se fut retiré, les filles s'équipèrent de pelles de différentes grosseurs. Elles entreprirent de dégager la longue entrée, l'allée menant à la porte avant ainsi que la jolie galerie circulaire qui ajoutait un charme rustique au gîte. Béa se proposa pour déneiger le petit belvédère situé en haut de la tourelle. C'était moins ardu et plus plaisant. Juchée dans sa tour d'observation, elle profitait d'un panorama spectaculaire et d'une vue imprenable sur ses sœurs aînées et sa mère qui s'éreintaient à pelleter plus bas. Et de leur côté, Olivia et Raquel étaient ravies de se retrouver loin des oreilles chastes de la petite curieuse.

— Est-ce que l'*Italiano* était content de te revoir, hier soir ? chuchota Raquel en faisant semblant de déloger une plaque de glace au sol.

Olivia leva la tête pour s'assurer que leur mère se trouvait suffisamment loin pour que ne lui parviennent pas de bribes de leur conversation.

— C'était magnifique, mais…

Olivia ne s'était pas interrompue par pudeur, mais parce qu'elle ne connaissait pas la suite de sa propre phrase ! Il y avait toujours un *mais* qui planait au-dessus de sa relation avec Vito. Cet homme l'envoûtait, mais… Et voilà ! Encore cette hésitation.

— En tout cas, moi, j'ai décidé de jamais m'empêcher de vivre des expériences passionnantes à cause de maman ou des conventions ou même de l'Église, affirma Raquel. Fais donc comme moi. La vie est trop courte. Pense à papa. Pense aussi à Jean.

Leur seul frère était parti trop tôt, après avoir succombé à une pneumonie double. Olivia savait que sa sœur avait raison, qu'il fallait tout faire avec passion et avec une certaine fureur de vivre, certes, mais une fureur non excessive. En cours de route, il ne fallait jamais, au grand jamais, perdre son jugement. Elle tâcha de le lui rappeler.

— Ah, Oli, t'es la voix de la raison ! se moqua-t-elle avec théâtralité tout en pelletant la neige n'importe comment.

Raquel avait ce brin de folie qui amusait Olivia, mais qui lui faisait aussi craindre d'éventuelles gaffes. Les filles achevèrent de déblayer l'entrée, l'une optant pour la ligne droite et l'autre, pour la diagonale. Puis, elles entrèrent se réchauffer auprès du feu de foyer et s'assirent par terre sur une catalogne. Béa les y rejoignit, bas de laine aux pieds et lapin en peluche sous le bras.

— Ça ferait un beau portrait, ça! Dommage que mon Kodak soit brisé, se désola Marion en passant devant l'arche du salon.

Elle continua son chemin vers l'emplacement de la laveuse et de la sécheuse. Les trois sœurs poursuivirent leur détente devant le feu crépitant et odorant. Puisque Béa était présente, les deux plus âgées s'efforcèrent de communiquer en langage codé.

— As-tu poussé tes «études» un peu plus loin, hier soir? l'interrogea Raquel.

— Oui, j'ai ouvert tous mes «livres» pour la première fois, lui confia Olivia. C'était embêtant parce que Vito les avait jamais vus auparavant.

— Quoi? s'excita Raquel. As-tu bien étudié? C'était une réussite? As-tu *tout terminé*?

— Non, jamais de la vie! Y faut toujours se garder une certaine retenue dans notre étude. Par prévoyance pour… l'examen final. Par prudence, en fait.

Ne voulant pas être tenue à l'écart de la conversation, Béa jugea bon de prodiguer à ses sœurs des conseils pédagogiques d'élève de première année. Selon elle, il valait mieux y aller «petite bouchée par petite bouchée», comme elle le faisait avec l'apprentissage des lettres de l'alphabet. Raquel et Olivia échangèrent un regard complice, puis éclatèrent de rire. Pour ne pas la froisser, elles s'empressèrent de la cajoler et même de la chatouiller. Elles profitèrent de la chaleur réconfortante du feu pendant une bonne heure encore, lisant des romans ou faisant une grille de mots croisés. L'heure du souper arriva assez vite. Comme d'habitude, elles mirent la main à la pâte afin que Marion puisse nourrir non seulement ses trois filles, mais aussi ses trois chambreurs. Parmi ceux-ci, il y avait Mederick Wallace. L'autochtone chéri de Raquel. À chaque repas, le jeune homme s'efforçait d'afficher un air détaché. Or, il avait un mal fou à ne pas faire de l'œil à la sensuelle brunette ou à ne pas lui flatter secrètement la cuisse sous la nappe. Il bouillait d'émotion pour elle.

— Allez-vous à la soirée dansante ? demanda Marion à ses convives.

Les hommes acquiescèrent, mais les filles hésitèrent.

— C'est beau, vous pouvez sortir vous amuser, leur annonça-t-elle. Y a pas de jeux ce soir.

Par cela, elle entendait que les portes du gîte ne seraient ouvertes que pour des consommations. Elle pourrait donc s'occuper des clients toute seule afin de permettre à ses grandes filles de se divertir. Béa se coucherait tôt, comme d'habitude.

— Merci, maman ! se réjouit Raquel. C'est sûr qu'on va passer du bon temps.

Avait-elle décoché un regard aguicheur à Mederick Wallace ? Fort heureusement, Marion ne l'avait pas remarqué puisqu'elle s'était mise à la préparation du café. Or, le destinataire l'avait capté, ce coup d'œil, et c'est tout ce qui importait. De son côté, Olivia était bien ouverte à danser et à festoyer un brin, mais l'orientation que prendrait sa soirée dépendrait de Vito Costa. Elle ne pouvait tout de même pas le laisser en plan un soir entier sur les deux seuls qu'elle passerait à Saint-Éleuthère. Parlant du loup… La sonnerie du téléphone mural se répercuta sur les quatre murs de la salle à dîner. Voyant que sa mère était toujours occupée, Olivia s'excusa pour ensuite se lever de table. Elle décrocha le combiné et répondit d'une voix feutrée. Elle se doutait bien qui était l'interlocuteur.

— Allô, toi, j'étais justement en train de penser à nous deux.

— J'en doute fort, mais bonsoir quand même, s'annonça gaiement le curé Ferguson.

Livide, Olivia enfouit le combiné dans son chandail tout en plissant les paupières. La honte ! Après avoir inspiré et expiré à plusieurs reprises, elle eut enfin le courage de le remonter à son oreille.

— Je suis… désolée. Je vous…

— … prenais pour quelqu'un d'autre, de toute évidence.

Petit rire nerveux.

— Je présume que vous vouliez parler à ma mère ?

— Si ça ne dérange personne, bien sûr.

Olivia ne demandait que ça : refiler l'appareil à quelqu'un d'autre, n'importe qui, comme on passe le témoin au prochain coéquipier dans une course à relais afin d'en finir au plus vite. Marion s'amena au téléphone aussitôt sa cafetière fumante déposée au centre de la table. Les convives se servirent eux-mêmes. Olivia s'éloigna du téléphone mural comme on fuit la peste. Elle courut tout raconter à Raquel, dans le creux de l'oreille, bien évidemment. Raquel s'en donna à cœur joie. Olivia la bouscula tout en laissant s'échapper un petit rire. Elles chuchotèrent une autre série de remarques qui les fit rire à nouveau.

— Bon, bon, bon, arrêtez de faire les fouines, les interpella l'un des pensionnaires en versant du sucre dans son café.

— Mais non, laisse-les, ça leur donne un petit air coquin, fit remarquer l'autre pensionnaire.

Ce dernier était le grand gaillard à la tête rasée. Il répondait au nom de Daniel – ou plutôt Dan – et semblait ravi d'assister aux cachotteries des deux sœurs. Leur rigolade apportait même une certaine délectation à cet « homme à femmes ». Mederick avait vite cerné le personnage en s'installant au gîte. Il ne le lâchait pas d'une semelle lorsque sa délicieuse Raquel se trouvait dans les parages. Dommage qu'elle lui ait interdit de révéler au grand jour leur idylle, car il s'en serait réjoui. La mine qu'aurait affichée le gaillard ! En plus, Mederick avait une double raison de ne pas le blairer : Dan avait eu un plaisir quasi pernicieux à lui faire quelques mauvaises blagues à saveur autochtone. Pour en revenir aux femmes, Mederick considérait que ce pensionnaire avait trouvé son *match* parfait en la personne de Colette. Et s'il s'en tenait à la blonde platine, tout serait bien parfait.

— Avez-vous besoin d'un *lift* pour la veillée, les filles ? demanda Dan tout en trempant un sablé dans sa boisson chaude.

— Non, ça serait mieux si on prenait deux véhicules, trancha Mederick sans laisser la chance à Raquel de s'exprimer.

Avec la neige, il ne pouvait plus se déplacer en motocyclette. Marion lui avait permis d'entreposer sa monture dans le garage pour la saison froide. Il avait donc fait l'acquisition récente d'une vieille camionnette noire remise en état convenable par son ancien propriétaire. Ce véhicule serait idéal pour ce soir, car il ne pouvait asseoir que deux individus, peut-être trois. Il ne serait donc pas possible que « costaud Dan » et l'autre pensionnaire embarquent dans la camionnette avec Raquel et lui.

— Vous allez porter quelles robes ? intervint alors la petite Béa en grimpant sur les genoux d'Olivia.

— Bonne question, lui concéda-t-elle en souriant. Tu devrais nous donner tes meilleurs conseils de mode. Qu'est-ce que t'en penses, Raquel ?

— J'en pense que c'est une excellente idée ! On débarrasse la table et tu viens nous aider à fouiller dans notre garde-robe ?

Enchantée, Béa ramassa toutes les serviettes de table en tissu pour les jeter dans la corbeille à lavage. Les deux plus vieilles se chargèrent du reste. Puis, tandis que les pensionnaires allaient se doucher ou se raser, les demoiselles passèrent à l'essayage de tenues et de souliers assortis. Béa adorait participer aux activités de « grandes » de ses sœurs. Elle avait l'impression d'être dans le coup et vivait par procuration toute l'effervescence suscitée par ce qu'elle considérait comme de réelles mondanités. Son admiration pour les magnifiques femmes que ses aînées étaient à ses yeux ne faisait que décupler. Béa rêvait du jour où elle serait aussi chic et ravissante que Raquel et Olivia. En attendant, en leur suggérant des vêtements, c'était un peu comme si elle jouait à la poupée, grandeur nature !

— Et puis ? s'enquit Raquel en tournoyant.

— Pareille comme Belle, dans mon livre de contes ! s'exclama la fillette.

— Ah, oui ? Alors si je suis Belle, où est ma Bête ?

Mederick Wallace arriva sur ces entrefaites. Parfaite synchronicité. Raquel fut prise d'une envie folle de rire, mais elle fit des efforts surhumains pour se contenir. Leur récit amoureux devait rester secret, contrairement au très célèbre conte de Gabrielle-Suzanne de Villeneuve.

— Quand vous serez prêtes, les filles !

Il disparut ensuite, question de les laisser finaliser leur poudrage de nez ou leur crêpage de chignon, au sens littéral et non figuré, ou tout autre rituel féminin rempli de mystère pour le jeune homme. Raquel appliqua une seconde couche de mascara sur ses cils pendant qu'Olivia glissa dans un sac les paires de chaussures pour la soirée. Avant qu'ils ne partent tous pour l'hôtel Pohénégamook, Olivia vérifia si sa mère était toujours au téléphone avec le curé Ferguson. C'était bien le cas. Embêtée, elle demanda à Mederick s'ils pouvaient faire une courte halte chez Vito en se rendant à leur destination. C'était son seul moyen d'inviter son Italien à la soirée et ainsi d'éviter qu'il ne la cherche partout ou ne soit vexé de son silence. Le jeune homme accepta d'emblée de faire ce bref détour. Ils montèrent tous les trois dans la camionnette noire. Les autres chambreurs se rendirent à l'hôtel à bord d'une vieille Pontiac. Peu de temps après leur départ, Marion Levasseur raccrocha le combiné du téléphone. Elle était agacée par l'échange qu'elle venait d'avoir avec le curé. Malgré qu'il soit toujours bien intentionné, Grégoire Ferguson lui avait révélé quelque chose qui pourrait freiner le succès croissant de son établissement. La mère de famille était préoccupée.

4
Sous les projecteurs

L'atmosphère était envoûtante. Les nombreuses fenêtres étaient parées de guirlandes scintillantes et la scène, illuminée d'une centaine de minuscules ampoules multicolores. Noël n'arriverait que dans quelques semaines, mais l'hôtel se trouvait déjà plongé dans la féerie des Fêtes. Les sœurs Levasseur trouvaient génial que la plupart des cocktails soient décorés de pailles festives et que, si on commandait une crème de menthe, le barman y glissait une canne en bonbon. Bravo aux proprios du Poné pour cette gaieté et cette originalité ! Les hommes présents semblaient moins emballés par tout ce fla-fla, mais du moment que les jeunes femmes étaient excitées, ils l'étaient également.

— T'es sûre que ton bel Italien va se pointer ? demanda Raquel en retirant son boléro d'angora pour dénuder ses épaules.

— Il m'a dit qu'il me rejoindrait dans une demi-heure, qu'il devait d'abord discuter avec ses sœurs de quelque chose d'important.

— Ça doit faire presque une heure…

Olivia accrocha un serveur qui passait par là. Il lui donna l'heure exacte. Raquel avait raison.

— Au lieu de s'inquiéter pour le mien, fit toutefois remarquer Olivia, on ferait peut-être mieux de surveiller le tien.

Elle désigna Mederick du menton. Il était en train de descendre de l'alcool à un débit plutôt rapide, entouré d'une bande d'amis tout aussi assoiffés que lui. Chaque fois qu'ils se réunissaient, ces jeunes hommes avaient le plaisir facile et le coude léger. L'autochtone croisa le regard perçant de Raquel à travers la foule, auquel il répondit par un clin d'œil et un baiser. La brunette frémit avant de libérer un long soupir. Olivia roula des yeux: sa sœur était amoureuse folle de ce Wallace. À n'y plus voir clair, même. Il n'y avait rien à faire… Alors qu'elles sirotaient leurs boissons, les sœurs Levasseur aperçurent trois femmes qui semblaient s'acheminer vers elles. Leur port de tête insinuait qu'elles possédaient la place, ce qui n'était toutefois pas entièrement le cas, mais bon. Peu importait.

— C'est pas tes supposées amies? demanda Raquel.

En effet, il s'agissait de Françoise et de Colette, suivie de près par une troisième fille qu'Olivia n'avait jamais rencontrée ni même croisée. Toutes trois étaient très élégantes, voire trop endimanchées pour un simple samedi soir à l'hôtel du village. Talons aiguilles, larges bijoux avec pierres du Rhin, faux cils… Olivia se demandait bien ce qu'elles tramaient.

* * *

Un seul plafonnier éclairait cette partie du commerce. Le décor était fixe et rien n'avait bougé depuis leur dernière visite.

Bientôt, l'endroit s'animerait à nouveau. Mais pour l'instant, la demi-obscurité, le silence et l'inertie étaient incommodants. Du plus loin qu'elle se rappelait, Rosa n'aimait pas se promener dans les commerces fermés pour la nuit. Elle était haute comme trois pommes la première fois qu'elle avait exploré l'épicerie familiale après les heures d'ouverture et, une vingtaine d'années plus tard, elle ressentait le même genre de malaise dans cette pharmacie temporairement abandonnée.

— Dis-moi si tout est à ton goût, dit Vito en allumant une deuxième lumière.

— Ah, merci ! souffla l'Italienne. Je commençais à avoir la chienne.

— *Sul serio*[4] ? T'as encore la phobie des endroits fermés ? se moqua Vito en pouffant de rire.

— Mais oui ! s'énerva Rosa. C'est comme toi, avec ta peur du prétendu ours au chalet.

— C'était un *vrai* ours noir, insista-t-il, piqué au vif.

— C'était le terre-neuve d'un touriste.

— OK, *basta così*[5], trancha-t-il en allant derrière le comptoir.

Ce fut au tour de Rosa de pouffer de rire. Tous deux étaient passés maîtres dans l'art de s'agacer au point de faire grimper

---

4. Sérieusement ?

5. OK, ça suffit.

l'autre dans les rideaux. M. et Mme Costa avaient vite réalisé que Vito et Rosa en feraient un sport national. Ce qui s'était avéré, particulièrement à l'adolescence. Et ils n'avaient jamais perdu cette facette de leur relation au fil des décennies, malgré la maturité qu'ils avaient acquise.

— Je t'ai trouvé tout ça en ville, hier matin. Viens me dire si ça te convient.

Rosa remarqua le nouveau tabouret ajustable, le tapis matelassé et la caisse enregistreuse plus sophistiquée que la précédente. Enthousiasmée, la grande Italienne bondit vers son frère pour l'enlacer brièvement, avant de faire un second bond vers le tabouret afin d'en ajuster la hauteur.

— On ouvre quand ?

— Lundi matin, déclara Vito.

— Quoi ?

— Pourquoi pas ?

Vito avait raison : pourquoi pas ? Après tout, la pharmacie avait été repeinte, les comptoirs avaient été remplis de produits, l'enseigne extérieure avait été changée… ne manquait qu'un écriteau « Ouvert » et une caissière d'expérience à la personnalité attrayante.

— D'accord, je suis prête !

Frère et sœur se serrèrent la main comme s'ils venaient de sceller l'affaire du siècle.

— Et puis, on verra ce que l'Université Laval me répondra.

— Doigts et orteils croisés, ajouta Rosa.

Vito aimait le positivisme de sa sœur. Il lui sourit, mais changea vite d'expression en constatant l'heure. Il devait se sauver. Il lui remit un double de la clé du commerce et démarra sur les chapeaux de roues, direction hôtel Pohénégamook.

***

Raquel n'en revenait pas : un serveur venait d'annoncer au micro la toute première prestation publique de « Coco et Frankie ». Les filles montèrent sur scène sous les sifflements et les acclamations. La troisième fille, toujours inconnue, s'installa au clavier Gibson, tandis que des musiciens se munissaient d'une guitare, d'une basse et de baguettes de batterie. Et voilà, un vrai *band* était né. À la surprise générale de tous ! Rêvant de chanter depuis qu'elle était fillette, Raquel sentit son cœur se serrer. Elle était gênée d'avouer sa jalousie, mais ses sourcils froncés et ses joues cramoisies trahissaient ses réels états d'âme. Olivia remarqua le changement s'opérer sur sa sœur ; elle avait toujours lu en Raquel comme dans un livre ouvert. Elle l'étreignit chaleureusement par les épaules, appuyant quelques secondes sa tête sur l'une d'elles. C'est alors que Coco s'adressa à la foule de fêtards derrière son micro. Elle avait une aisance remarquable pour une femme qui n'avait jamais chanté devant un auditoire. Mais à bien y penser, elle se donnait un peu en spectacle chaque jour de son existence, alors…

— Je sais à quoi t'es en train de penser, lui confia Olivia.

Raquel ne lui répondit qu'avec un son s'apparentant à un léger geignement. Lorsque les chanteuses entonnèrent leur premier air et que Raquel constata qu'elles avaient de belles voix, son amertume foisonna.

— Un jour, peut-être, l'encouragea Olivia.

Raquel comprenait ce que sa sœur insinuait: *son* moment se présenterait sans doute un jour. Elle soupira, cherchant maintenant du regard le meilleur réconfort qui soit, mais celui-ci était occupé avec ses amis. Les jeunes hommes attroupés riaient, chantaient, buvaient, s'agaçaient... Ils avaient un plaisir fou! Bien qu'elle ait envie de s'étourdir avec eux, Raquel devait faire preuve de prudence. Un seul rapprochement en public avec Mederick, et la nouvelle de leur relation se répandrait comme une traînée de poudre. En moins de deux, Marion mettrait les valises du jeune homme sur le perron. Même si elle semblait fermer les yeux sur ce qu'elle croyait être une «vague attirance» entre Raquel et l'autochtone, Marion ne tolérerait pas une réelle idylle sous son toit. Elle ne connaissait pas l'ampleur de leurs sentiments et ne croyait pas sa fille profondément éprise de Mederick. Elle se trompait. De plus en plus, même.

— Tu m'en veux pas si je te laisse seule un p'tit bout de temps?

— Pourquoi?

— Je vais essayer de kidnapper quelqu'un, ironisa-t-elle.

N'attendant pas de réelle permission, Raquel s'éclipsa aussitôt. Pour ne pas être seule à une table de quatre chaises, Olivia décida de longer le mur et de s'approcher de la scène.

Elle s'appuya contre le dormant d'une large fenêtre, tentant de ne pas trop se faire remarquer. Mais sa beauté classique et ses airs indépendants ne laissaient personne indifférent. Tour à tour, quatre jeunes hommes vinrent la saluer, lui offrir de danser ou démarrer une maladroite conversation. Olivia se montra amicale et polie, en s'assurant cependant de ne pas trop ouvrir de portes. Pour tout dire, elle n'avait d'yeux que pour l'horloge. Le temps filait. Mais où était… Là ! Il venait d'arriver. Il était enfin là. Elle le regarda entrer dans la salle et fut heureuse de constater qu'il était seul. Il n'était ni accompagné de ses copains de volleyball, ni de ses partenaires de poker, ni de Romain Renaud. Elle aimait ce dernier comme un membre de la famille. Il avait d'ailleurs été comme un fils pour son défunt père, mais ce soir, elle n'avait pas envie de partager Vito avec quiconque. Ils avaient été interrompus dans leur élan amoureux la veille et elle espérait rattraper le temps perdu. Plus Vito s'avançait, plus elle le trouvait grand, masculin et racé. Il avait revêtu un complet noir et une chemise d'un blanc impeccable, ce qui ajoutait à sa prestance à travers les jeunes qui dansaient. Une fois qu'il l'eut aperçue, il marcha jusqu'à elle tout en terminant sa cigarette. Après quoi, il prit soin de se déballer une tablette de gomme à mâcher. Olivia eut droit à sa bouche mentholée avant même un échange de paroles ou toute autre forme de salutations. De toute manière, un baiser demeure la meilleure conversation qui soit… Mais ce qui donna le plus de frissons à Olivia, ce sont les deux mains de Vito resserrées sur ses bras pour mieux la saisir et la retenir pendant l'embrassade. Après lui avoir fait vivre un raz-de-marée d'émotions, il se détacha de ses lèvres, lui caressa la joue et lui murmura un «Bonsoir, toi». Elle en vacilla.

— J'aime te voir dans une robe noire, lui murmura-t-il. Ça te donne un air encore plus raffiné.

Ce qu'il avait envie de lui dire, véritablement, c'est qu'il aimerait de tout cœur la voir dans une certaine robe blanche. Or, il se garda de révéler le fond de sa pensée.

— J'ai sorti l'artillerie lourde, plaisanta Olivia en lui révélant ses bas diaphanes avec une fine ligne noire courant à l'arrière de la jambe.

Vito siffla tout en la faisant tourner sur elle-même. Olivia s'empourpra; elle n'était pas encore habituée à jouer les vraies femmes ou plutôt les «femmes fatales», comme disait sa mère. Elle était en transition entre son apparence désinvolte avec espadrilles et sa nouvelle élégance avec escarpins. Quelque chose lui disait que Vito la trouvait à son goût dans ses deux *looks*. Le week-end dernier, il lui avait fait un compliment sur son joli postérieur dans sa vieille paire de jeans. Elle aimait cette sensation de pouvoir être elle-même en sa présence.

— Bon, tu viens danser? demanda-t-il en l'attirant vers la piste. Y faut que je marque mon territoire, tu comprends? Ça doit faire une quinzaine de minutes que je suis arrivé.

— Comment? réagit-elle, hébétée.

— Je t'admirais depuis le portique. J'ai vu quelques… quelques candidats défiler.

— Je peux pas croire !

— Quoi ? T'es la plus belle de la place, *mia cara*[6]. Je voulais me rincer l'œil, tranquille de mon côté, tout en évaluant la compétition. Maintenant que c'est fait, on peut danser.

Le sourire qui naissait à la commissure de ses lèvres était retroussé par une malice inoffensive. Olivia fit mine de repousser son cavalier, mais celui-ci rétrécit d'un seul coup la distance qui les séparait. Il la fixa, leur front se touchant presque, puis l'embrassa de nouveau. Certains jaloux les observaient parmi cette foule de gens qui faisaient la fête.

— Je rêve ou c'est Coco sur la scène ? nota-t-il en continuant de danser, le corps collé sur celui de sa partenaire.

— Non, non, c'est bien réel tout ça.

Vito n'ajouta rien. Il préférait humer le doux parfum de la chevelure d'Olivia. Avec toute cette proximité, il avait du mal à s'enlever de l'esprit la ravissante image de son corps nu. Il s'était d'ailleurs perdu dans ce songe à plus d'une reprise depuis la veille. Quand aurait-il l'ultime chance de la revoir dénudée ? Quand l'aurait-il pour lui tout entière ? Tant de principes et de restrictions les freinaient dans leur passion récente, mais de plus en plus enflammée.

— J'ai eu une idée, osa-t-il lui chuchoter, la joue contre la sienne.

---

6. Ma chérie.

Ce n'était pas la grande idée de vie qu'il souhaitait lui proposer, mais bien une autre encore plus délicate, si c'était possible. Plus cachottière, du moins, et il ne savait pas s'il allait trop loin. Il se disait qu'il laisserait Olivia en juger.

— Peut-être que tu pourrais retourner à Rivière-du-Loup demain plutôt que lundi matin.

Olivia recula, estomaquée. Pourquoi voulait-il la chasser ? Et plus tôt que prévu par-dessus le marché ? Elle n'y comprenait rien. Vito ne tarda pas à s'expliquer :

— Tu pourrais annuler ton covoiturage et dire à ta famille que tu pars demain soir. Je pourrais être ton chauffeur, lundi, à la première heure.

Les yeux écarquillés et la bouche ouverte, Olivia semblait avoir été frappée par un éclair. Vito lui glissa deux doigts sous le menton afin de le remonter. Cette réaction de stupeur l'amusa. Voyant qu'Olivia ne parlait toujours pas, il lui colla un baiser sur le nez. Elle se prononça enfin. Cela sonna d'abord comme un « je-sais-pas-faudrait-pas-que-personne » plutôt incohérent et inachevé. Puis, son regard se perdit dans l'infinie carrure des épaules de Vito et elle accepta le pari risqué. Du coup, la foule se mit à applaudir à tout rompre et l'Italien en conclut à la blague que la salle au grand complet approuvait cette décision. Olivia rêvait-elle ou venait-elle d'accepter de duper sa mère et ses sœurs pour passer une nuit entière avec lui ?

— Hé ! Salut, salut !

Colette et Françoise venaient de les enlacer tous les deux par le cou. Olivia leur sourit avec cordialité ; Vito retira de sa personne le bras de Coco.

— Vous m'avez épatée, les filles. Sincèrement.

— Merci, ma belle Oli, s'enorgueillit la blonde platine après avoir soufflé une bulle de gomme. Regardez-moi ça, les amis !

Colette agita une carte professionnelle dans les airs. On y lisait : « Bruno Bernatchez, impresario ».

— Le cousin d'un spectateur. Il veut nous le faire rencontrer. C'est-tu pas *marvelous*, ça ?

C'est à ce moment que Raquel arriva en courant. Elle agrippa la manche de veston de Vito. Elle lui chuchota un « Peux-tu venir, s'il te plaît » sur un ton empreint de panique. Vito ne fit ni une ni deux : il la talonna jusqu'au couloir des salles de bains. Ils y trouvèrent Mederick Wallace effondré dans un coin. Vito fit signe à une connaissance de s'amener. Ils soulevèrent Mederick par les extrémités et le transportèrent comme s'il s'agissait d'une lourde commode à tiroirs. Ils se rendirent à la Turnpike de Vito et déposèrent leur charge sur la banquette arrière. Ils prirent un moment pour souffler. Vito remercia ensuite son acolyte d'une poignée de main stylée. Tous retournèrent sur la piste de danse, où Olivia poireautait tout en se demandant bien dans quelle entourloupe Raquel avait entraîné Vito. Sa sœur lui expliqua tout.

— On peut toujours ben pas le laisser dans l'auto ! fit valoir Olivia.

— C'est vrai qu'y vaudrait mieux le coucher dans un lit, renchérit Raquel.

— Bah ! Laissez-le cuver son vin.

L'Italien n'était pas né de la dernière pluie. Il savait que rien ne pressait avec un ronfleur fraisé. Tant qu'ils ont un toit, qu'ils sont chaudement vêtus et qu'ils ne font de mal à personne…

— T'es sûr ? voulut s'assurer Raquel, soucieuse de l'état de son chéri.

— J'en suis certain. C'est pas mon premier gars chaud.

Cette suite de réponses n'était pas assez persuasive pour faire lâcher prise à Raquel. Elle osa s'aventurer plus loin.

— Tu penses pas qu'il pourrait être malade sur ta banquette arrière ?

Vito la dévisagea tout en écrasant la cigarette qu'il venait à peine d'allumer.

— Je vous ramène à la maison, déclara Vito en faisant signe aux filles de le suivre.

Ils sortirent de l'établissement et marchèrent jusqu'à ce que Raquel et Olivia se rendent compte de leur étourderie.

— Nos manteaux ! dit Olivia.

Vito se trouva bête de les avoir oubliés dans le feu de l'action. Il démarra le moteur de son véhicule pour réchauffer l'habitacle, indiqua aux filles de monter à bord, et retourna à l'hôtel au pas de course dans la neige.

— Va falloir que tu lui tiennes la bride plus serrée, glissa Olivia à l'oreille de sa sœur. C'est un vrai cheval sauvage, celui-là.

Raquel regarda son homme. Il était avachi et inconscient. Il était aussi adorablement rebelle, mais beaucoup trop à l'aise quand venait le temps de dépasser les bornes. Vito réapparut. Il s'installa derrière le volant et conduisit ses passagers au gîte. Il leur fallait être extra prudents. Raquel ne voulait pas que Marion voie Mederick dans un tel état d'ivrognerie. Ce serait la fin de quelque chose qui n'avait même pas officiellement débuté. Leur amour était une cachotterie et il fallait qu'il en demeure ainsi. Pour l'instant, du moins. Raquel ne voulait pas tout gâcher. C'est pourquoi elle supplia Vito de l'aider. Ce dernier zieuta Olivia. Tous deux savaient qu'en se faisant pincer avec un Mederick complètement soûl, ils risquaient de nuire à l'image somme toute reluisante qu'avait Marion de Vito Costa. Il hésita, mais en lisant le désespoir sur le visage de Raquel, il finit par capituler. Après avoir retiré la clé du contact, il fit le tour de la voiture pour ouvrir l'une des portières arrière. Mederick était toujours aussi mou que de la guenille.

— Réveille-toi, *man*, réveille-toi, insista-t-il tout en lui assénant quelques baffes.

Le jeune homme ne réagit pas. Tout ce qu'il fit, c'est bredouiller quelques paroles indécodables. Vito maugréa. Il décida de le tirer par le collet hors de l'auto pour tenter de se le jucher sur l'épaule, comme une poche de patates. Fascinant comme le poids d'une personne ivre semble se décupler ! Ne parvenant pas à ses fins, Vito le traîna par le dessous des bras, ses bottes traçant des sillons sur le terrain enneigé. Pendant ce temps, Raquel risqua un coup d'œil furtif par l'une des fenêtres du salon. Elle y vit sa mère, calée dans sa bergère, un tricot à la main. Raquel retint son souffle, puis se dégagea vite de la fenêtre.

— Maman est dans le salon, prononça-t-elle à mi-voix. Je vais créer une diversion pendant que vous montez Mederick à l'étage. Maman va penser que c'est seulement Olivia.

— Le monter ? *Porca miseria*[7] ! grommela Vito.

Raquel entra la première. La nervosité la prit d'assaut, grimpant de ses pieds jusqu'à sa gorge serrée. C'était comme un engourdissement général accompagné de palpitations. Elle priait le Seigneur pour avoir l'air normal en présence de sa mère, une femme qui possédait un radar à faussetés des plus performants. Au son de bruits de pas, Marion écarta sa tête de la bergère et la retourna à la manière d'une chouette.

— Ah, c'est toi ! lança-t-elle sans trop se rendre compte qu'elle avait fait sursauter sa fille.

Elle redirigea aussitôt son attention sur son tricot. Alléluia ! Raquel courut s'asseoir au pied de la cheminée, face à sa mère, pour que cette dernière ne se retourne plus vers l'escalier. Elle s'empressa de lui raconter, avec force détails, la prestation musicale de Coco et Frankie. Elle placotait et placotait encore pendant que Vito et Olivia s'éreintaient à hisser Mederick jusqu'en haut de l'escalier. Ce qu'ignorait Raquel, c'est que tout ce baratin n'était pas nécessaire puisque Marion était perdue dans ses réflexions. Cette dernière ressassait les

7. Putain de merde !

paroles de monsieur le curé. Vito et Olivia, après être parvenus à livrer leur lourd paquet, redescendirent les marches à pas feutrés. Ils étaient à bout de forces. Dans le portique, Vito vola un baiser succinct à sa bien-aimée avant de lui dire « À demain » avec une langueur amoureuse dans la voix.

5
Tout bascule

Le café était corsé et les rôties, grillées à point. Comme chaque matin, Grégoire Ferguson s'était levé à l'aube et savourait ce petit interlude de calme où le soleil levant faisait scintiller la glace du lac et où le village dormait encore. Du moins, en hiver, puisque les cultivateurs s'accordaient une petite heure de sommeil supplémentaire. Au programme aujourd'hui, outre la messe de dix heures, Grégoire devait recevoir Gisèle Renaud pour poursuivre leur série d'entretiens privés. Il aimait leurs rencontres tout autant que son café matinal, puisqu'il contribuait à faire une différence dans la vie de Gisèle. Une réelle amitié commençait à se tisser au fil de ces échanges. Pour lui, ce n'était pas une corvée d'accueillir et de soutenir Gisèle. Il ne pouvait pas en dire autant de certaines visites de paroissiens au confessionnal… notamment celle d'un facteur qui souhaitait sans cesse se faire pardonner de sentir tous les timbres posés sur les enveloppes. Il avait développé une obsession envers l'odeur des timbres. Le pauvre tenait à se faire absoudre chaque fin de mois pour ce prétendu péché, qui n'était en réalité qu'une manie absurde dont le curé se serait passé à la confesse !

Assis à la fenêtre, une tasse aux lèvres, Grégoire songeait à la semaine à venir. Un mariage, deux baptêmes, sept messes, une exposition d'artisanat au sous-sol de l'église et une projection de film à la salle paroissiale. La routine habituelle. Il repensa aussi à son entretien téléphonique avec Marion Levasseur. Il avait senti la dame ébranlée par son annonce. Le curé avait appris que les propriétaires du bar-motel Chez Ti-Tom étaient si enchantés par la Floride qu'ils avaient vendu leur établissement à un nouveau couple de commerçants. Des Bérubé de La Pocatière. Ils débarqueraient au village d'ici deux semaines. C'était cinq mois plus tôt qu'anticipé, date à laquelle les anciens proprios avaient prévu leur retour. Pour le gîte La vieille maison du lac, l'arrivée précipitée des Bérubé constituait une féroce compétition. Marion était lucide ; elle savait qu'elle n'avait pas encore les reins assez solides pour les affronter. La tournure des événements la bousculait. Après tout, le succès de son gîte n'était qu'embryonnaire. Il en allait de même de la santé financière des filles Levasseur. Surtout que leur ancienne maison à Saint-Ferréol n'avait toujours pas trouvé preneur…

Deux heures passèrent. Grégoire était maintenant disposé à recevoir Gisèle. Frais rasé, lunettes à la monture dorée, chemise noire et col romain au cou. Il serait donc à moitié prêt pour la célébration dominicale. Après avoir aéré la pièce et ordonné ses nombreuses lectures, le religieux fit signe à sa secrétaire qu'il était prêt pour son rendez-vous de neuf heures. Encore quelques minutes s'écoulèrent avant que Gisèle ne se pointe à la porte déjà ouverte du bureau.

— Ah, Gisèle ! s'exclama-t-il. Entrez, faites comme chez vous !

— Bon matin, mon père.

— Gisèle, la gronda-t-il.

— Bon matin, *Grégoire*.

Il la félicita de s'être si vite reprise. Comme à l'accoutumée, elle retira son bandeau de laine perlé et le suspendit à la patère tout comme son long manteau pourpre. Ils se rendirent à la table bistro, sous la fenêtre où le curé avait pris son petit déjeuner plus tôt. Gisèle était ravissante avec son teint de porcelaine et ses longs cils noirs. Toutefois, son mal-être l'empêchait de rayonner à sa juste valeur. Il était dû à l'inceste que lui avait fait subir son ignoble de frère. Le curé Ferguson l'aidait peu à peu à s'en remettre. À se reconstruire. Pour le bien de son âme et pour celui de son mariage qui battait de l'aile.

— Je pense qu'on devrait se tutoyer, dit-il d'entrée de jeu.

— Vraiment ?

— À partir d'aujourd'hui. Marché conclu ?

— Puisque c'est vous qui le décidez, c'est d'accord !

Ils se sourirent. Grégoire leur versa ensuite de l'eau fraîche avec des glaçons. Gisèle en but une longue gorgée. Elle n'avait pas eu le cœur à manger et cette eau lui meubla l'estomac.

— Comment ça va ?

— Ça va… correct.

— Hum ! Mon petit doigt me dit le contraire. Mais peut-être qu'il se trompe. Oh ! Avant que j'oublie…

Il alla chercher un feuillet sur son bureau de travail. Tous les détails de la prochaine vente de pains et de gâteaux y figuraient. Gisèle s'était déjà montrée désireuse de vendre ses créations, ce qui n'était pas tombé dans l'oreille d'un sourd. Grégoire n'était pas du tout près de ses sous, mais il tenait à garder la paroisse vivante grâce à la contribution de ses membres. Une façon de mettre les talents de tout un chacun au profit de la communauté.

— La dernière vente a permis d'acheter des nouveaux livres pour les patients de l'hôpital, et des ballons et des cordes à sauter pour le couvent et le collège.

— C'est pas rien, ça ! s'exclama Gisèle. Ça va me faire plus que plaisir de participer.

— Merci pour ta belle générosité !

— Parlant de collège…

Grégoire savait où elle voulait en venir.

— Alexis est un garçon prometteur. Une bourse pour le cours classique lui ouvrirait bien des portes pour son avenir. Savais-tu qu'il envisageait peut-être de devenir architecte ?

— Non ! J'étais pas au courant…

Pourquoi Alexis ne lui en avait-il pas touché un mot ? Gisèle était pourtant si proche de son seul et unique enfant ! Elle se sentit tout à coup comme une mère indigne. Grégoire lut la honte sur son minois.

— C'est un rêve tout récent. Il est tombé par hasard sur les plans architecturaux du collège dans la bibliothèque de l'école. Il m'a dit qu'ils le fascinaient.

— Récent, récent? insista-t-elle, pour se déculpabiliser.

— La semaine dernière, tenta de la rassurer le religieux. On pourrait appeler ça un coup de foudre.

Une fois le choc de la nouvelle passé, Gisèle se dit que son fils avait de belles et de grandes ambitions et qu'elle devait en être fière. Un architecte dans la famille? Quel honneur et quel prestige! La joie irradiait à présent de tout son être.

— C'est bien de te voir sourire, remarqua le religieux. Il faudrait que ça se produise plus souvent, n'est-ce pas?

Elle lui répondit par un haussement d'épaules.

— Si je lui remets l'une des bourses, je sais que tu vas t'ennuyer d'Alexis.

Elle baissa les paupières.

— D'où l'importance de te faire des amies dans ton nouveau village et de t'épanouir avec Romain. Pour combler le ou plutôt *les* vides.

— Je sais.

— Ça vous a fait du bien de sortir en amoureux au cabaret?

Il faisait référence à un spectacle de variétés présenté dans un cabaret de la ville, spectacle auquel Gisèle et Romain avaient assisté en compagnie de Vito et d'Olivia. Les deux couples s'étaient payé du bon temps, jusqu'à ce qu'un Alexis fiévreux et couvert d'urticaire rappelle sa mère à son chevet. Gisèle avoua au curé qu'il était toujours plaisant de faire des activités avec Romain. C'était un homme positif, attachant, facile à vivre.

— Est-ce que ton frère avait ces trois mêmes qualités ?

Gisèle regarda le curé, ahurie. Il lui aurait administré un coup de fouet que le résultat n'aurait pas été différent.

— Ça fait des semaines et des semaines que je me questionne. En fait, j'essaie de comprendre pourquoi tu punis constamment Romain pour les péchés de ton frère. J'en suis venu à me dire qu'inconsciemment, tu avais une raison de les associer. Une raison qui va au-delà du simple fait qu'ils sont tous les deux des hommes.

Comment osait-il ? Gisèle avait envie de le gifler. Ses mains en tremblaient. Elle était la victime dans cette épouvantable affaire et Grégoire voulait en faire une coupable ? Pour un homme de foi, elle le trouvait navrant, voire insultant ! Mais plus elle réfléchissait à une riposte adéquate, plus sa confiance s'étiolait. Elle perdait ses moyens au fur et à mesure qu'elle cherchait des mots percutants. Le curé la voyait se défaire devant ses yeux et se disait qu'il avait presque atteint son but. Il croyait dur comme fer qu'il fallait ébranler les fondations d'une personne pour qu'elle en creuse les sales décombres et trouve enfin la vérité.

— Je… tu…, bégaya Gisèle, bouillant à l'intérieur.

— Pourquoi associer Romain à ton frère ? Il y a un lien. Je le sais. Je le sens.

Deux lourdes larmes roulèrent sur les joues de Gisèle. Elle n'avait jamais fait le douloureux travail d'introspection que lui imposait le curé. Elle n'avait surtout jamais songé au fait qu'elle puisse châtier volontairement son mari pour les agissements odieux d'un autre homme. Tout ce temps, elle n'avait fait que se refermer pour mieux se préserver. Forcée d'y réfléchir, elle avait l'impression qu'un voile se levait sur une obscure explication. Elle pleura un peu, la main de Grégoire posée sur la sienne. Puis, elle se lança :

— Peut-être que j'en veux à Romain parce que, pendant que j'endurais mes pires supplices, il continuait à travailler au camp de bûcherons avec mon frère, il continuait de jaser avec lui, de rire avec lui, d'être son ami.

— Ce qui est injuste pour Romain parce qu'il ignorait les faits.

— Je sais, avoua Gisèle d'une voix étranglée par le désespoir. C'est injuste pour lui, je le réalise maintenant !

Dans un geste coutumier à leurs séances de thérapie, le curé lui tendit un paquet de mouchoirs. Il déposa ensuite une main bienveillante sur celle de sa paroissienne.

— Comment se comporte Romain avec sa sœur et sa mère ?

— Très bien. Il adore sa sœur et il a toujours bien pris soin d'elle et de leur mère. Tout jeune, il remettait toutes ses payes à la famille. Il a toujours été aidant, sage et aimant.

Grégoire leva les bras, les paumes vers le ciel en signe de révélation. Il lui répéta ses paroles. En réentendant « Il a toujours été aidant, sage et aimant » Gisèle tressaillit. Son mari était un bon être humain. Il se trouvait aux antipodes du frère incestueux qui lui avait fait subir des sévices tout au long de son adolescence. Il traitait les femmes de son clan avec respect et sollicitude.

— T'as raison, déclara-t-elle sur un ton rêveur. T'as tout à fait raison. Et dire que je t'ai haï tantôt. Mais *vraiment* haï. Je m'en excuse, mon Dieu.

— Bah, inutile d'embarquer Dieu là-dedans, plaida-t-il avec indulgence. Tu m'as haï moi, Grégoire Ferguson. Et c'est normal. La vérité choque sur le coup, mais elle libère par la suite. Tu vas voir.

Parcourue d'une étonnante légèreté, Gisèle se dressa, contourna la petite table et fit une accolade au curé. Elle lui exprima son soulagement. Le religieux reçut d'abord son geste de remerciement avec pudeur, avant de se laisser serrer plus naturellement. Gisèle déposa ensuite ses mouchoirs inutilisés sur la table et se rendit à la patère pour enfiler ses vêtements d'extérieur. Juste avant qu'elle ne sorte du bureau, Grégoire se leva et l'interpella une dernière fois :

— Je… j'aurais une petite faveur à te demander.

Il lui demanda d'abord de refermer la porte qui ouvrait sur l'espace de travail de sa secrétaire. Gisèle lui obéit et se retourna ensuite avec une certaine anticipation, bien heureuse de pouvoir l'aider à son tour d'une quelconque façon. Cet homme avait tant fait pour elle, et ce, en si peu de temps.

— Ce n'est rien d'inquiétant. Vraiment pas de quoi s'en faire, mais…

Drôle de début de requête. Gisèle avait hâte de voir où le curé Ferguson aboutirait.

— Pardonne-moi la façon de voir les choses, mais puisque tu t'y connais en la matière, pourrais-tu observer très, et j'insiste, très discrètement mon nouveau bedeau ?

— Celui aux cheveux grisonnants ? réagit-elle, interloquée.

— Oui.

— Et en quelle matière je suis supposée m'y connaître ?

Grégoire la considéra d'un air grave.

— J'aimerais que tu observes sa façon d'agir avec certaines personnes, avança-t-il avec réticence.

— Par exemple ?

— Par exemple avec la petite Béa Levasseur. Ou d'autres individus du même acabit.

Gisèle comprit tout le sous-texte, qui résonnait avec une clarté déconcertante dans sa tête et son cœur. Elle hocha la tête pour signifier au curé qu'elle acceptait de lui rendre ce service de la plus haute importance. Et sans aucune hésitation. Grégoire la remercia et alla enfiler sa soutane.

***

La lune se faisait timide derrière les nuages qui se fondaient dans le ciel sombre. Saint-Éleuthère était au ralenti, sereine. Les dimanches soir se passaient dans les chaumières, les plus jeunes préparant leur sac d'école pour le lendemain au sortir du bain et les plus âgés rivant leurs yeux sur une rediffusion du téléroman *Je vous ai tant aimé*. La plupart étaient bien tristes que leurs feuilletons hebdomadaires préférés, *Cap-aux-Sorciers* et *Au chenal du moine*, se soient terminés à l'été. Ils s'en remettaient à la toute dernière production de Radio-Canada diffusée les mardis, mais exceptionnellement en reprise en cette soirée dominicale. Elle dépeignait les tribulations quotidiennes d'une famille d'un village gaspésien. Marion Levasseur et ses filles prenaient plaisir à la suivre, assises côte à côte en face du gros meuble télé. Mais cette fois-ci, Olivia n'arrivait pas à se concentrer sur le téléroman. Elle était agitée, ou plutôt accaparée par l'idée de mentir à sa mère. Comme le lui avait suggéré Vito, elle avait annulé son covoiturage avec une copine de bureautique. Elle avait achevé son lavage et bouclé sa valise. Il ne lui restait qu'à demander à sa mère de la reconduire à son soi-disant point de départ et d'ensuite filer à l'anglaise jusqu'au domicile de son « bel Italien », tel que le surnommait Raquel. Olivia avait deux principales craintes : que quelqu'un la voie entrer chez Vito et le mentionne à Marion et que Marion insiste pour demeurer sur place jusqu'à ce que la copine de covoiturage se pointe.

— Encore une fois, je suis désolée de partir aujourd'hui, mais mon amie doit passer un examen vraiment de bonne heure demain matin.

— Toutes les minutes passées avec toi sont précieuses, ma grande fille, mais tu sais bien que je comprends la situation.

— Tu vas aller me déposer après l'émission ?

Marion acquiesça tout en lui faisant signe d'écouter les dialogues à l'écran. Selon elle, c'était un passage palpitant qu'il ne fallait pas rater. Raquel était tout aussi captivée que sa mère. Emmitouflée dans une couverture avec un chocolat chaud entre les paumes, elle vivait un passionnant moment de télévision. Mederick Wallace, qui avait pris toute la journée à se remettre de sa cuite, était en train de se raser à la lame pour sa semaine de travail. Béa se brossait les dents avant de se mettre au lit pour regarder – elle commençait à peine à lire – un livre illustré sur les petits des animaux. Olivia se leva en douce du divan pour aller se préparer. Elle n'avait jamais été aussi consciente de chaque infime partie de son corps. Tout devait être doux et parfumé. C'était la première fois qu'elle découchait. Elle opta pour le naturel: peau hydratée, cheveux fraîchement lavés et retombant librement sur les épaules. En cachette à Rivière-du-Loup, elle s'était acheté un ensemble soutien-gorge et petite culotte en dentelle noir et bourgogne. Elle y avait mis une part de ses économies en prévision d'une possible nuit avec Vito. Cette nuit se présentait maintenant. Il n'y avait plus de retour en arrière.

— Bon, c'est la pause, lança Marion depuis le salon. Je pars réchauffer l'auto.

Olivia appliqua du baume sur ses lèvres et descendit vite passer son manteau. Elle embrassa Raquel et Béa, empoigna sa valise et sortit hors du gîte. Sa mère la conduisit au poste d'essence qui était situé à cinq minutes de voiture. En temps normal, Olivia aurait marché cette distance, mais avec sa valise et la neige tombante, il était hors de question pour Marion que sa fille fasse ce trajet à pied.

— Je vais attendre que ton *lift* arrive, suggéra la mère de famille.

Crainte numéro deux. Olivia réagit aussitôt.

— Ma copine arrive toujours en retard. T'es vraiment pas obligée de rester, maman. Tu ferais mieux de retourner à ton téléroman. Tu me raconteras ce qui s'est passé entre Michel, Colombe et les autres, lança-t-elle en référence aux personnages du feuilleton.

Marion ricana. Elle lui envoya un bec soufflé, fit demi-tour avec sa Pontiac blanche et reprit la route Principale en direction de la rue perpendiculaire à l'église. Olivia souleva sa valise du sol et se rendit chez Vito à la marche, dans le froid hivernal. Chaque pas la rapprochait de sa première nuit chez lui. Vito l'attendait. Si seulement elle savait à quel point il l'attendait ! Arrivée sur le seuil de la porte, elle posa son bagage et prit une grande inspiration. À la suite de quoi elle frappa trois coups. Des coups lents, bien sonores, calculés. Ce fut ensuite le silence total dans un début de nuit tout aussi tranquille. Une soudaine nervosité gagna la jeune femme. La porte s'ouvrit.

— Juste de te voir, comme ça, et je suis comblé.

Il lui sourit avant de l'embrasser et de l'entraîner à l'intérieur sans même s'en détacher. Une fois au chaud, il la débarrassa de son bagage ainsi que d'une couche de vêtements. Olivia s'avança dans la demeure, attirée par un délicieux arôme de chocolat.

— Je nous ai fait des *cannoli*, l'informa Vito, non sans fierté lorsqu'il aperçut une étincelle au milieu des prunelles de son invitée.

La jeune femme s'en régalait déjà. Vito lui expliqua qu'il avait fait sa ricotta maison avec du lait, de la crème et du babeurre. La meilleure qui soit. Sa *mamma* lui avait toutefois fait cadeau des coquilles, puisqu'elle en avait cuisiné la veille et qu'elle en faisait toujours dix fois trop… Les alléchantes pâtisseries étaient assemblées en pyramide sur une assiette de porcelaine.

— On les apporte au salon et je nous ouvre un vin de dessert ?

Comment, et surtout, pourquoi refuser ? Olivia lui offrit aussitôt son aide. Ils s'installèrent sur la moquette, enlacés parmi de gros coussins jetés nonchalamment au sol. Le téléviseur était allumé, mais son volume était bas.

— Goûte, l'invita Vito de sa voix grave et posée.

Olivia prit un *cannolo* et croqua dedans. Elle ferma les yeux tant il était onctueux et délicieux.

— Ça goûte le ciel, avoua-t-elle. Si j'étais *fan* du mariage, je vous dirais que vous êtes un réel homme à marier, monsieur Costa.

Olivia ne s'en rendit pas compte, trop occupée qu'elle était à se délecter de son dessert, mais Vito changea net d'expression faciale. Il n'entendait pas à rire : dans la garde-robe du vestibule, derrière les vêtements suspendus était dissimulé un coffret de sûreté. À l'intérieur ? Un écrin de velours bourgogne contenant une bague de diamants. Maintenant que le « si j'étais *fan* du mariage » de la jeune femme jouait en boucle dans son esprit, Vito ne savait plus quoi penser du précieux bijou.

— Tu manges pas ? lui demanda Olivia.

— Bah, j'ai pas trop faim, c'était surtout pour te faire plaisir.

Il se versa du vin et en but un trait. Un *très long* trait. Il en servit ensuite un verre à Olivia tout en lui mentionnant qu'il s'agissait d'un *moscato*[8]. Tout était nouveau pour elle, les pâtisseries, la liqueur… elle adorait le fait que Vito élargisse ses horizons. Plus les minutes passaient, plus Vito se faisait intellectuel et donc moins sensuel. Étant une femme d'esprit, Olivia apprécia leur conversation animée, mais elle se demanda également où celle-ci mènerait. Après tout, Vito l'avait invitée à passer la nuit chez lui en catimini. D'un autre point de vue, cette discussion passionnée sur divers sujets retirait un énorme poids de ses épaules, car elle lui éviterait de se buter au point culminant, celui où elle devrait « coucher » avec lui.

— J'ai pensé à quelque chose l'autre soir, changea-t-il soudainement de sujet.

Vers où se dirigeait-il maintenant ? Olivia posa son verre de vin.

— Tu devrais revenir au village et gérer les finances de ma nouvelle pharmacie.

Tu devrais ? Et non *tu pourrais*. Tu devrais ! Olivia se montra quelque peu irritée. Elle lui fit répéter sa recommandation, ou plutôt son ordre, afin de s'assurer qu'elle avait bien entendu. Il prononça les mêmes mots une deuxième fois. Olivia s'empressa de lui vanter l'importance d'obtenir un diplôme et de s'affranchir comme jeune adulte pour se tourner vers l'ère moderne. Vito accueillit respectueusement ses arguments, les

8. Muscat : vin de liqueur produit avec des raisins muscats.

partageant même jusqu'à un certain point. Il croyait lui aussi à l'avantage de posséder un diplôme dans certains domaines. Dans certains autres, toutefois, rien ne valait l'expérience du terrain. Surtout dans une entreprise déjà établie et assurée d'un succès à vie, telle qu'une pharmacie. La seule pharmacie desservant tout un village, de surcroît ! Bien que respectueuse, leur discussion jeta une certaine tiédeur sur leur soirée romantique, qui pourtant s'annonçait chaude. Sans oublier la remarque d'Olivia sur le mariage… Ils passèrent au lit un peu après vingt-deux heures. Ils s'endormirent en cuillère, toujours aussi amoureux, mais songeurs.

6
La missive

C'était la dernière pratique de chant choral et une fébrilité flottait dans l'air. Raquel était en voix, aucun rhume ne semblait se pointer malgré le froid humide qui sévissait sur les régions avoisinant le grand lac. Elle maîtrisait à la perfection sa pièce solo : l'*Ave Maria* de Schubert. En compagnie de leur directrice, les choristes s'étaient mises d'accord pour arborer les deux teintes associées à la fête de Noël, soit le rouge et le blanc. Les trois solistes porteraient la couleur la plus vive pour se démarquer du lot. La salle paroissiale serait décorée pour l'occasion, gracieuseté du Cercle des fermières et de leurs jeunes abeilles. Les sommes amassées grâce à la vente de billets d'entrée serviraient à acheter des jouets pour les enfants hospitalisés ou en convalescence à la maison.

— Nous ne sommes pas les seules à participer au spectacle, annonça la directrice, sans grand effet de surprise. J'ai enfin reçu le programme officiel.

Les filles savaient déjà que ce serait un collectif. Qui le composerait était une autre histoire. Alors que la directrice débitait la liste des participants, Raquel commença à s'inquiéter. *S'il vous plaît, faites que Françoise et Colette y figurent pas !* pria-t-elle.

— Et c'est tout, termina la directrice.

Merveilleux.

— Outre une dernière place libre qui se confirmera d'ici jeudi.

Raquel s'inquiéta de nouveau.

***

En plus des revenus des chambreurs, Marion Levasseur avait encaissé deux profitables soirées de jeux bien arrosées au cours de cette nouvelle semaine, qui allait bientôt s'achever. En prévision de jours moins heureux, elle tentait de mettre de côté plus de la moitié de ses revenus. Marion n'avait pas entendu parler de la date d'arrivée des nouveaux propriétaires de Chez Ti-Tom, mais tout le monde savait à présent que ce projet était dans l'air. Autre détail qui jouait en sa défaveur : la période des Fêtes. Outre les célibataires endurcis et les travailleurs éloignés de leurs proches, personne ne fréquenterait le gîte en cette période de festivités familiales. Son voisin Théo avait beau lui répéter qu'il serait là pour la dépanner si le besoin s'en faisait sentir, elle tenait mordicus à toutes ses économies, même à celles de bouts de chandelle. Puisqu'elle ne pouvait pas encore compter sur ses filles pour un apport monétaire, elle essayait d'en placer à la Caisse et d'en cacher ici et là dans sa demeure, selon la vieille méthode de ses pauvres parents. Rien de cela ne fructifierait, mais bon. C'était une méthode connue et rassurante.

Lors de la dernière soirée de jeux, Gisèle Renaud avait déployé ses antennes pour essayer de détecter ce que le curé Ferguson lui avait mentionné. Tout en jouant au bluff avec un couple d'amis, elle avait gardé une part de son attention rivée sur le bedeau du curé. Il avait bien bu et s'était bien comporté. À sa connaissance, il n'avait pas reluqué Béa et ne lui avait fait aucune façon. Par contre, juste avant d'amorcer une nouvelle partie de cartes, Gisèle avait entendu la fillette ricaner dans le portique. Elle s'était approchée avec subtilité et avait vu le bedeau faire chanter à Béa la célèbre ritournelle de l'émission jeunesse *Maman Fonfon*. La petite tournait les mains en chantonnant: «Ainsi font, font, font, les petites mains à droite», imitant ainsi le bedeau. Rien d'anormal là. N'importe qui d'autre aurait chanté cette comptine que Gisèle n'en aurait pas fait de cas. Mais puisque le curé s'interrogeait... Elle en profita pour détourner l'attention de la fillette en lui volant un baiser de bonne nuit, étant donné que Marion venait d'annoncer son coucher. Le bedeau mit son chapeau de fourrure, les salua toutes deux et tira sa révérence. Romain arriva sur ces entrefaites. Il avait prévu de partir en milieu de soirée pour aller rejoindre Vito. Gisèle en avait été avisée et était bien d'accord avec cette «soirée de gars». Elle rentrerait à Estcourt avec un couple d'amis.

— Tu te souviens? lui rappela Romain en la serrant avec affection. Si la veilleuse est allumée...

— T'inquiète, j'ai pas oublié, répondit-elle avec un sourire gêné.

C'était leur nouveau code secret. Lorsqu'elle se sentait à l'aise avec d'éventuels rapprochements amoureux, Gisèle branchait la petite lampe de nuit. C'était moins intrusif pour elle, puisqu'elle gardait un certain contrôle, et c'était moins frustrant pour lui, car il ne se cognait plus le nez à des centaines de portes closes. C'est le cœur allègre que Romain quitta le gîte pour le cottage en bois de son meilleur ami. Ils avaient prévu de regarder ensemble les deux dernières périodes de la partie de hockey. Les deux hommes seraient en très bonne compagnie avec Jean Béliveau, Henri Richard, Dickie Moore, Jacques Plante et Doug Harvey.

— Hé, *buddy* ! l'accueillit Vito tout en lui offrant une sincère accolade. C'est 2-1 pour le Canadien. Viens !

Romain le suivit au salon et accepta la bouteille de Labatt qu'il lui tendit. Il s'assit à sa place habituelle, c'est-à-dire au fond du canapé de velours jaune or, tout près d'un cendrier en marbre noir sur pied. Les hommes s'allumèrent une cigarette et se plongèrent aussitôt dans la joute de hockey. Ce n'est qu'à la pause publicitaire qu'ils prirent des nouvelles l'un de l'autre. Romain avoua à Vito qu'il était débordé à l'ouvrage à cause d'importants contrats signés avec des acheteurs américains. Il lui parla aussi de la possibilité que son fils décroche une bourse d'études pour le Séminaire et de sa relation avec Gisèle, qui prenait un léger tournant pour le mieux. En retour, Vito lui raconta les premiers jours de relance de la pharmacie, sous la supervision de sa sœur Rosa, et lui parla aussi de son volleyball d'intérieur, tentant même de le recruter en lui vantant les bienfaits de ce sport et la franche camaraderie qui régnait au sein de l'équipe. Romain n'y avait jamais joué auparavant, mais puisqu'il était assez habile physiquement, il y réfléchirait. Il participerait peut-être à un entraînement et verrait par la suite.

— Si Olivia pouvait être aussi ouverte que toi…

— Pour le volleyball ? s'étonna Romain.

— Non, pour d'autres affaires.

Les allusions plutôt vagues de Vito rendaient Romain encore plus intrigué. Il voulait en apprendre davantage et tout de suite, mais la partie de hockey venait de reprendre. Une bière et deux buts plus tard, soit un pour les Maple Leafs et un autre pour les Canadiens, une pause publicitaire se présenta enfin. Vito se leva pour se rendre à la cuisine à l'instant précis où la sonnerie du téléphone retentit. Il fit signe à Romain d'aller leur chercher des bouteilles et des croustilles pendant qu'il prenait l'appel. L'échange se déroula en italien du début à la fin. Romain écoutait, fasciné par cette langue expressive et rythmée. Il capta quelques mots ici et là comme «*papà*» et «*amico mio*». Lorsque Vito raccrocha, l'air sérieux, Romain comprit qu'il lui annoncerait une nouvelle peu réjouissante.

— Mon père, souffla-t-il en se frictionnant les tempes, il s'obstine avec ma mère depuis une demi-heure, prétendant que je lui aurais promis de regarder la *game* avec lui.

— C'est vrai?

— Du tout. Je lui ai même pas parlé de la journée. Bref, je suis vraiment désolé, mais il s'en vient.

Romain était déçu de ne pas pouvoir en apprendre plus sur ce que son ami reprochait à Olivia. Mais il ne voyait pas d'inconvénient à passer du temps avec M. Costa puisqu'il avait entendu des commentaires chaleureux à son égard. Vito ne lui avait pas encore avoué ses inquiétudes face aux récents égarements de son paternel. Il se croisait les doigts pour qu'il ne fasse pas des siennes devant Romain. C'était censé être une soirée agréable de hockey entre amis et non une soirée de malaises. Vito priait pour le mieux, mais se préparait au pire. On frappa alors à la porte. Romain se proposa pour aller répondre pendant que Vito débouchait les bières.

— Monsieur Costa, c'est un plaisir de vous revoir.

— Bon matin, jeune homme.

Giuseppe entra dans la pièce et se saisit de son coussin préféré sur lequel il s'appuyait. Il avait oublié de retirer ses bottes parsemées de neige. Romain ne se laissa pas distraire par ce comportement étrange, se disant après tout que M. Costa était chez son fils et qu'il devait connaître les règles du domicile. Ce qui le laissait songeur, toutefois, c'était le «bon matin». Il trouvait la salutation inusitée, mais se dit que la barrière de la langue était peut-être en cause. Étant un fidèle partisan des Canadiens de Montréal, Giuseppe fut vite absorbé par la joute. Il criait des mots désapprobateurs en italien à chaque mauvais jeu, ce qui ne l'empêchait pas d'avoir l'air de s'amuser. Le caractère effervescent des Latins amusait Romain, qui était beaucoup plus posé en raison de son éducation judéo-chrétienne. Il se laissa emporter par la ferveur de l'homme, qui paraissait plus vieux qu'il ne l'était en réalité, sans doute en raison d'une vie de dur labeur.

— Comment ça va aujourd'hui, papa? s'informa Vito en prenant place entre son père et Romain sur le long canapé.

Le vieil homme se retourna avec un air hébété.

— Pourquoi *aujourd'hui*? Qu'y avait-il de spécial *aujourd'hui*?

— C'est une façon de parler, lui expliqua Vito. Comment tu vas, point?

— Je vais plutôt bien. J'ai mal aux genoux, mais bon… *c'è l'umidità*[9].

Romain dévisagea Vito : il cherchait dans son regard un semblant d'explication aux subtilités qui venaient d'être échangées. Vito se contenta de hausser les épaules. C'est ainsi que les hommes continuèrent à siroter leur bière, de même qu'à regarder la partie. Mais Vito était loin d'avoir l'esprit tranquille. Il observait son père en souhaitant intérieurement qu'il redevienne à cent pour cent lui-même. Vain espoir. Giuseppe semblait avoir perdu de son pétillant, de sa joviale spontanéité… Il n'appelait plus certains objets par leur nom habituel. Lorsqu'il passait devant un miroir, il s'étonnait parfois devant certains de ses traits, comme s'il redécouvrait des détails de son apparence… Sans l'avoir annoncé à ses sœurs et à sa mère, Vito avait pris la décision d'amener son père consulter un médecin à l'hôpital. Il savait que les filles s'y opposeraient, balayant du revers de la main ses intuitions de maladie, prétendant plutôt qu'il s'agissait des effets typiques du vieillissement. Leur *nonna*[10] était passée par le même chemin, certes sinueux, mais normal. Sauf que la petite voix intérieure de Vito lui chuchotait que ce n'était pas la norme.

— Déjà terminé ? lança Giuseppe, piteux.

— Mais non, papa, c'est l'entracte. Y reste la troisième.

— La troisième quoi ?

— Période.

9. C'est l'humidité.

10. Grand-mère.

Romain était confus. Cet homme n'était-il pas un grand fanatique de hockey? Pour ne pas amplifier le malaise, Romain se concentra sur sa poignée de croustilles, qu'il dégusta comme s'il s'agissait d'un mets exquis. Une vingtaine de minutes plus tard, après que les Canadiens eurent marqué le but victorieux, Giuseppe se redressa en s'appuyant sur le bras du divan. Il effectua quelques flexions des genoux, remercia en italien les deux hommes et les laissa terminer leur soirée, tranquilles.

— As-tu remarqué quelque chose? se risqua Vito, sans aucune autre précision.

Romain avait compris le sens de la question.

— Oui, j'ai remarqué quelque chose. Ton père est comme un peu… perdu?

— Boom! s'écria Vito en se frappant le creux d'une main avec le revers de l'autre.

Il se mit à parcourir la pièce, tel un ours en cage, avant d'interroger son ami sur son défunt père. Romain lui avoua que son paternel à lui avait perdu la raison lorsque son fils Adrien, adoré de tous, était mort en faisant la drave sur la rivière Sainte-Anne. Ce fils, un peu plus jeune que Romain, était le plus bel espoir de la famille Renaud. Or, l'égarement qu'avait vécu son propre père n'avait aucune similitude avec celui de Giuseppe. Le premier était un égarement psychologique, alors que le second lui paraissait cérébral. Alors que le père de Romain s'était souvent emporté dans des déclarations émotives et nostalgiques, celui de Vito perdait plutôt ses repères. Ces explications confirmèrent les intuitions de Vito. Sa décision était finale et sans appel: il ferait passer des tests poussés à Giuseppe, même s'il devait pour cela l'accompagner à l'Hôtel-Dieu de Québec, ou même au plus gros hôpital à Montréal ! Il ne laisserait pas le train passer. Pour Vito, il n'y avait rien de pire que de laisser un être cher dépérir dans la plus totale impuissance.

— Parlant de santé, je suis passé à la pharmacie hier. Ta sœur semble bien tenir le phare toute seule, pour le moment.

— Oh, c'est vrai, attends un peu !

Vito marcha vers la console en acajou qui longeait le mur de la porte d'entrée. Il retira une lettre d'une enveloppe déjà décachetée. Il la déplia et la tendit à son ami. Celui-ci en amorça la lecture en diagonale. Plus il accumulait les mots, plus son sourire s'élargissait.

— Mais c'est super, ça !

— *I know*, renchérit un Vito aussi encouragé que son copain.

— Il arriverait quand ? J'ai pas vu de date précise…

Vito se pencha pour relire la missive en vitesse. Puis, il pointa une phrase au bas du texte. Il y était inscrit : « Appelez-moi à ce numéro pour discuter des détails. » Enthousiasmé pour son meilleur ami, Romain fit un « tope là » bien senti à Vito. Grâce à la venue d'un jeune pharmacien, un vent nouveau soufflerait sans doute sur le village. Un vent qu'ils espéraient bénéfique à tous points de vue. Sur cette nouvelle encourageante, Romain quitta Vito pour rentrer au bercail. Il regarda l'heure à sa montre : 23 h 07. Il priait pour que Gisèle ne dorme pas à poings fermés, mais ses chances étaient minces. En attendant de voir si ses prières seraient exaucées, il dut redoubler de prudence, car la chaussée était plus glissante qu'en début de soirée. Il lui fallut presque le double du temps habituel pour rentrer à Saint-Pierre-d'Estcourt. En tournant le coin de sa rue, ses pneus arrière dérapèrent sur la glace. Un coup de volant sans trop de brusquerie et la voiture reprit sa course en ligne droite. Une fois arrivé devant son plain-pied de briques beiges, une lueur d'espoir s'attisa en lui : les lumières de la cuisine étaient toujours allumées. C'était encore plus prometteur que la veilleuse de nuit ! Enorgueilli, il s'achemina vers le perron en faisant bien attention de ne pas se retrouver les quatre fers en l'air. Il ne manquerait plus que ça ! Un tour de reins ou une foulure au poignet à quelques minutes de potentiels ébats amoureux ! Lorsqu'il pénétra enfin dans la cuisine tout en secouant les flocons de sa chevelure cendrée, il trouva sa femme en pleurs, à deux pas du téléphone. L'ambiance n'était pas à la fête. Il se déchaussa et se précipita vers Gisèle.

— Alexis ? s'inquiéta-t-il.

Elle hocha négativement la tête. Elle pleura encore un coup et s'épongea le nez.

— C'est Grégoire, finit-elle par dire, après avoir retrouvé son calme. Il est à l'hôpital. Un accident d'auto. Sa jambe droite est cassée.

Elle expira lentement pour tenter de reprendre une respiration normale. Romain secoua la tête à son tour : il venait de comprendre que son chien était mort, figurativement parlant. Bien sûr, il se faisait du souci pour le curé Ferguson, mais… Il aurait préféré échanger les larmes de son épouse contre quelques soupirs sur l'oreiller. Il lui flatta tout de même les épaules et le haut du dos avec tendresse.

— Tu vas t'épuiser à pleurer comme ça, tenta-t-il de la consoler d'une voix douce. Il doit être bourré de sédatifs à l'heure où on se parle. Il doit même plus ressentir la douleur. T'iras le voir demain matin. Je suis sûr que ta visite va l'aider à se requinquer.

Attendrie, Gisèle alla s'appuyer tout contre lui. Juste avant d'aller se démaquiller pour la nuit, elle lui donna un baiser reconnaissant. Romain le savoura pleinement. Mais son chien était tout de même mort et enterré.

7
L'annonce

Le vent soufflait avec force sur la neige folle qui recouvrait la surface du lac, créant ainsi une poudrerie aveuglante. Le début de tempête s'était aussi immiscé entre les bâtiments au travers desquels marchait péniblement Raquel. Tout autour d'elle, les bourrasques engendraient des tourbillons blancs aux sifflements fantomatiques. Avec son caractère coloré, la jeune femme se montrait très réactive face aux soubresauts de la météo. Elle avançait donc, corps penché, le visage enrubanné d'une écharpe de laine, tout en grommelant divers mots de frustration. Il faisait très sombre en raison du mauvais temps ; Raquel se laissait guider par les lanternes extérieures des commerces.

— Voulez-vous entrer vous réchauffer un peu ?

Raquel leva les deux seules parties de son anatomie qui n'étaient pas recouvertes de neige, c'est-à-dire ses yeux. Elle les dirigea vers la voix qui venait de s'élever au-dessus des bruits du vent.

— C'est très gentil de votre part, lui répondit la jeune Levasseur derrière son foulard, mais j'ai hâte de rentrer souper.

La grande dame la salua, puis la somma d'être prudente. Elle ferma à clé la porte de sa pharmacie. C'était bien sûr Rosa Costa, qui s'apprêtait elle aussi à rejoindre les siens, à l'abri du blizzard montant. Raquel poursuivit son chemin avec plus de détermination. Il ne lui restait que le tiers du trajet à faire, mais la poudrerie la faisait pleurer et le froid humide transperçait ses couches de vêtements pour la faire grelotter de la tête aux pieds. Tout à coup, des phares l'éblouirent à un point tel qu'elle recula contre une façade pour s'y appuyer. Le véhicule freina devant elle.

— Embarque, beauté, l'interpella une voix masculine.

Raquel hésitait. Elle abaissa le bras qui lui servait d'auvent contre les rafales de flocons.

— Je te fais peur, maintenant?

L'individu rigola. Raquel reconnut alors le rire réservé et la nouvelle «vieille» camionnette de Mederick. Elle était sauvée de la tourmente météorologique! Elle sauta à bord du véhicule et se jeta sur la bouche de l'autochtone. Après s'être collé les lèvres sur de la laine détrempée, Mederick rabattit le foulard de Raquel afin de prendre ses lèvres charnues. Le moteur ronronnait. Les phares créaient deux faisceaux qui perçaient la pénombre. Les amoureux étaient seuls dans la tempête.

— Merci d'être venu à ma rescousse, lui murmura-t-elle.

Après quoi elle manœuvra avec une légère difficulté par-dessus le frein à main afin de s'asseoir à califourchon sur son conducteur préféré. Ce dernier glissa ses mains sous les fesses de la fille tout en essayant de ne pas accrocher le klaxon. Pendant que le vent et la neige se chamaillaient à l'extérieur, la passion s'intensifiait à l'intérieur. À chacune de leurs parenthèses amoureuses, Raquel se montrait de plus en plus audacieuse et Mederick n'avait pas l'intention de s'en plaindre. Il commençait à se demander si ce n'était pas le coup du destin qu'il soit tombé sur cette belle brunette, sur le terrain arrière de la maison inoccupée que sa famille venait de recevoir en héritage. Époustouflante coïncidence, tout de même. Et une des plus heureuses, surtout.

— Crois-tu qu'on est faits pour être ensemble ? lui susurra-t-il tout en lui effleurant le galbe des seins de sa joue, puis de son nez.

Raquel se laissa flatter, les paupières fermées. Elle avait envie d'être à lui pour la vie. Elle le voulait pour elle, juste pour elle, et même en elle. Juste à y songer, elle en rougissait.

— Je t'aime, Mederick Wallace. Je t'aime.

Elle se pressa davantage contre lui et l'étourdit d'un baiser passionné. Soudain, on martela la portière. Une silhouette lugubre se tenait près du véhicule, contre vents et poudrerie. Raquel étouffa un cri, tandis que Mederick sursauta sous elle. Elle se dépêcha de réintégrer le siège passager. Le jeune homme abaissa sa vitre. Une tête encapuchonnée s'introduisit par l'ouverture.

— Voulez-vous bien me dire ce que vous attendez là, mes beaux enfants ? dit la secrétaire du presbytère. Êtes-vous enlisés ? Avez-vous besoin de l'assistance d'un garagiste ?

Mederick fit mine de tester sa pédale d'accélération, puis ses freins.

— Tout m'a l'air beau, bredouilla-t-il à la dame avant d'adresser un demi-sourire narquois à Raquel.

— Faites-moi plaisir et sortez du chemin au plus vite! Le *spotter*[11] est aux aguets. Les conditions sont très dangereuses. Notre bon curé a eu un accident épouvantable, leur annonça-t-elle en se signant de la croix.

Les jeunes tourtereaux lui promirent de rentrer aussitôt. Elle leur souhaita bonne chance et trottina difficilement jusqu'à son logis, retenant son capuchon de ses dix doigts. Mederick tourna le volant et reprit la route en se mordant l'intérieur de la joue pour ne pas s'esclaffer. C'est que Raquel se sentait honteuse et cela le divertissait au plus haut point. Il lui piqua le flanc à quelques reprises de son index pointé. Chatouillée, elle lui tapa la main, comme tout chenapan le méritait. Il céda à un grand rire en cascade. C'est alors que Raquel se mit à pleurer. Hébété, il cessa de rire sur-le-champ. Que se passait-il, tout à coup? Qu'avait-il fait ou dit de mal? Tout en s'efforçant de maintenir une conduite prudente dans le blizzard, il allongea un bras pour toucher la cuisse de sa passagère.

— Tu pleures toujours ben pas à cause de la bonne femme du presbytère?

Elle secoua la tête.

— J'ai beau réfléchir, je vois pas ce que j'ai pu faire pour…

— C'est pas toi, c'est Coco.

---

11. Agent de la sécurité routière.

Raquel ravala sa peine et lui expliqua que le dernier numéro de chant du spectacle de Noël venait d'être comblé par Colette et Françoise. Qu'elle s'exerçait depuis trois mois pour son moment à elle et que le duo le lui volerait à coup sûr.

— Elles voleront pas ton talent. Ça change rien à ton numéro à toi.

— Je les ai vues chuchoter entre elles quand la directrice du spectacle leur a demandé le titre de leur pièce, maugréa Raquel.

— *So what?* comme diraient les Anglais.

— Elles lui ont fait accroire qu'elles étaient pas encore certaines à cent pour cent. Regarde-les ben aller: elles vont nous niaiser jusqu'à la fin.

Mederick se gara face au hangar de la demeure des Levasseur. Il éteignit l'engin, retira sa clé et se tourna vers sa passagère. Il lui prit la main et lui baisa le bout des doigts.

— Tu vas être parfaite et j'ai hâte de te voir chanter. Je vais même porter la cravate. C'est à ce point-là que je suis fier de toi.

— T'as une cravate? s'étonna Raquel, tout sourire.

— Non, mais j'ai trois jours pour m'en trouver une.

***

Gisèle avait dû patienter une autre journée entière avant d'être admise au chevet de Grégoire. Maintenant opéré et plâtré, le religieux l'avait reçue avec une énergie renouvelée et, bien sûr, sa bonhomie coutumière. Il avait meilleure mine que les jours précédents.

— Ah ! bonjour, ma chère Gisèle ! Sers-toi dans les dragées, je t'en prie, j'en ai pour les fins et les fous !

Gisèle pigea dans la boîte de confiseries. Elle croqua dans une première dragée, qui était délicieuse. Elle s'avança ensuite une chaise, ne se sentant pas à l'aise de s'asseoir au coin du lit. Grégoire était enchanté par sa visite. Il commençait déjà à trouver le temps long, lui qui semblait avoir le don d'ubiquité tant il s'impliquait dans mille et une activités aux quatre coins de sa paroisse.

— Le diocèse voulait m'envoyer un remplaçant temporaire pour les messes et les célébrations, mais j'ai poliment refusé. Je leur ai fait savoir que mes paroissiens étaient des gens compréhensifs et que ce n'était pas un curé en béquilles ou assis sur un tabouret dans le chœur de l'église qui les bâdrerait.

Elle approuva tout en savourant la seconde dragée qui finissait de fondre contre sa langue. Après quoi elle s'informa des détails de l'accident, de l'opération chirurgicale ainsi que de la convalescence, pendant qu'une infirmière prenait en toute discrétion les signes vitaux du patient. Outre une légère douleur diffuse, celui-ci ne présentait aucune autre séquelle. Il remercia l'infirmière pour les bons soins qu'elle lui prodiguait. Au passage, il en profita pour louanger le dévouement de ses consœurs ; l'hôpital ne serait rien sans elles.

— Vos bons mots sont comme un cadeau de Noël à l'avance, le remercia l'infirmière en s'effaçant pour se rendre au chevet d'un autre patient.

— Parlant de cadeau, dit Grégoire en s'adressant à Gisèle. J'ai pris ma décision.

L'heure de vérité avait-elle sonné ? Gisèle avait l'intuition que le curé désirait mettre fin à leurs séances de thérapie. Ou peut-être qu'il voulait…

— J'offre ma dernière bourse de l'année à ton Alexis.

Et voilà ! C'était sa deuxième intuition. Gisèle devrait s'y faire : son fils mûrissait et souhaiterait bientôt vivre de nouvelles expériences en solitaire. Il était doté d'un splendide potentiel intellectuel ; il ne fallait pas que la mère couveuse en elle entrave son parcours. Ce serait dur, très dur, mais elle devrait se tenir en marge.

— Il lui restera à décider s'il entre en janvier ou s'il attend le mois d'août prochain, comme tous les autres collégiens.

Grégoire lut le conflit sur son minois. Il posa une main en coupole sur la sienne. Gisèle lui offrit un mince sourire dépité. Il rit avec chaleur humaine.

— Allez, maman, t'es plus forte que tu le crois !

— Je sais, je sais, se ressaisit-elle en soupirant.

— Changement radical de sujet, as-tu choisi ce que tu vas nous concocter de bon pour la vente de charité ?

Elle lui expliqua qu'elle hésitait toujours entre des tartes à la colle[12], une recette de sa grand-mère originaire du

12. Tarte composée principalement de raisins secs et d'un sirop clair.

Lac-Saint-Jean, et des petits mokas. Mais aucune inquiétude, elle serait prête à temps. Après avoir accepté une toute dernière dragée, Gisèle souhaita à Grégoire un retour rapide au presbytère et s'en alla. Dans le portique de l'hôpital, elle croisa Vito Costa et son père qui s'en venaient en sens contraire. Elle les salua de la main, sans plus de façon, puisqu'ils semblaient pressés. Tout en sortant du bâtiment, elle se demanda si elle dévoilerait à Romain et à Alexis les deux options qui s'offraient au garçon… Était-elle prête à laisser partir son seul et unique enfant dans moins d'un mois ? Tairait-elle la possibilité que son fils entre au Séminaire en cours d'année scolaire ?

Vito dirigea son père vers le bon couloir. Il s'étonna que Giuseppe le suive en sifflotant, d'un pas léger, bienheureux. Ce n'est qu'une fois assis dans le bureau du médecin qu'il comprit que son père pensait être là pour son nez. Ce dernier était né avec une déviation, ce qui lui occasionnait des sinusites chroniques. Pourtant, Vito l'avait avisé du contraire. Il lui avait parlé de ses écarts et de ses confusions. Vito avait joué franc-jeu avec lui. Son père avait simplement oublié la réelle raison de la consultation. Vito se dit que cet incident ne faisait que prouver son point.

— Bien le bonjour, messieurs.

Le médecin venait d'entrer en scène. Il ne s'agissait pas du Dr Chenard, connu comme Barabbas dans tout le Témiscouata, puisqu'il était urgentologue. C'est d'ailleurs lui qui avait traité le père d'Olivia jusqu'à la toute fin. L'homme qui prenait place devant eux était omnipraticien. Il avait été transféré à l'hôpital Saint-Joseph-du-Lac l'an dernier, en provenance d'Amqui ou d'Amos, enfin d'une ville éloignée débutant par le son «Am». Mais peu importait, Vito n'avait pas retenu ces menus détails. Il était fort rassuré qu'un œil expert évalue son père qu'il adorait… et qui l'inquiétait. Le médecin, bien corpulent, s'encastra l'arrière-train dans son siège, tout en tirant sur son sarrau pour le réajuster. Avec sa chevelure en boucles folles et ses larges favoris, il avait des airs de bouffon, mais Vito avait fait ses devoirs et savait que ce type était reconnu dans son domaine et se tenait à l'affût des récentes avancées médicales.

— Si j'ai bien compris, monsieur Giuseppe, votre fils a des préoccupations.

— *Sì*, *sì*, confirma-t-il dans sa langue maternelle. On a des divergences d'opinions, lui et moi. Il dit que je suis mêlé, mais pourtant…

Il s'observa, se palpa les vêtements et poursuivit en souriant:

— Je porte un pantalon, une chemise et des chaussettes assorties. Tout est *perfetto*[13].

Vito secoua la tête avec une légère exaspération, tandis que le médecin apprécia l'humour du vieil Italien. Il l'invita à s'asseoir sur le lit d'auscultation. Le papier blanc craqua sous son siège. Le médecin lui fit déboutonner sa chemise afin d'écouter son cœur et ses poumons. Il regarda un grain de beauté soulevé à son omoplate droite, s'assurant qu'il ne présentait rien de particulier. Le patient avait d'ailleurs plusieurs grains de beauté apparents, dont un à la pommette qui rappelait celui d'une célèbre starlette. Le médecin lui fit

13. Parfait.

la remarque et les deux hommes rirent un brin. Une fois les plaisanteries terminées, le docteur posa une série de questions à son patient. Maux de tête ? Raideurs dans la nuque ? Troubles de la vision ? Chutes de pression ? Problèmes de sommeil ? Tout y passa. Giuseppe confessa une surdité partielle et une tendance à « tomber dans la lune », comme il le verbalisa lui-même.

— Je vais vous faire passer des tests sanguins, mon cher, juste pour m'assurer que ce n'est pas la glande thyroïde, le diabète, une carence en vitamine B12 ou une insuffisance rénale qui cause vos troubles de mémoire.

Vito réagit ; il s'avança au bout de sa chaise, animé d'un regain d'espoir.

— C'est possible ?

— Dans certains cas, oui.

Le médecin acheva de remplir le billet pour le département des prélèvements, tandis que son patient reboutonnait sa chemise et remettait ses verres correcteurs à la monture noire. Vito regardait son père d'un autre œil : et si ce n'était pas un début de démence sénile comme il le craignait ? S'il existait d'autres possibilités ? C'est comme si, en quelques minutes à peine, son ciel gris s'était éclairci. Enhardi, il serra la main du médecin et accompagna son père au local indiqué sur le papier. Mais ce dernier s'arrêta d'un coup sec au beau milieu du corridor.

— *Miei occhiali*[14] !

---

14. Mes lunettes !

Interloqué, son fils lui fit remarquer qu'il les avait au visage. Embarrassé, M. Costa toucha la monture rectangulaire et se mit à rigoler. Vito, lui, ne riait pas.

8
Avaler sa pilule

Quelle semaine! Olivia avait eu droit à deux examens et un travail d'équipe exigeant. Elle n'était pas déçue de voir vendredi se pointer le bout du nez. Sa dernière communication téléphonique avec Vito s'était déroulée sur un ton plutôt maussade, vu sa propre fatigue et le dépit qu'éprouvait Vito pour son père. Elle se demandait si leur réunion serait plus réjouissante. Puisqu'elle avait très hâte de rentrer au bercail pour le week-end, tout dépendrait de son humeur à lui. Lorsqu'elle débarqua au gîte familial, elle renoua avec l'odeur réconfortante des lieux et l'animation typique de début de soirée qui y régnait. Il y avait maintenant quatre chambreurs, le quatrième partageant les mêmes quartiers que Mederick Wallace. Le nouveau venu dormait sur un lit de camp, mais il ne s'en plaignait pas puisque Marion lui avait offert un rabais pour le dédommager de cet inconvénient. Toute la maisonnée se trouvait au salon, à visionner des roulettes de diapositives que le voisin avait apportées. Les murs étant peints sarcelle, Théophane avait suspendu un drap blanc sur le mur opposé à la cheminée. Une véritable clameur s'éleva lorsque Olivia pénétra dans la pièce. Marion, Raquel et Béa bondirent sur leurs pieds pour aller l'étreindre à la manière d'un caucus. Les femmes Levasseur étaient tissées serrées.

— C'est-tu pas un beau portrait ? commenta Théo. Ça me le prendrait pour compléter ma collection.

Olivia abandonna sa valise pour aller se greffer au groupe. Elle refusa ce qu'on lui proposa à boire, mais se laissa tenter par un bonbon au *butterscotch*. Le visionnement d'images reprit son cours. Il y avait là des photos de trains sur lesquels le voisin avait travaillé et de vacances dans différents coins du Québec, comme la fabuleuse Gaspésie et la grande ville par excellence, Montréal. Alors que Raquel était davantage séduite par les panoramas de Percé et de la Baie-des-Chaleurs, Olivia était captivée par la jungle urbaine de la métropole. Les édifices, les piétons, les lumières, les taxis… elle se sentait transportée dans un autre univers. Seule la sonnette parvint à l'extirper de sa contemplation. Marion alla ouvrir. C'était Vito. Il entra au salon avec l'unique intention d'y trouver Olivia. Elle se retourna. Il la vit. Et il en fut si heureux. Elle arrivait comme un baume sur ses dernières journées plus difficiles. Il ôta son manteau noir parsemé de flocons afin de pouvoir l'accueillir au creux de ses bras sans la refroidir. Olivia se plaça devant lui. Ils se regardèrent. Ils étaient très au courant des « spectateurs » qui leur jetaient des regards directs et indirects. Surtout la matriarche. Vito n'obtint qu'un baiser bref, mais il décela l'ampleur du désir de la fille dans ses prunelles gris-vert. Il la prit dans ses bras et lui murmura à l'oreille des paroles amoureuses. Le cœur d'Olivia s'emballa. Elle ressentit aussi le tambourinement de celui de son homme après qu'elle eut posé la joue contre sa poitrine.

— Viens te joindre à nous, mon Vito ! lança le voisin. Y me reste un seul carrousel. Mon voyage à Niagara Falls. Vous allez voir ma Lucille, du temps de notre jeunesse. Paix à son âme, prononça-t-il solennellement.

Main dans la main, Vito et Olivia réintégrèrent le groupe. Olivia laissa à Vito sa place sur le divan et s'assit à ses pieds. Il écarta les jambes afin qu'elle recule et qu'il en fasse sa prisonnière. Cela permit à l'Italien de lui caresser la nuque et la chevelure avec subtilité. Elle ressentit avec émotion chaque allée et venue de ses doigts. Juste le fait de s'appuyer contre sa cuisse lui procurait le plus grand bien. Ses vêtements sentaient la lessive fraîche, un arôme qu'elle avait toujours adoré depuis sa tendre enfance. Dans la pénombre, entre deux diapositives, elle risqua de coucher sa tête un peu plus près de son entrejambe. Les doigts de l'homme se nouèrent dans ses cheveux. Une décharge électrique voyagea entre leurs deux corps. Théophane ralluma alors les lumières. Olivia redressa la tête.

— J'espère que vous avez apprécié, termina le voisin en éteignant le projecteur devenu chaud.

Les pensionnaires et les Levasseur le remercièrent de les avoir fait voyager de si belle façon et à si peu de frais. Marion mit une bouilloire sur le feu et mit aussi la cafetière en marche. Dan, le costaud à tête rasée, alluma le téléviseur. Les chambreurs dirigèrent leur attention sur la fin du bulletin de nouvelles, qui annonçait une vague de chaleur record.

Raquel réagit fortement :

— Ah non, je peux pas croire ! Trois à six degrés *toute* la semaine prochaine ?

— Est-ce que la neige va fondre ? s'inquiéta Béa.

— C'est sûr qu'à cette température-là…

La petite afficha une mine chagrinée. Mederick fit remarquer au groupe la condensation qui se formait dans la grande fenêtre du salon. Il se leva pour sortir sur la galerie avant. Sans manteau. C'était très humide, mais tout de même tolérable. Raquel l'y rejoignit. Le mercure avait considérablement grimpé depuis l'après-midi, si bien qu'on aurait juré que le soir entrait dans une saison différente. En voyant le gazon poindre çà et là entre des plaques blanches, Raquel eut un éclair de génie. Elle sauta au cou de son autochtone, qui l'accueillit en manquant de perdre le ballant.

— Aurais-tu le temps de rebâtir ta cabane?

Alors qu'il avait cru cette chose impossible avant au moins six mois, l'incroyable redoux et l'élan d'audace de sa brunette lui firent croire au projet. C'est tout son être qui se réanima à l'idée folle de braver les glaces flottantes de la rivière pour aller faire un pied de nez au salopard qui avait incendié son humble camp. Son havre de paix.

— Qu'est-ce que t'en dis? Je vais t'aider! renchérit Raquel, excitée.

Mederick accepta. Il avait bon espoir d'obtenir du bois à un prix dérisoire de la compagnie pour laquelle il bossait. Raquel sautait de joie, toujours accrochée à son cou. À l'intérieur du gîte, les autres pensionnaires regardaient maintenant une autre émission d'information. Ils étaient bien déçus que ne soit pas diffusé de hockey au petit écran. Vito aimait socialiser entre hommes, mais après quatre journées consécutives loin d'Olivia, il ne songeait qu'à larguer ses compagnons pour s'isoler avec elle. Tandis que Marion bordait Béa et amorçait la lecture d'un conte, Olivia sauta sur l'occasion.

— Vu la météo clémente, je pense qu'on va en profiter pour aller prendre une marche, dit-elle assez fort pour que plusieurs l'entendent.

Elle empoigna Vito par la main et l'entraîna jusqu'au hall d'entrée. Ils passèrent leur manteau sans l'attacher et quittèrent la résidence d'un bon pas. Ils étaient ravis de se retrouver. Loin des regards. Seul à seule. Enfin ! Ils descendirent le terrain arrière jusqu'au rivage et marchèrent le long du lac. Vito prit des nouvelles des études de la jeune femme, sans oublier de la questionner sur les étudiants masculins. Rien de déplacé, juste une jalousie adorable. Puis, il lui confia ses craintes grandissantes quant à l'état de santé de son père.

— Je suis pas du genre alarmiste, mais le pronostic est peu encourageant.

— Je suis tellement désolée, souffla-t-elle en se pressant davantage contre lui.

Il posa un baiser sur le dessus de sa tête.

— Ça te dirait de rencontrer toute ma famille ?

— Toute ?

— Demain soir. Souper familial. Baptême de feu ultime. Ça passe ou ça casse.

Il rit de sa voix chaude. Olivia n'était pas aussi amusée que lui.

— Mon père, ma mère et mes cinq sœurs. C'est tout. Rien de trop gros.

Elle lui pinça l'abdomen sous son manteau. Il rit en s'écartant.

— J'imagine que j'ai pas trop le choix…

— Si tu veux être avec moi, y faut que t'obtiennes l'approbation du clan. *Mi scusi.*

À ce moment, il la saisit pour la retourner face à lui. Il lui encadra le doux visage de ses mains. Il se perdit aussitôt dans ses contemplations. Dans le silence, sous l'éclairage flatteur d'une lune quasi pleine, Vito semblait prendre le temps d'admirer sa beauté, son regard intelligent, tout ce qui se dégageait d'elle, finalement.

— Embrasse-moi, lui murmura-t-il.

Comment lui refuser une telle demande ? Olivia se hissa sur la pointe des pieds pour atteindre la bouche de l'homme. Celle-ci était accueillante, amoureuse, suave. Elle goûtait un mélange de menthe et de cacao. Il n'y avait pas meilleur dessert. Olivia adorait la redécouvrir à chaque nouvelle embrassade.

— Je m'ennuie de dormir avec toi.

— Je sais, moi aussi.

Il réfléchit tout en se grattant le menton.

— On pourrait peut-être se coucher avant l'heure.

Olivia n'était pas sûre de le suivre.

— C'est quoi ton heure de rentrée ?

— Je sais pas trop, hésita-t-elle. Onze heures trente, peut-être.

Vito se tourna vers la lune pour mieux lire l'heure à sa montre. Il n'était que dix-neuf heures quarante-cinq. Un large sourire s'imprégna sur son visage. Près de quatre heures s'offraient à eux. Ne restait à Olivia qu'à annoncer sa sortie. Tout en revenant à la maison, elle souhaitait de tout cœur que sa mère soit toujours auprès de Béa afin de ne pas devoir justifier son départ précipité. La chance lui sourit lorsqu'elle tomba sur Raquel, qui lui donna sa bénédiction. Sa sœur se chargerait d'expliquer son absence d'une manière acceptable. Olivia lui plaqua un gros bec sur le front avant de prendre la poudre d'escampette.

Cette fois, ce fut dur de résister. Très dur. Vito et Olivia s'étaient glissés nus dans le lit. C'était la première fois qu'ils se dévoilaient entièrement. Une fébrilité planait dans l'air. Vito ne pouvait garder ses mains à l'écart. Il trouvait le corps d'Olivia plus que parfait. Il exerçait sur lui un puissant attrait. Loin de lui l'idée de brusquer la jeune femme, mais bon Dieu!

— On pourra pas continuer comme ça, chuchota-t-elle au creux du cou de l'Italien.

Vito savait qu'elle avait raison. Il poursuivit tout de même ses effleurements pendant un long et envoûtant moment. Elle ne s'y opposa pas. Le tracé de ses doigts lui procurait de nouvelles sensations auxquelles elle ne souhaitait pas mettre fin. Tous deux savaient, toutefois, qu'ils ne pouvaient franchir le fil d'arrivée. Ni même s'en approcher. Seule une prudence calculée parviendrait à freiner leurs ardeurs. Une fois allongés l'un contre l'autre, Vito lui mentionna quelques options. Il savait que certaines femmes employaient la méthode du thermomètre. Son efficacité restait à prouver, cependant. Certains hommes lui avaient révélé, à mots couverts, qu'il existait des préservatifs masculins, mais qu'il était difficile de s'en procurer, et surtout, qu'ils étaient illégaux. Vito avait des cousins italiens qui habitaient le centre-ville de Montréal… C'était un peu loin et complexe, mais plus il y songeait, plus l'idée faisait son chemin. Olivia l'écoutait attentivement, sans se prononcer. C'était un tout autre monde qui s'ouvrait à elle, un monde risqué, mais intrigant.

— Y paraît qu'un scientifique américain a inventé une pilule, l'an dernier. La Enovid. Il la vend sous prétexte de traiter des problèmes de femmes, expliqua-t-il en mimant des guillemets.

— Des problèmes ?

— Des douleurs au ventre que vous auriez des fois, précisa-t-il, mal à l'aise de se sentir ignorant.

Une certaine timidité gagna Olivia.

— Mais dans les faits, la pilule serait utilisée pour empêcher les grossesses.

— Oh…

Était-ce possible ? Olivia avait du mal à y croire. C'est comme si ce chercheur américain avait lu dans ses pensées. Plus encore, il avait réalisé son rêve le plus enfoui ! Elle roula sur Vito, imprégnant son corps nu sur le sien. C'était risqué, mais elle avait tant envie d'être plus près de lui.

— Penses-tu que la Eno-quelque chose va prendre cent ans à venir au pays ?

— J'espère que non, hein ? On demandera ça à notre nouveau pharmacien.

Olivia se dressa sur ses paumes, comme si elle voulait faire des pompes. Son sourire était teinté d'un mélange d'étonnement et de jubilation.

— Tu l'as trouvé ? T'as trouvé un pharmacien ?

— *Sì, bella.* Fraîchement diplômé de Laval. Il va arriver avec le père Noël dans son traîneau.

— Ha ! ha ! Et c'est quoi son nom ?

— Maxence Rodrigue.

Vu l'heure avancée, les amoureux commencèrent à se rhabiller. Ils le firent en se disant que ce n'était que partie remise. Ils se réjouirent aussi de l'excellente nouvelle qu'était la venue prochaine du jeune pharmacien.

***

Devant sa machine à coudre Singer, Marion cognait des clous. Elle était vannée, mais n'avait pas le choix d'achever ce contrat de confection de vêtements, qu'elle avait pris en secret. Elle l'avait accepté bien malgré elle, car elle s'était juré de se concentrer uniquement sur son gîte. Elle brûlait la chandelle par les deux bouts, mais quelle autre option s'offrait à elle ? Béa n'était qu'une enfant, Raquel l'assistait déjà au gîte et Olivia en avait par-dessus la tête avec sa formation en ville. Il lui était donc impossible d'inciter ses filles à se trouver un boulot à temps partiel. Sur ce, elle appuya sur la pédale de sa machine en espérant que le ronronnement continuel du moteur n'entraverait pas le sommeil de Béa. Alors qu'elle effectuait deux pinces sur une jupe tulipe, Marion entendit le déclic de la porte d'entrée. Était-ce un chambreur qui sortait ou son Olivia qui rentrait ? Elle tendit l'oreille. Les bruits de pas s'amplifièrent. C'était donc quelqu'un qui revenait au gîte. Marion écouta avec attention. Les pas se faisaient discrets. C'était Olivia, sans contredit. La dame piqua ses aiguilles dans sa pelote en forme de tomate et recula son vieux banc avec précaution – Béa dormait toujours – pour sortir de la pièce. Elle alla à la rencontre de son aînée au pied de l'escalier.

— Je me suis inquiétée. Il est passé onze heures.

Comme toutes les mères, pensa Olivia. Elle ne lui en tenait pas rigueur, mais aurait aimé bénéficier d'un peu plus de leste.

— Est-ce qu'on pourrait se parler de tes intentions…

Oh, non. Pas une discussion grave et existentielle à pareille heure ? Olivia se sentait prise au piège. Elle songea à une riposte rapide et efficace, mais sa mère la devança.

— … demain matin ? Je vais te laisser aller te coucher. Je veux que ma grande fille soit en forme.

Elle lui tapota le bras en lui faisant cadeau d'un sourire aimant, mais un brin soucieux, qui faisait ressortir ses pattes d'oie. Olivia lui sourit en retour en signe d'acquiescement. Elle venait de s'en tirer. Pour la nuit seulement. Tout en se rendant à la salle de bains pour retirer son mascara et se brosser les dents, Olivia revit sa soirée avec Vito et ressassa les paroles de sa mère. Celle-ci voulait connaître ses intentions. Olivia y avait-elle déjà réfléchi ? Quelles étaient-elles, ces fameuses intentions ? Elle ne pouvait certainement pas lui avouer qu'elle avait, comme principale ambition, de trouver un moyen de faire l'amour au grand Italien sans qu'il y ait de conséquences ! Cette déclaration rendrait Marion raide dingue ! En y repensant, Olivia éclata de rire et éclaboussa le miroir de mousse de dentifrice.

9
Doux-amer

C'était une vague de chaleur sans précédent : en ce dimanche 21 décembre, le mercure atteignait la barre des cinq degrés Celsius. Pour le petit déjeuner, Marion avait ouvert la fenêtre de la cuisine ainsi que la porte vitrée qui donnait sur la galerie arrière. On entendait le bruit de la neige qui fondait, comme au printemps, et on ressentait les bienfaits de la brise du matin. Tout le monde en était rasséréné. Tout le monde sauf Béa, qui boudait. D'autant plus que la petite s'était réveillée au beau milieu de la nuit, troublée par un abominable cauchemar sur le monstre du lac. C'était son deuxième de la sorte. *Au revoir bonshommes de neige et bonjour terreurs nocturnes*, pensa la fillette en picossant dans son assiette, faute d'appétit. Marion exigea qu'elle mange le tiers de son assiette. C'était le minimum pour être bien soutenue toute la matinée.

— Mais j'ai pas faim, ronchonna Béa.

— Tiens ! Le tiers, mademoiselle !

Raquel s'inclina vers le déjeuner de sa petite sœur. Elle vit que leur mère avait divisé la nourriture en quatre parts. Elle sourit derrière sa serviette de table. Il y avait tout de même quelques avantages à rester à l'école au-delà de la septième année… Son observation était bien sûr dénuée de méchanceté, mais elle aurait aimé en rire de connivence avec quelqu'un. Elle considéra Olivia, mais celle-ci était déjà en mouvement. Elle venait de terminer son café et son pain beurré trempé dans la mélasse blonde et s'attaquait maintenant à la vaisselle accumulée dans l'évier. Elle se dépêcha de sécher la dernière soucoupe pour pouvoir s'éloigner de la cuisine. Marion se mit en travers de sa route. Sur un ton rusé, quoique affectueux, elle lui rafraîchit la mémoire :

— Tu serais pas en train d'oublier notre p'tite jasette ?

Olivia rit jaune. Intérieurement, bien sûr. C'est plutôt tête basse qu'elle suivit sa mère jusqu'à la balançoire de la galerie avant. Toutes deux avaient enfilé une veste au passage. Olivia avait eu le flair d'attraper ses verres fumés, question de dissimuler les émotions que pourrait trahir son regard. Elles prirent place, côte à côte. Olivia s'attendait à un préambule tout en douceur, mais Marion n'y alla pas avec le dos de la cuillère. Elle présenta d'emblée les dents de la fourchette.

— M. Costa m'a juré de pas sauter d'étapes avec toi. Vous en êtes rendus où, exactement ?

— Appelle-le pas « M. Costa », s'il te plaît. Ça le vieillit sans bon sens. On dirait que tu parles d'un vieux bonhomme, grimaça Olivia.

— On va pas s'enfarger dans les fleurs du tapis, toujours ! répliqua la mère en se cognant les souliers pour en faire tomber la gadoue. J'aimerais que tu répondes à ma question.

Olivia tourna le visage vers le ciel, faisant mine de prendre un peu de soleil. Ou peut-être y puisait-elle des réponses qu'elle ne possédait pas ? Peu importait, elle se permit ce bref temps d'arrêt afin de formuler une explication. Elle ne voulait pas mentir, mais ne voulait pas non plus entrer dans les détails et risquer de se mettre les pieds dans les plats.

— Écoute, je vais être franche avec toi, maman : j'ai aucune idée où j'en suis. Les choses suivent leur cours. Je pense être en train de tomber amoureuse, mais j'en ai pas la certitude parce que j'ai jamais aimé un homme, donc…

— Suivent leur cours ?…

— Oui, ça veut dire que ça progresse naturellement. Mais si tu rêves de voir une de tes filles en robe blanche avec un voile ou si tu rêves de devenir grand-mère, y faudrait peut-être que tu mises sur Raquel.

Olivia se leva de la balançoire, bien au fait du cataclysme qu'elle venait de créer. Avant de laisser sa mère seule dans les décombres provoqués par sa déclaration, elle posa affectueusement une main sur son épaule. Puis, elle disparut en prétextant une commission à faire au village voisin. Marion resta soudée à son siège.

***

Appuyé sur le bord de la bande, Romain scandait des encouragements à l'équipe de son garçon. Ce dernier faisait partie du Club Junior 4-H. Cette dénomination s'inspirait d'une devise estimée dans le patelin : *Honneur dans les actes, honnêteté dans les moyens, habileté dans le travail, humanité dans la conduite.* Les joueurs du club 4-H avaient du cœur au ventre et offraient toujours une fière compétition aux clubs visiteurs, comme aujourd'hui, face aux plus âgés et aux plus costauds hockeyeurs de Saint-Alexandre. Or, malgré toute la volonté du monde, le pointage était maintenant rendu à six contre quatre pour l'adversaire. L'équipe d'Alexis commençait à lambiner, certains joueurs étant véritablement fatigués, d'autres ayant plutôt abandonné. Romain n'aimait voir personne baisser les bras. *Si moi j'ai jamais abandonné avec ma femme*, pensa-t-il, *un joueur de hockey peut jamais abandonner une partie*. Le match se poursuivit avec le même esprit d'abdication.

— Passe ! cria Romain entre ses mains qui lui servaient de porte-voix. Passe la *puck*, arrête de… Ahhh !

Les bras dans les airs, il encaissa le but raté avec autant de dépit que le gardien à genoux sur la glace.

— La glace est *laitte*, mentionna un autre père. Je sais pas pourquoi ils ont pas *cancellé* la *game*. C'est quasiment rendu de la *slush*.

Le redoux avait ruiné la surface autrefois plane et miroitante. Non seulement la performance des joueurs en était affectée, mais ceux-ci risquaient de se fouler une cheville sur la surface ramollie par endroits. Comme s'il avait pu lire dans les pensées des pères de famille, l'arbitre siffla l'arrêt du match en raison de l'état discutable de la glace. La fin abrupte et le résultat – une défaite crève-cœur – eurent raison de l'allégresse habituelle d'Alexis Renaud. Le jeune homme ne salua même pas son père au passage. Il se rendit direct à la cabane qui servait de vestiaire et projeta ses gants au sol tout en bougonnant. Ses coéquipiers l'imitèrent, en proie au même désarroi. Romain ne s'interposa pas. Il avait souvent souffert de la pression parentale dans sa jeunesse. Il laissa à son fils la liberté de vivre sa déception. Maintenant adossé à la bande, grillant une cigarette comme tous les autres hommes,

Romain se livra à du bla-bla banal, allant de la météo à la politique municipale, le genre de conversation qui meuble les temps morts entre parents de joueurs une fois la partie terminée. Puis, il fut interrompu par la visite impromptue de sa Gisèle. Elle revenait du presbytère, où elle semblait passer le plus clair de son temps depuis que le curé Ferguson avait reçu son congé de l'hôpital.

— Salut, ma douce, l'accueillit Romain en posant un baiser sur la chevelure dorée de son épouse. Alexis vient de perdre. La patinoire était pas belle. Mais c'est pas ton cas.

Elle sourit tout en se blottissant dans ses bras.

— J'ai peut-être une nouvelle qui va lui remonter le moral.

Gisèle était demeurée plusieurs jours dans le secret des dieux. Elle avait volontairement gardé pour elle l'offre de Grégoire Ferguson, ne sachant pas quoi en faire. C'est aujourd'hui qu'elle se sentait prête à annoncer la nouvelle à son mari.

— Notre fils va être un séminariste, lui avoua-t-elle.

— Quoi ? C'est garanti ?

— Oui. Et gratuit.

Le comble de la fierté paternelle ! Romain éclata de joie. Il souleva sa femme pour la faire tournoyer. Elle pouffa d'un petit rire teinté de timidité. Les autres parents les observaient en sourcillant.

— Va falloir célébrer ça en grand, déclara Romain. Ce soir, je vous emmène au restaurant chez Dagenais ! Je t'aime, ma femme. Pis maudit que je suis fier de notre fils !

Gisèle ressentait de l'affection pour son mari et s'en voulait de ne pas être capable de le lui démontrer comme il le méritait. Elle se dit en elle-même qu'il lui faudrait redoubler d'efforts. Du moins, elle en avait la sincère intention. Ce soir, après leur sortie au restaurant, elle essayerait de se montrer plus tendre envers lui, peut-être en lui offrant un massage ou toute autre attention délicate. Elle s'efforcerait de lui faire plaisir.

***

L'heure était venue. Olivia était attendue dans moins de quinze minutes pour son tout premier repas chez les Costa. La confiance ne régnait pas. C'est-à-dire que l'aînée des Levasseur avait confiance en ses moyens, mais elle avait été mise au fait que les Costa exigeaient beaucoup de leur unique fils et qu'ils le pressaient à se caser depuis de nombreuses années. Olivia se demandait si elle aurait des épreuves à passer, comme des questionnaires oraux sur ses valeurs ou encore des tests pratiques où elle aurait à épauler Mme Costa en cuisine pour que cette dernière évalue ses habiletés. En addition à ses évaluations scolaires, ce serait le comble ! Lorsqu'elle éleva le point pour frapper à la porte, Olivia s'arrêta pour prendre une profonde inspiration. Puis, elle s'exécuta. Elle entendait des voix mêlées à des bruits de pas. La maisonnée semblait déjà fort animée. Olivia expira l'air qu'elle avait retenu sans trop s'en rendre compte. Une silhouette imprécise se forma derrière le carreau givré de la porte. La voie s'ouvrit devant elle. Elle avait souhaité que Vito lui ouvre seul, mais il était accompagné de deux de ses sœurs, dont Rosa, qu'elle connaissait vaguement. Elle leur offrit un sourire un peu plastique. Vito haussa les épaules et les sourcils en synchro, comme pour excuser la présence des filles à ses côtés.

— Olivia ! On est tellement contentes que tu sois là ! lui avoua Rosa.

Elles aidèrent la visiteuse à se dévêtir et l'escortèrent jusqu'à la salle à dîner. Vito suivait derrière, un peu agacé par le rythme accéléré de cet accueil. Il aurait aimé prendre Olivia à part, dans une sorte de zone tampon, avant de la catapulter parmi les siens. En constatant l'empressement de ses sœurs, il avait vite fait une croix sur le projet. Giuseppe Costa, qui avait toujours eu un faible pour les jolies dames, fit son entrée en scène avec une flûte de mousseux. Il la remit à Olivia et lui fit la bise tout en lui adressant la parole en italien. Par chance, ce ne fut pas un casse-tête pour Olivia de saisir le sens de *bellissima* et de *benvenuto*. Une fois assise à la table ovale recouverte d'une nappe de dentelle crème, Olivia ressentit davantage sur elle le poids des sept regards. Il ne manquait que le huitième, soit celui de la *mamma*, qui était à ses fourneaux. L'invitée but une gorgée salutaire de vin pétillant, puis se mit à rouler et à dérouler le rebord de la nappe qui reposait sur ses genoux. Orgueilleuse, elle ne voulait pas laisser affleurer sa nervosité. Elle jouait donc subtilement avec la nappe, telle une enfant préoccupée, alors que les questions se mettaient à fuser. De quoi avait l'air son village natal ? Quel était son passe-temps préféré ? Aimait-elle ses cours de bureautique ? Quel produit utilisait-elle pour avoir une chevelure aussi lisse et soyeuse ? Pourquoi ne sortait-elle pas plus souvent à l'hôtel Pohénégamook ? Comment son histoire d'amour avec leur frère avait-elle débuté ? C'est à cet instant précis que Vito mit son pied à terre afin de prendre le contrôle de la situation. Il était grand temps puisque Olivia était prise d'un vertige et commençait à balbutier.

— On va reprendre notre souffle, n'est-ce pas ? ironisa-t-il de sa voix ténébreuse. On se croirait dans un débat à l'Assemblée nationale.

Certaines de ses sœurs bougonnèrent, alors que d'autres roulèrent des yeux vers le plafond de stuc. À l'extrémité de la table, Giuseppe riait derrière son verre de mousseux. La bisbille familiale l'avait toujours diverti. S'en moquer était sa façon à lui de dédramatiser la vie et de ne pas trop se prendre au sérieux. Face à ce tableau cocasse, Olivia ne put faire autrement qu'imiter le patriarche. Baissant la tête, elle y laissa naître un sourire dérisoire. Elle sentit alors une main agréablement possessive lui serrer la cuisse. Elle la pressa affectueusement en retour. Ce qu'elle aurait donné pour s'enfouir le visage au creux de ce cou qui sentait bon l'après-rasage ! Mais elle ne le pouvait pas.

— On pourrait peut-être commencer par le commencement ? poursuivit Vito. C'est-à-dire les présentations. Après, vous lui demanderez de vous fournir son baptistère, son groupe sanguin et son permis de conduire.

— *Molto, molto divertente*[15], railla l'une des sœurs Costa.

Vito lui sourit avec un brin d'insolence. C'était la plus jeune et aussi celle qui était pourvue du plus fort caractère, pour ne pas dire de la plus grosse tête de cochon. Elle et Vito avaient souvent des prises de bec, ce qui ajoutait au tumulte de cette famille déjà émotive et extravertie. Tandis que la conversation se remettait peu à peu sur les rails grâce à Rosa qui racontait

---

15. Très, très drôle.

des anecdotes saugrenues de clients de la pharmacie, le paternel retourna à la cuisine pour voir où en était sa femme. Elle avait les pommettes cramoisies et des bouffées de chaleur, ce qui était habituel chez la dame, en raison de ses hormones et du travail constant à la cuisinière ou au magasin général. Ses rondeurs n'aidaient peut-être pas non plus. Elle débita quelques directives en italien à son mari, qui lui obéit au doigt et à l'œil. C'est ainsi qu'il alla chercher les filles pour aider avec la saucière, le plateau de viande, les antipasti, la purée et autres victuailles. Giuseppe se chargea de déboucher une fiasque de chianti. Seuls à table, Vito et Olivia sautèrent sur cette succincte occasion pour échanger des chuchotements.

— *Man*, se plaignit Vito, embêté par ses propres sœurs. Je m'excuse pour l'interrogatoire en règle. Pas trop découragée ?

Il lui flatta la joue avec empathie. Ravie de ce geste attentionné, elle lui saisit la main pour en embrasser la paume. Puis, elle la colla sur sa joue à nouveau, appréciant l'effet de chaleur qu'elle lui procurait.

— Le pire c'est que t'as pas encore franchi l'étape ultime : ma mère.

— Je sais me tenir, lui renvoya Olivia. Ça devrait aller.

— Non, mais c'est parce que…

— Et voilà ! déclara le paternel en retirant le bouchon de liège, ce qui fit un « pop » bien sonore.

Au même instant émergea de la pièce attenante un cortège de serveuses, fermé par la cuisinière en chef. Olivia redressa les épaules. Sous la table, Vito entrelaça ses doigts aux siens.

Rêvait-elle ou serrait-il de plus en plus fort ? La *mamma* toisa la seule personne à la chevelure et à la peau claire. Elle semblait affublée d'un masque neutre, sans aucun sourire ni moue quelconque. Ses traits étaient fixes. Pour l'instant. Olivia remarqua que Vito expirait lourdement à ses côtés. Il recula sa chaise pour se dresser, mû par un désir d'observer un certain décorum ou assujetti à un devoir d'obéissance bien ancré.

— *Mamma*, je te présente officiellement Olivia, que tu connais bien sûr déjà, mais que…

— Bonsoir, mademoiselle Levasseur, le coupa-t-elle avec un fort accent. Je vous souhaite un bon souper.

La dame bien portante prit place à l'opposé de son mari, au bout de la table, et déplia sa serviette en tissu pour s'en recouvrir le haut des cuisses. « Je vous souhaite un bon souper ? » Sérieusement ? C'est tout ce qu'elle avait à dire ? Vito se rassit dans son siège, ahuri. Il n'en revenait pas. En toute discrétion, Olivia s'appuya contre lui.

— C'est correct, lui susurra-t-elle à l'oreille.

— Pas vraiment, murmura-t-il entre ses dents serrées.

Comme si de rien n'était, une conversation enjouée vint décrisper l'atmosphère. Les opinions, les commentaires et les ripostes fusèrent de toutes parts, et ce, à propos de sujets variés. Les plats se passèrent de convive en convive. Ils avaient l'air succulents. La bouteille de chianti fit le tour également. Bien vite, Giuseppe réalisa qu'il devrait en déboucher une seconde. Olivia se servit de petites portions de chacun des plats. Elle voulait goûter à tout. Ce n'étaient pas des arômes auxquels elle était habituée; elle était ravie de découvrir une gastronomie aussi débordante de saveurs que de textures. De temps en temps, elle voyait que Vito lui jetait des regards charmés en coin. Et elle, de son côté, se pâmait d'admiration pour le timbre de sa voix, son rire communicatif et son profil bien dessiné. Rosa avait noté cette subtile expression de pâmoison, les autres sœurs étant trop occupées à analyser leur invitée. Cela lui faisait chaud au cœur de voir une jeune femme s'amouracher de son grand frère, qui était aussi son complice. D'une manière ou d'une autre, qu'elle soit positive ou non, tous se souciaient d'Olivia. Tous, sauf la matriarche. Vito avait décelé son indifférence dès l'instant où elle avait émergé de son château fort, soit la cuisine. Cette ignorance volontaire l'irritait gravement, mais il ne s'en formalisa pas ouvertement. Inutile de jeter de l'huile sur le feu: il avait déjà subi de nombreuses brûlures par le passé.

— On est presque rendus au dessert, affirma alors Rosa. Je pense que c'est l'heure de te faire passer un dernier petit test.

— Ah oui? réagit Olivia, mi-enjouée, mi-préoccupée.

Rosa repoussa son assiette achevée et s'épongea la bouche à l'aide de sa serviette de table. Vito trépignait. Qu'allait-elle sortir, au juste? Pas un autre interrogatoire en vingt questions à développement? Ne sachant que faire de plus utile, il passa un bras autour des épaules de sa belle.

— Je te donne une seule chance de te tromper, sourit l'Italienne. En commençant par le mien, nomme tous les prénoms des membres de la famille ici présents.

Vito soupira en lui-même. Olivia était tout aussi soulagée que lui. Elle accepta le défi avec enthousiasme. La jeune femme avait toujours eu l'esprit de compétition. Sans plus tarder, elle se lança : Rosa, Maria, Giuseppe, Vito – bien sûr, quelle question ! –, Almonda… Tout le monde rigola. Olivia venait de commettre une erreur. Elle devait utiliser son droit de reprise. Elle ferma les yeux, se creusa les méninges un instant et s'exclama « Alfonsa ! » d'une voix triomphante. Elle fut récompensée par des applaudissements. Elle poursuivit : Teresa, Gigi… Une fois arrivée à la mère de famille, Olivia figea. Pourquoi n'arrivait-elle pas à se souvenir de ce nom ? Ce trou de mémoire la fit paniquer. De toutes les personnes à table, c'était le pire prénom à oublier !

— Mme… Costa ? avança-t-elle, les yeux plissés comme une pauvre enfant attendant la fessée.

Les traits sévères, la dame renforça son image autoritaire en joignant les mains dans un seul poing serré.

— Je m'appelle Kobra.

En raison d'un mélange de malaise et d'étonnement, Olivia pouffa tout en projetant en bruine une partie de sa gorgée d'eau. Elle ne comprenait pas ce qui se passait. Pourquoi la dame lui ferait-elle une telle plaisanterie ? C'est alors que le silence se fit. Sur un ton bousculé, Olivia s'excusa d'avoir arrosé une section de la nappe et pria la famille de bien vouloir lui pardonner cette bévue. Vu le sérieux des gens, hormis Giuseppe qui semblait sourire derrière son morceau de pain, Olivia comprit qu'il ne s'agissait pas d'une blague. Cette femme s'appelait bel et bien Kobra. Bien sûr, Olivia n'aurait *jamais* oublié un tel prénom. Le fait est que personne ne le lui avait mentionné auparavant, pas même Vito. Ce dernier ne semblait pas savoir quoi dire ni où se mettre. Son cerveau fonctionnait toutefois à plein régime. Vito cherchait un moyen rapide et efficace de sortir Olivia du pétrin. Mais Rosa le devança.

— C'est le prénom le plus absurde que j'ai jamais entendu de ma vie, avoua-t-elle, candide. Heureusement qu'il signifie « celle qui chante », n'est-ce pas, *mamma* ? Allez, fais honneur à ton prénom et chante-nous une belle *tarantella*[16] !

La dame refusa d'emblée, puis sous les encouragements de sa progéniture, elle finit par se dérider. Elle donna un coup de tête dans le vide pour faire signe à son mari d'empoigner son accordéon, puis elle se lança dans un extrait d'une tarentelle napolitaine. La mélodie jouée par son époux suivait un rythme croissant. Vito profita de la joyeuse cacophonie formée de chants, de sifflements et de rires chaleureux pour filer à l'anglaise vers la pièce adjacente. « Je vais chercher le dessert », prétexta-t-il en empoignant Olivia par la main pour l'entraîner à la sauvette. Réfugiés près du réfrigérateur, ils purent reprendre leur souffle et leurs esprits.

— Je me sens tellement mal, se plaignit Olivia en se prenant la tête à deux mains.

— Non, non, non, non, fit Vito en la serrant tout contre lui.

— Rosa m'a sauvé la vie !

— Un peu, oui. *Dear Lord !*

---

16. Danses et chants traditionnels du sud de l'Italie qui suivent un rythme endiablé.

Olivia se laissa réconforter encore un moment par Vito, dans ses bras enveloppants. Puis, elle leva les yeux vers lui.

— Est-ce que c'est une simple façade ou ta mère est…

— Particulière ? Difficile ? Parfois tyrannique ? l'interrompit-il.

Olivia se retint de lui répondre ; tout avait été dit. Après lui avoir soutiré un tendre baiser, il s'écarta légèrement pour se tourner vers le congélateur. Il en ouvrit la portière du haut pour se saisir du contenant de crème glacée à la vanille. Il mit plutôt la main sur un objet incongru. Il fronça aussitôt les sourcils en le sortant du froid.

— Qu'est-ce que…

Vito regarda Olivia, éberlué. Il venait de trouver le portefeuille de son père parmi les bacs à glaçons et les aliments congelés. Réalisant la gravité de cette découverte, il se passa une main dans la chevelure, puis se secoua la tête. Il était dépité.

10
Pas du gâteau

Seuls quelques toussotements vinrent ébranler le silence solennel qui régnait dans la vaste salle communautaire. Les premiers numéros avaient suscité des vagues d'applaudissements, et maintenant, les spectateurs attendaient, paisibles, la prochaine prestation. Jusqu'à présent, ils avaient eu droit à une démonstration d'ombres et de lumières sur le thème de la nativité, à une danse folklorique exécutée par des élèves de première année – dont Béa Levasseur portant fièrement une jupe longue à froufrous et des rubans à ses nattes –, à du Vivaldi joué par des violons ainsi que *Les anges dans nos campagnes* interprété au piano. La finale de la chorale approchait. Dans la coulisse, Raquel peinait à retenir ses larmes. Elle ne voulait pas ruiner son maquillage ni chanter d'une voix nasillarde parce qu'elle se serait trop mouchée. La raison de sa soudaine tristesse : la directrice de la chorale venait tout juste de lui annoncer que son *Ave Maria* de Schubert devrait être écourté. Cherchant à comprendre ce changement de soudain, la jeune fille avait exigé des explications. La directrice avait laissé tomber ceci : «Je sais que c'est dernière minute, mais Colette et Françoise vont te précéder avec un autre *Ave Maria*, celui de Gounod, alors pour éviter des longueurs et de la redondance, tu enchaîneras un peu avant la fin de leur prestation et tu finiras la tienne à la quatorzième mesure, d'accord ? » Bien sûr, ce « d'accord ? » n'était qu'une formule de politesse et n'attendait pas de réponse. Consternée, Raquel s'était placée derrière une choriste pour dissimuler son visage déconfit, attendant ainsi dans l'ombre que son tour vienne.

On aurait dit que l'assistance était composée de la paroisse en entier. Le petit clan Renaud y était, tout comme celui des Levasseur, bien entendu. Toutes les grandes familles de la région étaient réunies. Même le curé Ferguson s'était déplacé pour l'occasion. Il était assis dans un fauteuil à bras, le plâtre élevé sur un tabouret surmonté d'un coussin. Aussi bien dire que c'était plein à craquer. Faute de chaises disponibles, certains assistaient même au spectacle debout, adossés au mur du fond. Avec la chaleur extérieure inhabituelle, on avait heureusement pensé à ouvrir quelques fenêtres pour aérer l'espace. Tous paraissaient de bonne humeur et appréciatifs de ce rassemblement communautaire. Ce serait plaisant de se divertir, de socialiser à l'entracte et de mettre ses potins à jour avant le long congé des Fêtes. Lorsque la directrice de chorale appela sur scène Colette Ouellet et Françoise Lavoie, l'émoi fut général. Les jeunes femmes, qui avaient l'habitude de se pavaner dans des tenues frivoles et tape-à-l'œil, se présentèrent au micro en longues robes blanches, avec fausse hermine au collet, maquillage discret et coiffures classiques. *Deux anges cornus*, pensèrent certains spectateurs, dont Vito. Pour ajouter au malheur de Raquel, les « diablesses » offrirent un impeccable tour de chant. Sans fausse note ni tremblement de voix. Elles renversèrent l'assemblée, qui, outre les quelques jeunes adultes qui les avaient vues au Poné, n'avait jamais été témoin de leur talent.

La directrice de chorale se glissa derrière Raquel pour lui faire un signal. À fleur de peau, la jeune femme tressaillit. Elle se demanda tout à coup ce qu'elle faisait là, pourquoi elle s'était engagée à chanter en solo devant tous ces gens, pourquoi elle s'infligeait un tel supplice ? Le piano changea alors de mélodie. C'était *son* moment à elle. Face à l'inéluctable, elle ne put faire autrement que d'émerger de la coulisse où elle était tapie. La salle était comble. Raquel figea. L'éclairage de scène lui chauffait la peau, sans compter le *follow spot* qui l'aveuglait de toute sa blancheur. Et il y avait aussi Coco et Frankie, qui ne semblaient pas vouloir quitter les planches. Avaient-elles fini de chanter ? Raquel s'était-elle présentée trop tôt ? Le duo demeurait-il sur scène pour absorber pleinement les derniers applaudissements ? Raquel se sentait étourdie par les questionnements alors qu'elle aurait dû se concentrer sur sa chanson ! Ses mains devinrent alors moites, son ventre se remua, sa bouche se fit plus sèche que le désert. Détectant son malaise, le pianiste revint au début de la partition, lui donnant ainsi une chance de se reprendre, si elle le souhaitait. C'est à cet instant précis que Raquel aperçut Mederick debout, au fin fond de la salle. Il portait une chemise neuve, une cravate et même un veston ! Il avait rempli sa promesse. La vue de cette cravate la renversa telle une grande vague de chaleur humaine. Elle se ressaisit sur-le-champ. Elle s'avança au micro, prenant toute la place. Elle poussa ainsi les deux « assoiffées d'attention » à battre en retraite. Et elle chanta. Du mieux qu'elle le put malgré l'émotion. Elle donna tout, même si sa voix n'était pas aussi sûre que d'habitude. À la dernière note, Raquel eut droit à des applaudissements. Les siens, juste à elle, et bien mérités après toutes ces heures de pratique. Dans l'auto, sur le chemin du retour, elle pleura autant de soulagement d'avoir réussi à surmonter ses craintes que de déception de ne pas avoir été parfaite comme elle s'en savait capable. Marion tenta de lui remonter le moral.

— Voyons, ma chouette, c'était plein de sincérité, ton numéro. Je te jure que les gens étaient touchés et fiers que tu te sois reprise comme une grande.

— Comme une vraie de vraie chanteuse ! s'exclama Béa, en admiration totale devant sa sœur.

Raquel essuya ses larmes avec l'ourlet de son manteau, n'ayant plus de mouchoirs assez secs pour faire le boulot. Elle pensa à Mederick, qui suivait sans doute leur voiture à bord de sa camionnette. Que pensait-il de sa prestation ? Avait-il ressenti de la gêne quand elle avait hésité ? Au lieu de focaliser sur les bons moments de sa chanson, Raquel n'était hantée que par son introduction fatidique. Et dire qu'elle avait déjà rêvé, en cachette, de faire carrière en musique ! Quelle idiotie ! Elle se remit à pleurer. Une fois à la maison, elle courut se terrer dans la chambre de Wallace, prétextant qu'elle devait aller à la salle de bains pour se recomposer un tant soit peu. Malgré la honte, elle ne voulait voir que lui. Le jeune Malécite n'apparut qu'une vingtaine de minutes plus tard, ce qui parut une éternité à la jeune fille.

— T'étais où ? C'était long !

De derrière son dos, il sortit une petite boîte beige.

— Des Laura Secord ? Les meilleurs chocolats du monde ! s'emballa Raquel.

— Je les ai achetés d'avance, quand je suis allé virer en ville, l'autre jour. C'est pour te récompenser, ma belle brune.

Elle courut à sa rencontre, épatée par tant de sollicitude. Elle l'étreignit comme s'il n'y avait pas de lendemain. Et bien sûr, elle se remit à larmoyer. Mederick tenta de la réconforter en lui flattant le dos, puis en lui faisant une remarque tendre, mais humoristique. Il ne comprenait pas sa réaction, puisqu'elle s'était si bien tirée d'affaire. Au-delà du malaise passager de début de la prestation, Raquel l'avait impressionné et transporté avec son timbre de voix velouté. Il l'aimait encore plus depuis qu'elle avait osé se présenter devant ce public attentif et critique. Il débordait de fierté. En la regardant chanter, toute seule sur la grande scène, il avait ressenti bien des choses se confirmer au tréfonds de lui-même. Puisque Raquel avait fait preuve d'audace, il jugea le moment tout indiqué pour en faire de même.

— J'ai… j'ai réfléchi à ça et… j'aurais quelque chose à te montrer.

Incrédule, Raquel préféra ne rien ajouter. Elle observa le jeune homme tandis qu'il ouvrait le tiroir de sa table de nuit. Il en sortit une grande enveloppe cirée. Une fois assis sur le coin de son lit, Mederick extirpa le contenu de l'enveloppe. Ce n'était que de la documentation. En quoi cela avait-il un lien avec Raquel ? Celle-ci l'interrogea du regard, mais le jeune homme était trop concentré à la tâche. Il s'humidifia le bout de l'index et se mit à feuilleter les nombreuses pages du document pendant que Raquel s'en approchait et tentait de lire par-dessus son épaule. Elle y attrapa les mots « testament » et « succession ». Rendu aux deux tiers de sa lecture, Mederick s'arrêta net. Il pointa un passage à la jeune femme.

— J'ai hérité de cette somme-là, après l'accident de mes parents.

Les yeux noisette de Raquel s'ouvrirent aussi grand que la somme. Puis, elle considéra son amoureux, les traits crispés par la confusion.

— Je sais ce que tu te demandes : avec tout cet argent, pourquoi il créchait chez un collègue, pourquoi il couche maintenant dans une maison de pension, pourquoi il conduit pas une super voiture de l'année ?

Le faciès de Raquel s'adoucit ; Mederick avait lu droit dans ses pensées.

— Je vais t'expliquer quelque chose que j'aimerais que tu gardes secret, lui avoua le Malécite. Tu comprends, j'aime pas étaler ma vie privée…

Il amorça son récit. Raquel était tout ouïe.

***

Heureusement que Vito avait reçu une généreuse livraison de viandes et de charcuteries au magasin général le matin même, car autrement, son moral aurait été à plat. Il était morose à la suite d'un *autre* départ d'Olivia et appréhendait les résultats des tests sanguins de son père. Seul dans le cabinet du médecin, Vito patientait sans prendre ses aises. Il n'avait ni café ni verre d'eau, et ne semblait pas près de dézipper son parka. Il devrait prendre son mal en patience, car le docteur avait été appelé d'urgence au chevet d'une patiente… Tout en jouant avec son trousseau de clés, il se remémora les récents événements. Au bout de quelques minutes, ses pensées se concentrèrent surtout sur le souper de samedi et sur l'incident « Kobra ». À l'âge où il était rendu, il en avait sérieusement marre que sa mère tyrannise les très rares amoureuses qu'il lui présentait. Il en voulait aussi à certaines de ses sœurs qui avaient bombardé Olivia de questions avant, pendant et après le repas. Mais Vito se demandait aussi pourquoi il était surpris de ces comportements, puisque c'était la même chose chaque fois. Il avait toujours été affecté par l'intrusion indiscrète de sa famille dans sa vie intime. Plus que jamais, il chérissait la tolérance de sa sœur préférée, Rosa, et de son paternel, Giuseppe. C'est alors qu'il réalisa qu'il perdait peu à peu son père qu'il affectionnait tant, dans une période charnière où il appréciait de plus en plus l'homme *derrière* ce père. Pris par l'angoisse, il s'alluma une cigarette directement dans le cabinet du médecin. Celui-ci devait lui-même fumer puisqu'un cendrier en marbre noir trônait sur le bureau avec sa cendre et ses mégots.

— Bien le bonjour, monsieur Costa ! Désolé du retard. Une pauvre dame en grave difficulté respiratoire. On vient de lui redonner une seconde chance au grand jeu de la vie. Ce n'est pas toujours le cas, alors je m'en réjouis !

Le docteur remarqua la Player's de son visiteur et trouva qu'il s'agissait d'une bonne idée pour décompresser. Il en pigea une dans un boîtier métallique et laissa Vito la lui allumer avec son Zippo.

— Ahhh, merci !

Il expira un filet de fumée tout en ouvrant la chemise qui contenait le dossier de Giuseppe Costa. Il feuilleta quelques pages tout en marmonnant pour lui-même. Après quoi il extirpa une feuille de la mince pile.

— Résultats des tests sanguins : rien d'anormal.

Du coup, Vito désenchanta. Il savait où cela mènerait.

— Sa TSH est bonne, indiqua le docteur. Un taux de 2,3… pour vous donner une idée, le taux normal se situe entre 0,4 et 4. Pour ce qui est de sa glycémie, tout est beau. Votre père me disait qu'il n'a pas trop la dent sucrée et qu'il se garde plutôt mince. Pas d'insuffisance rénale non plus. Et pas de carence en cobalamine.

Vito haussa les épaules en signe d'incompréhension.

— Vitamine B12. Je me doutais que tout serait OK de ce côté-là, car je trouvais que votre père avait bonne mine, mais puisqu'il est d'origine italienne, je voulais m'assurer que son teint plutôt foncé ne m'induisait pas en erreur.

— Ce qui veut dire que…

— Qu'on peut exclure les troubles de mémoire associés à la thyroïde, au diabète, à l'insuffisance rénale et à la carence vitaminique. Ce qui veut dire aussi qu'il faut pousser les tests parce qu'on se retrouve dans une zone plus floue, plus complexe.

Vito écrasait sa cigarette à répétition. Il n'aimait pas ce qu'il entendait. Mais que pouvait-il y faire ? Résigné, il s'enquit des moindres détails entourant ces examens plus minutieux.

— Des tests de mathématiques, des jeux de logique et de mémoire, des évaluations de langage. C'est une démarche exhaustive qui permet d'évaluer la capacité à dessiner, à nommer des objets, à écrire des phrases dictées… et à suivre des directions en étapes.

Pardon ? Vito était sous l'impression ahurissante que le docteur souhaitait que son père refasse sa première année à l'école élémentaire ! Un homme d'affaires aguerri et prospère. Qui atteindrait bientôt ses soixante-dix ans, qui plus est ! Vito eut une vision absurde de Giuseppe assis sur une minuscule chaise à côté de Béa Levasseur, au couvent, et il perdit toute sa contenance. Il savait bien que ce n'était pas le cas, mais l'emploi d'expressions telles que « jeux de mémoire » et « phrases dictées » lui avait donné le cafard.

— Je sais que ça fait beaucoup d'évaluations, mais…, avança le médecin, compatissant.

— C'est peut-être bizarre à dire, mais j'aurais préféré quelque chose qui se détecte avec un simple test sanguin.

— Je sais, mais dans le cas de la démence sénile…

Voilà l'hypothèse qu'il redoutait. Elle venait de sortir de la bouche du médecin. Et elle devenait ainsi plus concrète, balayant toute possibilité de déni. Vito détourna le regard pour cacher sa peine.

***

En ce simple lundi soir, rien n'était plus socialement attrayant que la vente de gâteaux et de pâtisseries au profit des enfants malades de l'hôpital Saint-Joseph-du-Lac. Toutes les bonnes femmes des patelins environnants s'étaient massées au sous-sol de l'église du curé Ferguson, unies pour une noble cause. Il y avait celles qui vendaient et celles qui achetaient, mais toutes étaient animées par une précieuse valeur : le don de soi. Une vingtaine de tables recouvertes de nappes de papier blanc étaient surmontées de pains en torsade, de pets-de-sœur, de galettes à la crème trente-cinq pour cent et d'autres gâteries tout juste sorties du four. Sans doute en raison de l'amitié que lui portait le curé, Gisèle Renaud partageait la première table, à l'entrée de la salle, avec la secrétaire du presbytère. Elle avait finalement cuisiné des tartes à la colle, certaine de piquer davantage la curiosité des visiteurs avec cette recette étrangère à la région et qui était un héritage de son aïeule. Elle avait réussi à en cuire une quinzaine depuis son lever à l'aube. Elle se sentait rompue de fatigue, mais immensément fière de sa production. Le sous-sol de l'église bourdonnait comme un marché public. C'était revigorant de voir autant de gens butiner de table en table pour humer les belles odeurs, piquer un brin de jasette et se laisser tenter par un pain frais ou un dessert décadent. Au bout d'un certain temps, Gisèle entrevit les béquilles de Grégoire Ferguson se frayer un chemin jusqu'à sa table.

— Bonsoir, mesdames, dit-il gaiement. Tout se passe bien de votre côté ? Aimeriez-vous un pichet d'eau fraîche avec des verres ? L'air est sec ici, avec le chauffage à l'eau chaude.

— Effectivement, approuva la secrétaire. Mais que je vous voie pas vous déplacer avec vos béquilles, vous là ! Je vais aller nous en chercher moi-même.

La dame confia ses miches de pain à sa partenaire de table pour se rendre à la cuisinette, qui jouxtait la vaste salle principale. Pendant ce temps, Gisèle recouvrit l'une de ses tartes d'une feuille d'aluminium et l'inséra ensuite dans un sac en papier. Elle l'offrit à Grégoire en guise de remerciement pour sa précieuse aide. Elle lui avait aussi acheté une plume fontaine comme cadeau de Noël, mais garderait la surprise jusqu'au lendemain, lors du 4 à 6 organisé chez les Levasseur pour donner le coup d'envoi des célébrations des Fêtes.

— Toujours aussi attentionnée, chère Gisèle.

— C'est la moindre des choses que je vous remercie comme je le peux.

— Dis donc, on ne s'était pas mis d'accord pour se tutoyer, nous deux ?

Elle se plia sans hésiter à ses volontés.

— Et puis, ajouta-t-il sur un ton plus discret, as-tu remarqué quelque chose de particulier chez mon bedeau ?

— Rien de significatif, chuchota-t-elle et zieutant les parages. Est-ce que je peux vous demander pourquoi vous en… euh… pourquoi tu en doutes ?

— J'ai remarqué qu'il se penche très près du visage des jeunes enfants lorsqu'il leur parle. C'est sûrement juste des mauvaises intuitions, songea-t-il à voix haute. Mais je compte sur toi pour faire la sentinelle.

Il lui adressa un sourire radieux. C'est alors que la secrétaire revint avec l'eau froide. Gisèle en prit un verre, tandis que Grégoire s'appuyait sur l'une de ses béquilles pour frotter le verre de ses lunettes avec un petit linge prévu à cet effet. Avant de laisser les femmes à leurs ventes, il se souvint d'une remarque qu'il avait souhaité faire à Gisèle.

— En passant, j'ai demandé à Alexis s'il avait commencé à préparer ses bagages pour janvier. Il m'a regardé, bouche bée, comme si je venais de lui annoncer la fin du monde.

Grégoire s'en alla ensuite, clopin-clopant, à la rencontre d'autres paroissiennes. Gisèle se mit à paniquer. Le curé avait dit le mot maudit : *janvier*. Son Alexis lui en voudrait à mort de lui avoir caché un tel renseignement. Et que dire de Romain ? C'est alors que de nouvelles acheteuses s'arrêtèrent devant ses tartes. Gisèle les servit sans réel enthousiasme, la voix incertaine et la main instable. Puis, Raquel Levasseur arriva sur ces entrefaites. Pour sa part, elle avait recouvré toute sa joie de vivre depuis l'incident de la chorale et s'amenait avec un vent de fraîcheur qui contrastait avec l'aura de réticence flottant autour de Gisèle.

— C'est fou comme ça sent bon dans le sous-sol ! s'exclama Raquel enivrée par l'air vanillé. Ça fait changement de l'odeur de boules à mites du Cercle des ferm…

— Bonsoir, mademoiselle Levasseur, s'interposa la secrétaire du curé.

Raquel lui sourit avec une dose de malaise.

— Je vais vous prendre un pain pour notre gîte, madame. Y a l'air si bon !

— Bien aimable à vous, la remercia la dame en acceptant sa monnaie.

— Et toi, ma chère Gisèle, deux tartes pour notre réveillon et le réveillon du jour de l'An. Maman est un peu éreintée de cuisiner matin, midi et soir. Ça va lui faire plaisir que je pense à elle.

Les femmes s'activèrent. Raquel ferma les pinces de son petit porte-monnaie et glissa ses délicieux achats dans un grand sac de toile. Avant de poursuivre son magasinage, elle s'adressa à Gisèle à voix basse:

— Je me sauve, maintenant. J'ai vu *la Coco* dans les parages. Disons que je la porte pas trop dans mon cœur depuis le spectacle. Ah, et puis en passant, peut-être que je crie au loup, mais si j'étais toi, je ferais attention à Romain. J'ai entendu dire par des filles au couvent que notre semblant de Marilyn s'amourache de tout ce qui est célibataire ou qui est du nouvel arrivage. Bon, alors… je te remercie pour tes beaux desserts et on se voit chez nous dans le temps des Fêtes?

Gisèle la remercia autant pour son achat que pour sa mise en garde. Elle lui confirma sa présence au souper traditionnel du 25 décembre. Songeuse, Gisèle regarda la pimpante brunette s'éloigner, puis se perdre dans les allées bondées de paroissiens. Celle-ci termina ses courses en s'efforçant d'éviter la blondasse qu'elle n'affectionnait pas. Sa sœur Olivia n'appréciait pas que Raquel appelle cette fille «la blondasse», car elle jugeait que Coco avait des qualités, comme la joie de vivre et la sociabilité, et qu'elle était d'ailleurs la seule personne à l'avoir incluse dans une activité lors de leur emménagement au village. Peut-être bien… mais bon, Raquel éprouvait toujours un certain ressentiment envers Colette et elle se disait qu'il n'y avait sûrement pas de fumée sans feu en ce qui avait trait à son jeu de séduction. Puis, elle repensa aux documents testamentaires que lui avait montrés Mederick. Quelle bombe ! Raquel ne s'était pas attendue à une telle révélation, et surtout, à une telle somme. Il ne fallait en aucun cas qu'une croqueuse d'hommes et de diamants telle que Coco Ouellet soit mise au parfum, parce que…

11
L'arrivée

Et si Vito osait sortir la fameuse bague de son écrin ? S'il prenait le risque immense de demander Olivia en fiançailles ? Certains matins, il se disait que ce serait le plus fabuleux saut dans le vide qu'il pourrait effectuer. Que cette bague serait une promesse de meilleurs lendemains. Puis certains soirs, il se disait que ce serait la fin, qu'Olivia s'enfuirait, affolée devant la contrainte, et qu'il signerait ainsi l'arrêt de mort de leur couple. Debout dans sa pharmacie, avant l'ouverture au public, Vito n'avait que cela, du temps pour réfléchir. Rosa n'arriverait que dans une quinzaine de minutes et le jeune pharmacien, Maxence Rodrigue, dans une demi-heure, tout au plus. Vito n'avait pas eu à trouver à Rodrigue une place où habiter puisque ce dernier s'installerait dans la parenté d'une amie de sa cousine, du côté de Sully. Tout était bien qui finissait bien. Ou plutôt, tout était bien qui démarrait bien. *Du moins, pour ce dossier*, songea Vito en replaçant un petit écriteau sur lequel était inscrit : « Rabais sur les pastilles et les mouchoirs ». La saison des rhumes était bien amorcée. Froid, chaud, froid, chaud… en plus de l'humidité du lac, voilà la parfaite recette pour les maux de gorge et les reniflements. Vito Costa avait une santé de fer. Il était convaincu que c'était dû à une combinaison d'exercice physique régulier, de café noir, de vin rouge et de tomates. Sans oublier, bien sûr, à une génétique favorable. En pensant à la génétique, Vito songea aussitôt à son père. Qu'est-ce qui était en train de se détériorer en lui ? Et Vito en souffrirait-il lui-même un jour ? Une bouffée de chaleur l'envahit.

— *Buon giorno, capo*[17] *!* chantonna Rosa en poussant la porte vitrée.

Tout de suite, elle nota l'air contrarié de son aîné. Elle mit de côté sa bonne humeur, retira son bonnet et ses gants de laine et posa ensuite ses bottes sur le paillasson. Elle enfila les talons hauts qui l'attendaient au même endroit. Vito ne passa pas par quatre chemins : il lui fit un compte rendu de son rendez-vous chez le médecin.

— C'est peut-être pas si grave que ça, commenta Rosa en déverrouillant sa caisse.

Vito posa la main sur l'avant-bras de sa sœur.

— Non, tu comprends pas, Rosa. Si c'est de la sénilité, c'est pas juste son numéro de téléphone qu'il va oublier. Il va finir par oublier comment se laver, comment manger… jusqu'à comment respirer !

Rosa perdit d'emblée son erre d'aller. Maintenant immobile, elle affichait une mine renfrognée. Force était d'admettre qu'elle avait sous-estimé la condition de leur père. Elle avait cru à de simples égarements isolés. Et pour tout dire, elle avait aussi cru à certaines omissions volontaires attribuables à une mémoire sélective. Giuseppe avait toujours été joueur,

17. Bon matin, patron !

parfois même ratoureur, et Rosa l'avait imaginé capable « d'oublier » d'effectuer des besognes pour faire monter la moutarde au nez de son épouse. Maintenant forcée de considérer un scénario plus sombre, elle sentait la tristesse lui monter aux yeux et un remords l'assaillir. Elle avait pris la situation trop à la légère et s'en voulait tout à coup. Comprenant ce qu'elle était en train de vivre, Vito la prit dans ses bras et la réconforta de sa présence silencieuse.

— Y va falloir raisonner tout le monde, prononça Rosa en ravalant ses larmes.

— Je vais être là.

Leur mère et leurs quatre sœurs étaient loin d'avoir atteint le même degré de lucidité quant à la problématique. Ils en étaient bien conscients, et cela pesait lourd sur eux. Une fois qu'il l'eut confortée, il libéra Rosa de son étreinte. Après quoi il consulta sa montre. Il était temps pour lui d'aller cueillir le nouveau pharmacien à la station d'essence chez Desbiens. Le chauffeur du jeune homme l'y déposerait avant de retourner à sa banlieue de Québec. Vito l'emmènerait visiter la pharmacie avant de le mener au domicile de ses hôtes, question qu'il se familiarise avec son lieu de travail et qu'il fasse ses demandes d'accommodements au besoin.

En chemin vers la station-service, Vito alluma la radio de sa Turnpike. Le cantique *Douce nuit, sainte nuit* emplit l'habitacle. Vito pensa alors aux deux présents qu'il avait achetés à Olivia. Le premier était une paire de boucles d'oreilles en perles d'eau douce, mais le second n'était pas un objet comme tel. C'était plutôt une… activité. Et Vito hésitait toujours à la lui proposer. À l'approche du garage, il distingua une silhouette masculine. Les deux valises au sol lui confirmèrent qu'il s'agissait du pharmacien. Vêtu d'un paletot marine et d'une écharpe rappelant le tartan écossais, le jeune homme donnait l'impression d'avoir de la classe. Chose rassurante. Vito ralentit la course de son véhicule et abaissa la vitre du côté passager.

— Monsieur Rodrigue ?

L'individu se pencha pour établir un premier contact visuel.

— J'aime votre voiture, dit-il.

— J'aime votre foulard, répliqua Vito du tac au tac.

Le pharmacien rit de cette remarque. Il glissa ensuite ses bagages sur le siège arrière et prit place à l'avant. Les deux hommes échangèrent une poignée de main formelle qui vint concrétiser l'embauche du pharmacien. Vito le remercia de sa confiance et lui expliqua l'historique de la pharmacie, autrefois Morin et désormais Costa. En retour, Maxence lui fit un bref survol de son parcours universitaire. Cette incursion dans les hautes études fascina Vito, qui n'avait pas eu la chance de fréquenter une institution du calibre de l'Université Laval. Il n'avait qu'un secondaire à son actif, mais en revanche, il possédait un solide flair entrepreneurial, ce qui ne s'achetait pas à coups de diplômes universitaires, selon lui et selon bien des hommes d'affaires.

— Voilà ! fit l'Italien en se garant devant la pharmacie. On est rendus chez vous, renchérit-il pour rendre le nouveau venu le plus à l'aise possible.

Les prunelles luisantes et le sourire croissant, Maxence Rodrigue débarqua de la voiture pour se dresser sur le trottoir, face à la devanture du commerce. Il sentait une grande fébrilité lui parcourir les nerfs, une certaine angoisse même, mais il avait aussi l'intime conviction que le monde s'ouvrait à lui. Cette pharmacie symbolisait un grand départ vers l'indépendance et la vie adulte. Elle représentait aussi l'essor d'une carrière professionnelle à laquelle il avait si longtemps rêvé.

— Après vous, lança Vito en lui désignant la porte.

Le jeune homme passa à l'intérieur. Rosa était en train de calculer le contenu de la caisse. Elle releva aussitôt la tête. Bien qu'heureuse en mariage, elle aima bien ce qu'elle vit là. Après avoir déposé sa monnaie, elle s'essuya les mains et alla à la rencontre de son nouveau collègue. Enfin, elle ne serait plus seule ! Malgré le va-et-vient des clients, elle trouvait parfois les journées longues, seule à la barre de son navire. Curieuse, elle s'empressa de lui demander d'où il était originaire.

— De Beauport, répondit Maxence. En fait, je viens de Courville, pour être plus précis. C'est pas trop loin de la chute Montmorency. Et du deuxième étage de notre résidence familiale, sur l'avenue Royale, on voit le fleuve Saint-Laurent. Je suis habitué d'avoir de l'eau dans mon décor, alors je serai pas trop dépaysé ici, avec votre beau lac. Et de ce que j'ai pu voir, y est grand quelque chose de rare !

Le jeune pharmacien était naturel, éloquent et spontané. Tout ce qu'il y avait de plus rafraîchissant entre ces quatre murs aseptisés. Sans plus tarder, Vito l'entraîna vers le mur opposé à celui de la caisse enregistreuse. Ce coin du commerce, où trônait un imposant meuble en merisier à tiroirs muni de tablettes et d'armoires vitrées, ferait office de laboratoire. D'une de ses valises en cuir cognac, Maxence extirpa une photographie encadrée. Il la plaça sur le meuble, en ajusta le pied, et la contempla un instant.

— Je viens d'une famille de musiciens. Mes parents souhaitaient de tout cœur que j'aille au Conservatoire. Ils étaient un peu déçus que j'entre en pharmacologie. Ha ! ha ! C'est le monde à l'envers. Mais ils ont fini par se faire à l'idée et ils sont maintenant bien fiers.

Rosa rejoignit les hommes à l'opposé de la pièce, attirée par les confidences fort intéressantes du plus jeune des deux. Elle demanda à Maxence s'il jouait d'un instrument et il lui avoua qu'il n'était pas le plus doué de sa fratrie, mais qu'il se débrouillait plutôt bien au piano classique, à la guitare flamenco et à la clarinette. Dire qu'elle s'était attendue à une réponse banale du genre «Je joue de la ruine-babine dans les *partys* de famille» ! Impressionnée, elle le félicita. C'est à ce moment que Vito les interrompit en sortant un document : un contrat au nom du pharmacien où étaient statuées les conditions d'embauche, comme les congés, le salaire annuel et le droit de résiliation avec préavis prescrit. Vito le glissa sur le comptoir verni vers la personne concernée.

— Prenez le temps de le lire et de vous assurer que tout est conforme à ce dont on a discuté au téléphone. Étant donné que c'est Noël, vous me le rapporterez signé lors de votre première journée de travail, soit samedi qui s'en vient. Ça vous va ?

Maxence acquiesça. Avant de l'oublier, Vito lui remit un double de la clé de la pharmacie. On aurait juré qu'il lui avait offert le Saint Graal. Un amalgame de fierté, d'ambition et d'anticipation émanait de tout son être. Il allait enfin concrétiser son rêve. Il bénissait la lettre de Vito Costa que lui avait remise le doyen de la faculté.

— Merci encore pour l'incroyable chance que vous m'offrez. Je vais tout faire pour que vous soyez pas déçus.

— En attendant samedi, lui envoya Rosa, je vous souhaite un très joyeux Noël et une bonne acclimatation à votre nouveau coin de pays.

Le pharmacien lui envoya une main amicale tout en suivant Vito à l'extérieur. Ce dernier le conduirait jusque chez ses hôtes, à Sully. Maxence prit place dans la Turnpike, qui sentait bon le cuir neuf. Sans trop s'en rendre compte, il se mit à pianoter des doigts sur ses genoux. Il y avait de la fébrilité dans l'air.

***

Le gîte était féerique. L'extérieur scintillait avec ses guirlandes de lumières. L'intérieur était décoré d'anges, de chandelles blanches et de grelots à boucles rouges suspendus à chaque chambranle de porte. Sur le manteau de la cheminée reposait une magnifique gerbe de branches de pin parée de cocottes et de fruits de houx. C'est Béa qui l'avait fabriquée avec l'aide du voisin Théophane. Au salon trônait l'incontournable arbre de Noël, dans toute sa splendeur, avec ses glaçons métallisés, ses petits oiseaux artificiels et ses « belles boules cassantes », comme les surnommait Béa. Sous le sapin, les cadeaux se faisaient rares cette année. Un pour chaque fille, et c'est tout. Marion Levasseur n'était pas en affaires depuis assez longtemps pour avoir pu engranger d'énormes profits. Elle avait dû payer quelques factures de matériaux achetés par son mari juste avant l'infarctus qui lui avait été fatal. Tout le reste des revenus du gîte avait servi à payer les comptes courants et la scolarité des filles, principalement celle d'Olivia, bien que celle-ci y ait aussi investi sa part d'économies. Marion savait que la période des Fêtes serait plus tranquille, les habitués de ses soirées de jeux étant dans leur famille respective. Et elle était aussi au courant que les Bérubé s'étaient bien installés dans leur bar-motel. Ils avaient vite constaté que l'achalandage n'était pas ce qu'il était auparavant. Ils avaient vu une corrélation directe avec ce nouveau gîte, qui gagnait en popularité. « En affaires comme à la guerre » avaient-ils osé déclarer à quelqu'un, qui l'avait ensuite répété à quelqu'un d'autre, puis à quelqu'un d'autre. Ce message sans équivoque était vite parvenu aux oreilles de Marion Levasseur. La mère de famille était prête à vivre une saine concurrence, mais avec de telles paroles, elle craignait de devoir se livrer à une partie de bras de fer. Tout cela n'était pas de bon augure… Bien sûr, elle avait évité de le mentionner à ses filles, question de ne pas les préoccuper outre mesure.

— Merci d'être venus à notre dernier cocktail de l'année ! lança Marion en levant son verre de lait de poule aromatisé au rhum.

Hommes et femmes haussèrent leur verre dans un retour de remerciements.

— Je risque pas de vous surprendre en vous souhaitant tout d'abord la santé, prononça-t-elle, le regard embué.

Raquel et Béa ressentirent un flot d'émotions les gagner. Ce serait leur tout premier Noël sans leur père, sans sa façon théâtrale d'entonner le *Minuit chrétien*, à la Richard Verreau, et sans sa distribution de cadeaux personnalisée au cours de laquelle il faisait des devinettes avec les qualités de ses filles pour leur faire découvrir à qui allait tel ou tel présent. Ce temps était révolu. Il fallait dire adieu à ces petites traditions anodines qui étaient pourtant si grandes!

— Ce soir, puisque c'est fête, j'ai fait quelque chose de spécial, enchaîna Marion. J'ai caché une cerise confite au milieu de trois de mes biscuits aux épices. Les chanceux qui croqueront dedans gagneront une consommation gratuite. Et si vous me promettez de garder le secret, je vais vous permettre de jouer à l'argent. Mais rien en haut de deux ou trois piastres, mes chenapans! blagua-t-elle en les sermonnant du doigt.

Tout le monde s'esclaffa. Par chance, Grégoire Ferguson n'était pas là. Il n'aurait pas été friand des jeux à cagnotte... Il faudrait d'ailleurs veiller à ce que le bedeau, ici présent, ne soit pas pris d'une envie de rapporter ce léger écart de conduite, qui n'était que circonstanciel. Après tout, on était le 24 décembre! Les gens avaient envie de festoyer plus qu'à l'ordinaire, juste avant de regagner leur chaumière pour finaliser les préparatifs du réveillon. Et puis, l'horloge n'indiquait que seize heures vingt. Aussi bien profiter de ce temps entre amis et voisins pour se divertir, rire et gager un brin. Raquel sortit les cartes et les jeux de table. Béa passa le plateau de biscuits d'invité en invité. Tous étaient excités de croquer à belles dents dans leur morceau pour découvrir s'il contenait la cerise gagnante. De son côté, Théophane alimentait le feu qui rougeoyait de braises. Il fallait le garder vivant, sans trop le charger puisqu'il faisait toujours chaud et humide à l'extérieur. En après-midi, le thermomètre avait grimpé jusqu'à sept degrés Celsius avant de redescendre légèrement. Du jamais vu depuis le début du siècle !

— Merci, Théo, vous êtes trop bon pour moi, reconnut Marion.

— Toujours un plaisir de servir, répondit-il en lui faisant un salut militaire.

Elle lui offrit une tasse de lait de poule. L'homme replaça les outils de foyer sur leur support en fer forgé et accepta la boisson réconfortante. C'est alors qu'un des pensionnaires, le grand Dan, s'approcha de son hôtesse en lui tendant la main.

— Je dois malheureusement vous quitter. J'ai un rendez-vous doux avec ma blondinette.

Raquel, qui passait par là, comprit que l'homme faisait allusion à Colette Ouellet. Elle poursuivit son chemin tout en levant des yeux excédés au ciel. N'ayant rien remarqué de tout cela, Marion accepta la poignée de main de son chambreur, ainsi que ses meilleurs vœux, et lui souhaita un agréable rendez-vous.

— J'ai gagné ! s'écria soudain un invité.

Fier comme un paon, l'homme montra sa demi-cerise à toute la compagnie. On le couvrit de félicitations et on lui apporta tout de go un apéritif à son goût. Tout près du grand escalier, Mederick Wallace attendait que Raquel ressorte de la cuisine. Dès qu'elle le fit, le jeune homme l'intercepta et la débarrassa de sa cafetière malgré une certaine résistance.

— Non, mais je dois aller servir…

— Ça peut attendre. J'ai quelque chose à te dire.

Il l'embrassa d'abord, ce qui ne la rassura guère. Qu'avait-il de si important à lui communiquer qui ne pouvait attendre quelques minutes de plus ?

— Mon petit clan de par chez nous insiste pour me voir. Je suis pas un *donneux* de nouvelles, tu comprends, alors mes proches se posent des questions. Ma sœur se fait du souci pour son grand frère. Ils savent que je travaille parfois six jours semaine, ils sont indulgents, mais là… avec les jours fériés…

Raquel comprit qu'il souhaitait s'évader un moment dans son Madawaska natal. Se retrouver parmi les siens. Se ressourcer sans doute ou simplement faire taire les questionnements récurrents de sa sœur. Elle avait de la peine de s'en séparer, mais comprenait la situation. Elle respecterait sa volonté.

— Mais jure-moi qu'on va se coller avant ton départ, souffla-t-elle en se pressant contre lui.

Se « coller » était leur façon à eux de se rapprocher. Ils se glissaient en sous-vêtements sous une couverture chaude et s'étreignaient comme deux morceaux de casse-tête parfaitement assemblés. Ils restaient ainsi imbriqués l'un dans l'autre pendant un long moment confortable et tendre. Mederick lui en fit la promesse. Il se volatiliserait dès que Marion aurait le dos tourné. Ce qui n'était pas évident. Mais il le lui promit tout de même. Raquel sourit, reprit sa cafetière et se rendit auprès des clients du gîte. Mederick monta à sa chambre pour préparer son sac de voyage.

Pendant ce temps, Vito Costa faisait son entrée dans la demeure. Il n'avait pas reçu d'indication précise d'Olivia quant à son heure d'arrivée, mais il se disait qu'en passant le début de la soirée chez les Levasseur, il aurait peut-être une chance de l'entrevoir avant de retourner auprès de ses proches. Et sans trop vouloir l'admettre, il tentait de marquer des points auprès de sa future belle-mère. Il était rasé, coiffé avec de la pommade et revêtait un cardigan gris tout neuf. Aussi, il avait une délicate attention pour chacune des Levasseur : un carnet à dessin pour Béa, un savon parfumé pour Raquel et un joli plat de service émaillé pour Marion. L'effet de surprise était réussi.

— Ah ben, regarde donc ça. Moi aussi, je viens de gagner ! s'exclama le bedeau en élevant son biscuit à la manière d'un trophée.

Étonné, Vito demanda à Raquel de quoi il retournait. Elle rigola et lui expliqua le jeu de hasard que sa mère avait imaginé pour donner le coup d'envoi aux festivités. Tout avait du sens à présent. Par pur hasard, Vito commanda le même apéritif que le bedeau, soit un Rye-7 Up. Ils trouvèrent inusitée cette coïncidence et décidèrent de former un groupe de poker avec un autre participant. Vito gagna la première partie, mais le bedeau le surprit ensuite en remportant trois victoires chanceuses. Bon perdant, Vito n'insista pas pour prendre sa revanche et remit plutôt à son concurrent les quatre dollars qu'il avait misés. À travers le joyeux tumulte, une sonnerie stridente fit alors son chemin jusqu'à l'oreille de Marion Levasseur, qui alla décrocher le téléphone de son socle. C'était Olivia à l'autre bout du fil. Non loin, Vito crut percevoir son prénom. Sans indiscrétion, il se rapprocha. Il n'était pas intéressé par les paroles de Marion, il souhaitait seulement attraper le combiné avant que la dame ne le raccroche. Il y parvint de justesse.

— Allô, Oli, c'est moi, s'introduisit-il suavement.

— Vito ? Je t'entends mal, avec la musique ici.

Et les rires. Olivia semblait avoir du plaisir ou, du moins, paraissait entourée de fêtards. Il fronça les sourcils. Il avait l'impression d'être tenu à l'écart de ce pan de vie qu'elle était en train de vivre.

— Je m'ennuie de toi.

— Moi aussi, dit-elle d'une voix forte pour enterrer les exclamations ambiantes.

— Je suis chez ta mère, j'espérais que…

— Ah, je suis vraiment désolée ! Les gens ici voulaient qu'on se réunisse avant de rentrer à la maison, chacun de notre côté. J'arriverai pas avant neuf heures. J'ai pas le choix de suivre mon *lift*, tu comprends ? On peut se voir demain ?

Vito était déçu, mais était aussi très conscient qu'Olivia ne lui avait jamais fait de promesse quant à son heure d'arrivée. Il ne pouvait demeurer amer bien longtemps. Il eut l'envie soudaine d'aller la chercher lui-même, ce qui serait de loin plus efficace, mais il craignait que sa brillante idée ne la vexe. Elle avait sûrement envie de s'amuser avec ses nouvelles copines au lieu d'essayer de penser à un moyen plus rapide pour rentrer au bercail. Il préféra se taire. Olivia promit de lui faire signe dès qu'elle rentrerait au gîte. Vito regarda à gauche et à droite. Voyant que des gens allaient et venaient près de lui, il se retourna face au mur et créa un écran avec sa main pour mieux chuchoter.

— Je m'ennuie tellement de caresser ton corps.

— Quoi? fit Olivia à travers le bruit.

— Rien. À tantôt, se résigna-t-il à dire à voix haute.

Après quoi il posa le combiné sur son socle mural. Il se perdit dans ses songes un moment. En retournant au salon, il vit la petite Béa qui rigolait en compagnie du bedeau de la paroisse. Il les observa au passage, sans plus de façon. Il trouva particulier que l'homme se penche si près du visage de la fillette, mais puisque celle-ci s'amusait, il se dit qu'un échange de blagues devait avoir eu lieu. Vito joua une dernière partie de cartes, de black jack cette fois. Il remporta la «faramineuse» somme de soixante-quinze sous et décida que c'en était assez et qu'il avait une famille qui l'attendait. Il salua ses camarades juste avant d'aller retrouver Marion Levasseur pour la remercier comme il se doit. Celle-ci ne pouvait nier qu'il avait de bonnes manières, qu'il savait agir en gentleman… Avant de quitter la résidence, Vito se rendit au petit coin. Une fois qu'il eut terminé, il se lava les mains tout en observant le décor. C'était une salle de bains de filles, sans aucun doute. On y trouvait des accessoires de couleur vieux rose, un vase avec des fleurs séchées, ainsi qu'une étagère murale en rotin contenant des pots de crème et des flacons de parfum, dont un attira son attention. C'était une bouteille ronde avec un capuchon-bijou, sans plus. Les autres flacons étaient décorés de fleurs, de papillons ou d'ornements en or plaqué. Vito le déboucha et le sentit. Des notes de musc velouté, très légèrement sucrées, s'échappèrent de la bouteille pour chavirer la mémoire olfactive de l'Italien. Il fut aussitôt ramené auprès d'Olivia. C'était son parfum. Il l'avait deviné à son absence de fioritures. Vito avait remarqué qu'Olivia faisait parfois preuve de je-m'en-foutisme face aux standards de féminité et cela lui plaisait. C'est fou à quel point une odeur pouvait raviver un souvenir, une présence, un corps tendre et dévoué… Vito replaça le bouchon sur le flacon et remit ensuite l'objet à sa place. Il sortit de la pièce exiguë. Il se drapa de son écharpe, glissa les boutons de bois de sa canadienne dans leur œillère et enfila ses gants doublés. En posant la main sur la poignée de porte, il fut saisi de stupéfaction puisqu'elle se mit à tourner toute seule. En réalité, c'était Romain Renaud qui se trouvait de l'autre bord et qui tentait d'ouvrir la porte.

— Hé, *buddy* ! s'exclama Vito, réjoui.

— Je suis en tabarnak !

Romain fulminait. Vito s'empressa de refermer la porte derrière eux afin qu'ils se retrouvent seul à seul, sur la galerie. Ils s'allumèrent une cigarette, sans que Vito prononce un seul mot. Il préférait attendre que Romain s'exprime lorsqu'il serait prêt.

— C'est ma femme, déclara Romain.

— Quelle surprise…

— Non, pas dans ce sens-là.

— Donc ça va mieux entre vous deux ? s'enquit Vito.

— On va dire que oui. Un peu.

Ils tirèrent quelques bouffées de leur cigarette. Les filets de fumée se mêlèrent à la condensation s'échappant de leur bouche. Il n'y avait plus de neige au sol et une humidité planait dans l'air. Tandis que Romain lui confiait que Gisèle avait volontairement omis de lui mentionner les deux dates possibles d'entrée de leur fils au Séminaire, Vito entendit un rire d'enfant. Il aperçut le bedeau qui saluait Béa avant de démarrer son véhicule. La fillette récupéra une balle multicolore au sol, balle qu'elle avait dû lancer et attraper à répétition avec l'homme qui venait de quitter les lieux.

— Ça va, Béa ?

— Oui, je m'amusais en attendant le réveillon. Les heures avancent pas assez vite. J'ai trop hâte ! jubila la petite en gambadant jusqu'à la galerie arrière.

Vito la laissa partir. Il invita Romain à venir chez lui prendre un café à la crème irlandaise. Les deux hommes étaient mûrs pour une jasette.

12
Un Noël enivrant

Le 25 décembre en fin de matinée, alors que Marion était à l'extérieur avec le voisin pour raccrocher des décorations emportées par le vent pendant la nuit, Raquel se faufila incognito jusqu'à la chambre d'un certain pensionnaire. La valise de ce dernier était bouclée ; il partirait dans l'heure. Après s'être assurée que la porte derrière elle était verrouillée et que le rideau de la fenêtre était tiré, Raquel se mit en sous-vêtements devant son bel autochtone. Il l'imita en vitesse. Se sentant comme des hors-la-loi sur le point de se faire pincer, ils se dépêchèrent de se glisser sous la douillette. Enlacés et excités, ils rirent à voix basse de leur audace.

— J'aime tellement ton ventre, chuchota Raquel en flattant son abdomen ferme.

— Moi, j'aime tellement tes mains, dit-il, joueur.

Elle l'embrassa tout en lui mordillant la lèvre inférieure.

— Je passerais des jours collé comme ça, sur toi. T'es la plus belle chose qui m'est arrivée.

Raquel lui confirma que ses sentiments étaient réciproques.

— As-tu réfléchi au contenu du testament? osa-t-il lui demander, sans trop vouloir insister non plus.

Elle lui avoua qu'elle aimerait un peu plus de temps de réflexion. Il lui dit que c'était une grande décision et qu'il patienterait le temps qu'il faudrait. Il l'aimait. Il le lui répéta à trois reprises en entrecoupant ses aveux du même nombre de baisers. Raquel en était remuée. C'était la première fois qu'il lui déclarait son amour. Il le lui avait déjà démontré, mais ne l'avait jamais nommé.

— Je t'aime, mais… je dois vraiment partir. Ma sœur m'attend pour le dîner. Je voudrais pas la décevoir. Je suis trop souvent absent de sa vie.

Il lui caressa le visage en murmurant «*apc-oc knomiyul*[18]» et se redressa pour se vêtir. À la suite de quoi il empoigna sa valise, envoya un clin d'œil à Raquel qui se rhabillait dans son coin et décolla pour le Madawaska. Raquel avait l'empreinte de son dernier baiser sur les lèvres et celle du testament sur l'esprit.

* * *

Le lac était toujours gelé, mais à cause de la chaleur inhabituelle, la glace située à ses abords commençait à se déloger. Cela créait de petits craquements et des clapotis qui fascinaient Béa. Partie en promenade avec Olivia, la fillette s'émerveillait des mille et une particularités de la nature en hiver, comme les nuages formés par sa respiration ou les feuilles d'automne cristallisées par le givre de l'aube.

---

18. Au revoir.

— Peut-être que le redoux va réveiller la bête, pensa-t-elle à voix haute.

Olivia lui sourit. Elle aimait la naïveté des enfants, parce qu'elle lui faisait encore croire à l'irréel ou à l'improbable. Olivia aurait volontiers échangé une part de sa lucidité d'adulte contre un soupçon de la candeur de sa jeune sœur.

— Je me demande ce qu'elle mange en hiver, se demanda Béa en s'accroupissant sur la rive pour transpercer la glace de son regard analytique. Sûrement des racines de plantes aquatiques ou des grenouilles endormies.

— En tout cas, c'est sûr que c'est pas de la bûche de Noël.

Les deux filles se retournèrent avec surprise. Vito Costa se tenait derrière elles. Tout sourire, il semblait très fier de son coup. Sa réplique était tombée à point nommé. Tandis que Béa rigolait, Olivia se précipita vers l'Italien. Ils s'étreignirent, yeux dans les yeux, contraints de faire preuve de pudeur en raison de la présence de l'enfant. Un torrent remuait pourtant au tréfonds de leur cœur et de leur corps. Les retrouvailles étaient toujours puissantes. Olivia s'en voulait d'avoir oublié ce sentiment pendant les jours passés à l'extérieur. C'est comme si les kilomètres diluaient l'émotion. Elle en ressentait une certaine culpabilité, bien malgré elle.

— Embrassez-vous ! Embrassez-vous ! scanda gaiement Béa.

Vito susurra un « avec plaisir » et s'exécuta. Devant cette démonstration de romantisme, la fillette retira une mitaine pour tenter de siffler entre ses doigts, comme le lui avait montré Alexis Renaud, son semi-cousin qu'elle adorait. Elle dut s'y prendre à deux fois pour produire un semblant de son, et cela ajouta au comique de la situation.

— Oh non ! se plaignit-elle tout à coup. J'ai perdu mon beau bracelet.

C'était un bijou en billes de bois qu'elle avait confectionné avec le Cercle des abeilles. Elle se mit aussitôt à farfouiller dans le tapis de brindilles, de feuilles mouillées et de gadoue qui recouvrait le rivage. Puis, elle vit un objet flotter à la surface du lac. Elle le pointa tout en pleurnichant. Olivia s'avança dans un élan spontané, mais Vito la retint. Pas question que les filles s'approchent du bassin. Il mit ses gants de cuir dans les poches de sa canadienne et roula l'ourlet de sa manche droite. En petit bonhomme près des glaces brisées, il étira le bras et grimaça au contact de l'eau, qui lui frigorifia les doigts. Il força la note davantage, s'étirant au maximum, jusqu'à ce qu'il pince le bracelet entre son index et son majeur. Il se déplia et brandit l'objet comme s'il s'agissait d'une couronne royale. Béa rayonnait. Il était son sauveur, rien de moins ! Elle sautilla jusqu'à lui et lui enserra une cuisse, la joue collée contre son pantalon. Il eut un souvenir de sa plus jeune sœur, Teresa, qui s'amusait jadis à s'agripper à sa jambe raide alors qu'il avançait comme Frankenstein. C'est à cet instant que Béa remarqua trois ou quatre flocons allant et venant avec la brise tels des feux follets. Était-ce le retour de la neige ? Elle l'espérait de tout cœur.

— Viens, ma chouette, on va rentrer, la pressa Olivia. Y faut que je parte avec Vito.

Béa leur prit la main et le trio se dirigea ainsi vers le terrain arrière du gîte. La fillette se rendit vite auprès de sa mère, à l'intérieur, pour l'aider à arroser la dinde et terminer le pain de sandwich. Raquel, pour sa part, se prélassait dans le bain. Olivia les salua tour à tour et suivit Vito jusque dans son auto. Au bout d'un moment, qui lui parut plutôt long, Olivia demanda à Vito pourquoi il tardait à mettre la clé dans le contact. Elle lut une certaine réticence dans sa physionomie. Ou une anticipation ? Bref, elle l'interrogea.

— Si t'es d'accord, je changerais notre destination.

Olivia était confuse. N'était-elle pas invitée à *bruncher* chez les Costa ? Si elle ne s'y pointait pas, ne s'attirerait-elle pas les foudres de Kobra ? Voilà une éventualité qu'elle souhaitait éviter à tout prix. Vito la rassura : il avait pris l'initiative d'annuler leur présence et personne n'en était vexé. Il avait su leur fournir une justification plausible. À cela, Olivia ne sut quoi répliquer outre « Je vais te suivre, je te fais confiance », et ce fut la formule magique pour qu'il démarre le véhicule. Ils roulèrent jusqu'au chemin de la Tête-du-Lac.

— J'ai deux cadeaux de Noël pour toi, lui révéla Vito en tournant sur un chemin un peu cahoteux. En fait, un cadeau pour toi et un cadeau pour nous.

Il se gara près d'un petit chalet en rondins.

— Je nous offre la paix, ma belle. La sainte paix !

De la fumée s'échappait de la cheminée. Olivia remarqua qu'un passage avait été pelleté par quelqu'un, bien que la météo favorable ait aussi fait fondre une partie du banc de neige.

— Ça fait trois jours que je le chauffe, juste pour nous.

Olivia ne savait pas quoi ressentir. Elle devinait les intentions de Vito. Elle n'y était pas insensible. Or, l'incertitude la restreignait quelque peu. Du coin de l'œil, elle regarda Vito. Il lui parut contrôler la situation. Du moins, s'il était nerveux, il ne laissait rien transparaître. Elle le précéda jusqu'à la modeste habitation. Il déverrouilla et la fit passer en premier.

— Si tu veux, seulement si tu veux, on passe la journée ici. Juste nous deux.

Pas de téléphone ni de voisins. Sans que personne sache où ils se trouvaient. Il y avait quelque chose de grisant dans ce concept, mais… Vito détecta de l'ambivalence dans le regard gris d'Olivia. Il la prit en étau dans ses bras et posa les lèvres sur son front.

— On peut se relaxer, manger un peu ou juste parler, la rassura-t-il. On peut même faire une sieste d'après-midi si t'es fatiguée de ta grosse semaine. Mais avant…

Joyeux, il la débarrassa de son manteau et défit le sien. Il se rendit ensuite à la table basse de la pièce qui servait à la fois de séjour, de salle à manger et de chambre de dépannage, puisqu'un lit simple était appuyé contre l'un des murs. Celui-ci était garni de coussins rouille et vert chartreuse pour lui donner des airs de canapé. Tandis qu'Olivia enregistrait les moindres détails de ce nouveau lieu, Vito s'amenait vers elle avec un cadeau emballé.

— Ah non ! J'ai oublié le tien chez nous, sous le sapin, se désola-t-elle, penaude.

— C'est pas grave du tout. Vas-y, ouvre !

Elle retira le chou blanc, déchira le papier à motifs de poinsettia et souleva doucement le couvercle de la boîte. Les perles étaient magnifiques. Émue, elle le remercia d'un vif baiser.

— Soulève la ouate.

Olivia lui obéit. Elle y découvrit une note manuscrite pliée. Un peu réticente, elle la lut silencieusement.

Ma chérie, comme deuxième cadeau, je t'invite à magasiner en ville. Tu pourras choisir l'article de ton choix et il me fera plaisir de te l'offrir.

Avec toute mon affection, Vito xxx

P.-S. – Reviens à Saint-Éleuthère gérer la pharmacie, please, please please !

— Ah, mais t'es con ! s'exclama Olivia en lui lançant la note chiffonnée. Je peux pas croire !

Il éclata de rire sous les poussées et les faibles tapes que lui assénait la jeune femme. Une fois la punition terminée, il lui demanda pardon avec une mine adorable, ce qui la fit flancher. Il obtint d'elle un sourire conquis. Mais elle lui répéta que ses études étaient primordiales pour devenir la femme autonome qu'elle avait toujours rêvé d'être. Vito ne s'acharna pas à la convaincre du contraire. Il alla plutôt vérifier l'état de son feu. Il ajouta une bûche sur les tisons ardents et referma ensuite la porte de la truie[19]. Pendant ce temps, Olivia avait effectué un rapide tour du propriétaire. Les chambres étaient si minuscules ! Elles ne contenaient qu'une étroite garde-robe de cèdre et des lits superposés.

— Vous deviez vous piler sur les pieds, l'été, quand vous étiez jeunes. À six enfants !

— C'est pas tant le manque d'espace qui m'irritait comme la trop grande présence de *filles*.

Olivia pouffa de rire. Vito changea alors de sujet en lui demandant d'essayer ses nouvelles boucles d'oreilles. Olivia s'excusa de ne pas l'avoir fait plus tôt puisqu'elles étaient ravissantes. Elle retira ses anneaux en or pour les remplacer par les perles d'eau douce. Vito était ravi du résultat. Olivia le remercia encore une fois, avec davantage de gratitude. Il avait visé juste avec ce présent ; il avait bon goût.

— Certain que j'ai bon goût, se gaussa-t-il en l'enlaçant, c'est pour ça que je suis avec toi.

Vito repoussa légèrement le chandail d'Olivia pour lui baiser le creux du cou et l'épaule. Elle se laissa attendrir. Il avait le tour et sentait délicieusement bon. Olivia s'enivrait déjà de sa chaleur et de son odeur. S'il continuait à passer des lèvres aussi langoureuses sur sa peau, elle aurait bientôt toute la misère du monde à ne pas leur succomber. Mais après quelques autres baisers, l'Italien freina lui-même son élan.

---

19. Petit poêle à bois en fonte.

— Viens-t'en sur le divan. J'ai quelque chose de drôle à te montrer.

Ils s'installèrent confortablement sur la couverture, parmi les coussins. Vito empoigna un grand livre qui patientait sur la table à café. Les années 1920-1940 y étaient embossées. Olivia comprit d'emblée qu'il s'agissait d'un album de photos. Puis, en voyant le poupon aux prunelles foncées, elle sut que le livre appartenait à l'homme assis à ses côtés. Elle fut vite excitée ! Quel plaisir elle aurait à voir Vito grandir sous ses yeux ! Elle était surtout curieuse de le voir tout jeune, tout mignon… ainsi qu'au cœur de son adolescence. Les deux phases de la vie qui sont souvent les plus comiques, et surtout, qui se trouvent aux antipodes.

— Ici, c'était à ma fête de quatre ans, pointa Vito. Je sais vraiment pas pourquoi, mais ma mère trouvait que c'était une bonne idée de me laisser pousser les cheveux.

— Ha ! ha ! T'étais une Boucle d'or italienne, se moqua Olivia en s'empressant de tourner la page.

Elle aurait voulu consommer des tonnes de photos de façon quasi boulimique, mais à son grand désarroi, elles n'étaient pas aussi nombreuses qu'elle l'espérait. La raison était simple : la différence d'âge entre elle et Vito situait l'enfance de ce dernier dans une époque de disette où seules les familles nanties pouvaient se permettre les services d'un photographe. Elle eut quand même la chance de le voir, tout près de son âge à elle, en compagnie de Giuseppe. Un souvenir de pêche par-ci et un jeu de ballon à la plage par-là.

— Sur celle-là, t'avais quoi, quinze ou seize ans ? demanda Olivia.

Vito hocha la tête.

— Tu faisais beaucoup d'activités avec ton père ?

— On était les seuls gars, expliqua-t-il, habité par un mélange de fierté et de nostalgie. On faisait des tâches ensemble, des commissions ensemble, des loisirs ensemble… on partageait presque tout ! En plus, c'est lui qui m'a appris la boucherie. C'était mon premier vrai *best buddy*.

— Pourquoi « c'était » ? répliqua Olivia, hébétée.

Vito devint sombre. Il tenta de retenir un soupir, mais ne sut le garder prisonnier. Puis, il secoua la tête avec dépit et regarda ailleurs afin de ne pas dévoiler à sa bien-aimée ses yeux humides. Olivia était dans l'attente.

— Je vais… le perdre, bredouilla-t-il enfin.

Elle lui flatta doucement la nuque.

— Dis pas ça. Ton père a l'air d'avoir le cœur solide, une bonne énergie…

— Je suis *déjà* en train de le perdre, Oli ! La démence, c'est une fin annoncée. Le décès de l'âme, petit à petit. Une mort de l'intérieur, mais pas de l'enveloppe extérieure. C'est tellement…

Ses mots s'éteignirent tout seuls, comme un feu privé d'oxygène. Vito se vautra dans le silence pendant un instant, puis il dirigea son attention sur une photographie en particulier. On y voyait un jeune Vito en maillot et, en arrière-plan, son père grillant du poisson sur un barbecue au charbon. Un soleil de fin de journée bariolait le ciel. C'était l'un de ces souvenirs d'été qui vous réchauffent le cœur.

— Je devais avoir seize ou dix-sept ans là-dessus, affirma Vito. Serais-tu sortie avec moi à ce moment-là ?

Olivia se pencha sur l'image : Vito était tout aussi beau, mais plus juvénile, et sa musculature commençait à poindre. Même si la photo était en noir et blanc, on pouvait deviner que sa peau était très bronzée. C'était le même hâle qu'il arborait lorsque Olivia avait posé les yeux sur lui pour la toute première fois, au magasin général Costa, à la fin de l'été.

— C'est sûr que j'aurais été curieuse de te connaître à cette époque-là, même si maintenant ton physique a gagné en…

— En quoi ? réagit-il, un sourcil haussé.

— En prestance, je dirais !

Il échappa un rire charmé. Olivia se frustra, son orgueil ayant été piqué au vif.

— Ah, j'ai toujours été mauvaise avec les compliments ! Oublie ce que je viens de dire !

— Non, non, j'aime pas mal ta vision des choses. Tiens, *enjoy* toute ma *prestance.*

Il fit sauter quelques boutons de sa propre chemise, dévoilant un torse bien en forme. Olivia vint pour lui administrer un semblant de claque, en guise de punition symbolique pour son arrogance, mais Vito lui attrapa le poignet de justesse et les deux amoureux s'amusèrent à se chamailler un instant. Vito l'embarqua ensuite sur lui afin de la maintenir tout près.

— Ils ressemblaient à moi sur la photo, tes anciens copains ? osa-t-il soudain.

Vito ne s'était jamais aventuré dans le passé amoureux d'Olivia, voire dans son passé tout court.

— Ils te ressemblaient pas, mais y faut dire que j'en ai juste eu deux.

— Plus de précisions, s'il te plaît, mademoiselle, exigea-t-il avec humour.

— Eh bien… c'était des gars assez différents. Un grand brun. Un moyen châtain. On s'est juste embrassés, un peu touchés… Ils avaient une chose en commun, toutefois : les deux avaient pas d'ambitions intellectuelles et ça me… ça me freinait.

Vito comprenait ce qu'elle sous-entendait : ce que les jeunes hommes dégageaient n'inspirait pas une relation à long terme. Étant vive d'esprit, Olivia attrapa la perche qu'il lui avait tendue et lui retourna sa question de ce fait.

— Tu veux que je te parle des autres femmes ? Hum…

Il y réfléchit un moment avant de répondre :

— Disons que les prouesses amoureuses tombent vite à plat quand on a pas de sentiments.

Voilà la phrase qu'elle souhaitait entendre. Elle savait qu'elle ne pouvait effacer « les autres femmes », mais le fait qu'elles soient tombées dans l'oubli lui redonnait une once de confiance. Elle le regarda et le trouva encore plus beau qu'avant. Éperdue, elle s'empara de sa bouche tandis qu'il pressait les mains au creux de ses reins pour la remonter vers lui. Au travers des effluves boisés du poêle et du picotement du grésil contre les carreaux, les amoureux enchaînèrent les caresses. Elles devinrent de plus en plus enfiévrées. Très vite, la chaleur de leurs ébats rattrapa la chaleur ambiante. Ils se dénudèrent à moitié, poussés par une escalade enivrante d'émotions et de désirs. Olivia était haletante… Elle en avait les sens engourdis. Elle se sentait flotter, malgré le poids de son partenaire sur elle. Inévitablement, les amants se retrouvèrent entièrement nus sur le lit d'appoint, en biais du canapé. Vito chuchota à Olivia qu'ils en resteraient là, mais vu l'ardeur du toucher de sa partenaire, il se ravisa. Il lui murmura qu'il agirait avec prudence, qu'il cesserait à tout moment, si tel était son désir. Et surtout, surtout, qu'il se retirerait avant le point culminant. Pour lui exprimer sa réponse, Olivia le caressa davantage et bougea son corps avec le sien…

13
Une menace s'installe

Une douce larme roula de son œil à sa tempe pour aller mourir dans sa chevelure moite. Encore allongé sur elle, du moins en partie, Vito effleurait des lèvres la peau d'Olivia, comme une coulée de légers baisers. Ils étaient tendres, ces baisers, et la jeune femme les appréciait plus que jamais. Après avoir fait l'amour pour la première fois, elle avait besoin de cette marque d'affection rassurante.

— T'es la plus belle, lui souffla-t-il en contemplant ses reliefs.

— Toi, t'es le plus menteur, lui renvoya-t-elle avec humour.

Il lui pinça la taille. Elle se débattit en riant. Vito la ramena au calme, avant de la considérer avec sérieux.

— Je t'aime.

Émue, Olivia se jeta à nouveau sur la bouche de Vito, qui sentit ses ardeurs se raviver. La jeune femme fut vite surplombée par sa grandeur et chavirée par sa fougue. Cette fois, Olivia ressentit moins d'inconfort; elle put lui offrir une plus grande réciprocité. Vito réalisa vite qu'elle se donnait plus entièrement et cela exacerba sa propre passion. Le lit remua et les soupirs s'entremêlèrent au crépitement des bûches et au sifflement du vent. À un certain moment, Vito dut se ressaisir. C'est ainsi qu'il puisa toute la force mentale et physique nécessaire pour résister à la tentation de fondre en elle. Juste avant de franchir le fil d'arrivée, il quitta la course. Même s'il avait presque goûté à l'extase. Même si Olivia semblait en redemander, avec ses yeux mi-clos et sa bouche entrouverte…

— Je passerais le reste de la journée, de la soirée et de la nuit allongé avec toi, lui susurra-t-il en suivant la ligne de son cou du revers des doigts.

Olivia lui prit le poignet et le retourna vers elle afin de voir l'heure à sa montre. Sa mère commencerait à se questionner. Il y avait la nappe à repasser, les serviettes de table à plier, les ustensiles à polir, le buffet à monter… Mais Olivia ne voulait pas s'extraire de ce lit délicieusement interdit. Elle ne voulait pas se départir du corps chaud et donneur de plaisir de Vito. Mais toute bonne chose ayant une fin…

— Viens, je te raccompagne, lui proposa Vito en s'assoyant pour enfiler son pantalon.

Bien malgré eux, ils se vêtirent tout en s'arrachant quelques baisers, ici et là. Olivia s'accroupit pour couler un regard sous le lit. Elle pensait y trouver sa deuxième chaussette, mais aperçut plutôt un article qui ne lui appartenait pas. Elle se pencha davantage, étira le bras pour le saisir, puis le sortit de sa cachette. C'était un haut de bikini noir. Elle regarda l'étiquette et y lut « Colette » inscrit au stylo. Une panique s'installa en elle. Vito avait-il entraîné la blonde platine sur ce même lit ? Avaient-ils forniqué ou seulement batifolé ? Peu importait, car les deux scénarios la mettaient sens dessus dessous ! La gorge nouée par la jalousie et le ventre serré par les images blessantes que lui envoyait son esprit, Olivia osait à peine regarder Vito, qui remontait sa fermeture éclair.

— Tu viens, ma chérie ? lança-t-il en passant un dernier vêtement.

Le haut de maillot toujours entre ses mains crispées, Olivia ne réagit pas. Elle était sidérée. Vito attendait près de la porte avec son manteau, ses gants et ses bottes. Olivia fut extirpée de ses troublantes pensées par un bruissement métallique de trousseau de clés. Elle releva la tête. Ses yeux étaient embués.

— Ça va ? T'as l'air toute…

— Coco, le coupa-t-elle. Vraiment ? Coco ?

Encore accroupie, elle ne fit que brandir le bikini. Vito tombait des nues. Il s'approcha d'elle en vitesse et exigea qu'elle clarifie la situation.

— Que JE clarifie la situation ?

— J'ai aucune idée de ce qui se passe en ce moment, avoua-t-il.

Olivia lui présenta l'étiquette où figurait le prénom indésirable. Vito songea à l'hypothèse la plus plausible. Sans doute Colette était-elle venue se baigner, cet été, en compagnie de Teresa, de Maria, de Gigi ou d'Alfonsa. Il était sûr et certain que ce n'était pas en la présence de Rosa, puisque cette dernière était âgée dans la trentaine et qu'elle en avait plein les bras avec ses jeunes enfants et son travail à la pharmacie. Elle n'aurait pas pris de bain de soleil avec Colette Ouellet, qui devait avoir environ vingt ans. Vito ne connaissait pas son âge exact. Et pour tout dire, il s'en contrefoutait ! Olivia écoutait son explication avec un fond de scepticisme. Mais elle voulait tant le croire ! Son cœur balançait.

— Voyons, Oli, dit-il en s'agenouillant à ses côtés pour lui prendre le visage. J'ai été célibataire, volontairement, pendant des siècles ! exagéra-t-il pour faire valoir son point. Tous les jours, je dis bien tous les jours, j'aurais pu plier devant Coco et je ne l'ai jamais fait. Même quand j'avais aucun compte à rendre à personne d'important comme toi. À personne, point. Ça en dit long sur mon appréciation de cette fille-là…

Penaude, mais opiniâtre comme dix, Olivia se dressa. Elle ravala ses sentiments et lui refila le haut de maillot en lui suggérant de le « rendre à qui de droit » ou de le « sacrer aux poubelles ». L'un ou l'autre, comme bon lui semblerait. Elle sortit du chalet pour aller attendre Vito dans la voiture. Une fois qu'il l'eut rattrapée, il démarra le moteur tout en insistant pour qu'ils aillent consulter ses sœurs sur-le-champ afin de tirer cette histoire au clair. Olivia déclina la proposition ; elle préférait retourner auprès des siens pour la préparation du souper de Noël. Elle avait décidé de lui faire confiance et de croire en son scénario de baignade avec Teresa, Gigi ou n'importe quelle autre Costa.

— En passant, merci encore pour les belles boucles d'oreilles, glissa-t-elle avant de l'étreindre. Et pour ton autre cadeau…

— Tu veux dire *notre* cadeau, la reprit-il avec la pressante envie de lui faire l'amour à nouveau.

Olivia accueillit un dernier baiser avant d'ouvrir la portière et de descendre de la rutilante Turnpike. Le conducteur la salua d'une main levée. Elle le salua en retour et alla se réfugier dans le confort de son foyer. Vito fit marche arrière, un peu insatisfait de la tournure des événements. Il savait qu'il n'avait rien à se reprocher, mais la graine du doute avait été semée.

***

Roméo et Desneiges Bérubé, propriétaires du bar-motel La Cavale – feu Chez Ti-Tom –, avaient décidé de prendre les grands moyens. La féroce compétition, dans un si petit marché et sur un aussi minime territoire, ne les enchantait guère. Sachant très bien que le maire Borduas tenait Marion Levasseur dans ses bonnes grâces depuis la perte brutale de son mari, ils contourneraient le grand décideur pour magouiller de l'intérieur. Ils avaient entendu dire qu'un employé de la municipalité se trouvait dans une impasse financière en raison de mauvais placements. La preuve, il venait de vendre un terrain au rabais et s'était départi de sa deuxième voiture. Les Bérubé le sentaient ouvert à un certain *sideline*…

— On voudrait pas être responsables de la fermeture d'un commerce, avança sournoisement Desneiges. Mais y a sûrement moyen de trouver quelque chose qui freinerait Marion Levasseur.

— Un détail technique, une paperasse quelconque, renchérit Roméo en poussant un cadeau enrubanné sous le nez de l'employé.

La jolie boîte, décorée de rennes et de carrioles, semblait susciter autant d'attrait que de nervosité chez l'homme. Il la regarda, leva les yeux vers les Bérubé, puis la regarda à nouveau.

— Je…

Voyant son hésitation, Desneiges changea d'approche. Elle adopta un ton plus consciencieux.

— Allez-y comme vous le sentez. Loin de nous l'idée de vous mettre de la pression. Tout ce qu'on aimerait, c'est une espèce de… révision rigoureuse du dossier, c'est bien ça, hein, Roméo ?

Son mari hocha la tête, faisant bouger la longue mèche de cheveux qu'il coiffait d'un bord à l'autre de son crâne pour cacher sa calvitie. *Cacher* étant un bien grand mot. Avec prudence, comme s'il s'agissait d'un colis suspect contenant peut-être des explosifs, l'employé souleva le couvercle pour jeter un œil à l'intérieur de la boîte, puis le referma. Il se racla la gorge et repoussa ses lunettes plus haut sur son nez.

— Je… je vais voir ce que je peux faire. Après tout, une révision des papiers a jamais fait de mal à personne.

— C'est un peu le contraire qu'on recherche, lui fit remarquer Roméo avec fermeté.

L'employé rit jaune. Les Bérubé lui souhaitèrent un temps des Fêtes des plus féeriques et se congédièrent d'eux-mêmes. L'employé resta pensif derrière son bureau beige.

***

Vendredi, en début d'après-midi, Romain dut se présenter au bureau pour finaliser et signer quelques contrats, ainsi que régler une erreur concernant la prime de Noël, qui ne s'était pas additionnée à la paye d'une classe d'ouvriers. Épaulé par sa secrétaire, il parvint à exécuter ces fastidieuses tâches en moins de deux heures. Après quoi il déposa la secrétaire à son domicile, puisqu'elle ne possédait pas de permis de conduire, et se rendit à une salle communautaire où son fils et ses amis assistaient à un concours de hula-hoop. En pénétrant dans l'édifice, il chercha des yeux son grand garçon. Il y avait foule ! Des jeunes riant, s'amusant et faisant tourner autour de leur corps des cerceaux colorés de toutes les grandeurs et de tous les motifs. Tout autour du gymnase, d'autres jeunes faisaient des pirouettes sur des trampolines. Romain se trouva vieux, bien qu'il ait une apparence saine et svelte et que sa chevelure soit à peine grisonnante. Il se sentait vieux, car il n'avait jamais connu une jeunesse aussi ludique… Sans attendre, il s'achemina parmi les spectateurs avec son manteau replié sur l'avant-bras. Il aperçut alors Alexis, assis sur une pile de matelas d'exercice. Il y avait un copain de classe à sa gauche et une fille à sa droite. Celle-ci avait une main posée sur le genou de son garçon. Elle semblait le regarder avec des étoiles dans les yeux. Romain sentit son cœur se serrer. Il était sous le choc, mais en tirait une fierté paternelle. Il ne voulait pas brusquer son fils ni lui faire honte, mais il devait trouver un moyen de lui faire signe qu'il était arrivé. Il s'approcha lentement par-derrière, longeant l'un des murs du gymnase.

— Alexis ? tenta-t-il tout bas, à travers le bruit et la musique.

Alexis ne se retourna pas. Il était trop occupé à se faire donner un baiser. Le jeune homme acceptait le bec sans trop remuer, figé par l'effet de surprise. Romain fut tout aussi saisi que son fils. Il ne savait plus quoi faire ni où regarder. Il se mit à tousser de façon exagérée pour se faire remarquer. Il fouetta mollement le dos d'Alexis à l'aide de sa paire de gants. L'adolescent finit par réagir. Il se revira pour voir qui osait le narguer pendant ce moment qui devenait de plus en plus idyllique. Son visage tourna au blanc et sa mâchoire perdit toute fermeté lorsqu'il réalisa que son père se tenait aux premières loges. Le jeune homme fit des salutations précipitées à ses amis, sauta en bas de la pile de matelas et devança son père jusqu'à la sortie. Le chemin du retour fut pénible puisque ni Romain ni Alexis n'osèrent dire mot sur ce qui venait de se produire.

Juste avant d'entrer dans la résidence familiale, Alexis fit une brève pause sur le pas de la porte et, sans oser le regarder, demanda à son père: «Vas-tu le dire à m'man?» Romain songea à la parfaite réponse. Alors qu'il mourait d'envie de lui dire: «Oh mon Dieu, c'est *certain* que je vais tout raconter à ta mère!» il puisa dans sa réserve de maturité et de maîtrise de soi pour lui rétorquer: «Ah, tu me connais, j'ai tendance à oublier des détails quand je raconte des histoires, ça fait que les *punchs* tombent toujours à plat.» De dos à son père, l'adolescent baissa les paupières et soupira. Ainsi soulagé, il put entrer dans la maison comme si de rien n'était. Enfin, presque comme si de rien n'était, puisque plana, tout au long du repas, un léger malaise que Gisèle n'arriva pas à s'expliquer. Au début, Romain trouva amusant d'être dans le secret des dieux. Bien vite, cependant, il réalisa que l'idylle amoureuse de son fils de quatorze ans lui procurait sans doute plus d'action qu'il n'en vivait lui-même dans son union. Deux autres points qui le frustrèrent: sa femme lui avait caché qu'il était possible d'entrer au Séminaire en cours d'année et son fils lui avait caché l'existence d'une petite amie. Romain se sentait tout à coup exclu de son propre clan. Un clan pour lequel il se dévouait, pourtant. Une fois le repas terminé, il téléphona à son meilleur ami Vito, qui était toujours fidèle au poste. Ils se donnèrent rendez-vous chez Dagenais pour un digestif de milieu de soirée. Ils burent un peu, parlèrent de tout et de rien, rirent un bon coup… Vito parvint même à convaincre Romain de se présenter à sa prochaine séance de volleyball. Enfin ! Il finirait peut-être par le convertir à son sport favori. Au bout de deux heures de bon temps entre amis, ils durent toutefois se séparer. Romain devait conduire Alexis à Saint-Pascal, très tôt le lendemain matin, pour un important match de hockey. Et Vito devait rencontrer Maxence Rodrigue à la pharmacie, avant l'ouverture, afin de bien démarrer leur collaboration d'affaires. Sans compter qu'il voulait faire une courte halte discrète à la maison des Levasseur, dans l'espoir de voler quelques minutes à sa belle amoureuse avant son coucher.

— Bonsoir, Vito, fit Marion en lui ouvrant.

— Je vous dérange pas bien longtemps, je sais qu'y est un peu tard…

— Un peu, oui.

Il n'y en aurait jamais de faciles avec cette femme. *Et toutes les femmes de ma vie*, pensa-t-il tout bonnement. Vito ne devait pas baisser les bras. Il se raplomba et songea à des mots plus persuasifs que les précédents.

— Juste un petit deux minutes, au pas de la porte, insista Vito. C'est le temps des Fêtes, après tout.

Il lui sortit son sourire le plus photogénique. Marion finit par céder à sa requête… et lui céder le passage de surcroît. Vito respecta son engagement en demeurant bien cloué au tapis d'entrée. Marion alla chercher son aînée, qui sortait tout juste de la baignoire. Celle-ci se présenta à l'homme en peignoir de ratine et serviette bleu poudre bien enroulée sur une chevelure mouillée. Elle était un peu embarrassée de ne pas être sous son meilleur jour, mais son naturel frondeur lui dictait de se foutre de son apparence et de ne jamais devenir l'esclave d'une telle superficialité. La réaction de Vito lui confirma qu'elle faisait bien de ne pas trop se soucier des moindres détails.

— T'es toujours magnifique, toi, chuchota-t-il pour que Marion ne capte pas ses paroles amoureuses. Approche que je te sente de plus près.

Préoccupée par la présence maternelle non loin, Olivia ne fit qu'un pas vers l'avant. Qu'à cela ne tienne, Vito se pencherait pour lui humer le cou et poser des lèvres chaudes sur sa joue. Il était asservi, sans défense, les mains liées par le désir et l'amour. Sans trop le savoir, Olivia le tenait.

— Je voulais juste t'inviter à déjeuner et m'en aller, ajouta Vito, mais là, t'es trop belle et tu sens trop bon, je suis incapable de partir.

Elle sourit ; il avait le don de l'étonner et de la charmer.

— Passe à la pharmacie entre neuf heures et neuf heures et demie. Ensuite, on se rendra ensemble au resto.

Il écarta la tête pour adresser une salutation cordiale à la tenancière du gîte, laquelle époussetait son vaisselier, juste derrière. Celle-ci éleva son plumeau comme on envoie la main. De la part d'une belle-mère méfiante, Vito trouvait le geste bien acceptable. Avant de quitter les lieux, il s'inclina une dernière fois vers Olivia. Il lui susurra une phrase grivoise au creux de l'oreille et la jeune femme le repoussa tout en s'exclamant. Ce faisant, son peignoir faillit s'ouvrir et elle le ferma de justesse avant qu'une rondeur ne se dévoile d'elle-même. Après deux haussements de sourcils, Vito retourna à sa voiture, qui ronronnait toujours dans l'allée. Il avait l'allure satisfaite du conquérant. Une fois de retour chez lui, il empoigna une pelle appuyée contre le parement de son cottage et dégagea le sentier et le perron de leur nouvelle couche de neige. La chaleur inhabituelle avait déserté la région et le grésil, additionné d'une neige mouillée, avait pris le relais. À la grande joie des enfants, mais moins des adultes. Mais Vito déblaya en sifflant, le torse gonflé de sentiments heureux, et bien au chaud dans le magnifique tricot à col en V que lui avait offert Olivia en cadeau. Lorsqu'il eut terminé, il déblaya la boîte aux lettres à l'aide d'une manche de son manteau et passa à l'intérieur de l'habitation. Sa mère l'y attendait calée dans le fauteuil, les bras croisés. Vito sentit son allégresse se dissiper aussitôt.

— *Ciao, mamma, come va*[20] *?* s'enquit-il en lançant ses effets dans le vide-poche de la console.

— Tu arrives d'où ?

— J'arrive d'où je veux, j'ai trente-cinq ans, *dio mio…*

En s'appuyant sur les bras du fauteuil, Kobra leva son corps ankylosé par un mélange de surpoids et d'éreintement. Elle suivit son fils jusqu'à la cuisinette, où il se versa un verre d'eau minérale. Il prit une lampée d'eau en rivant les yeux sur le

20. Bonjour, maman, comment vas-tu ?

paysage blanc que lui offrait la fenêtre au-dessus du lavabo. Bien vite, il entendit le cliquetis familier des ongles de sa mère contre le mica de la table. Cette agaçante habitude signalait chaque fois que Kobra s'apprêtait à tonitruer.

— Vas-y. Dis-moi le fond de ta pensée, *mamma*.

Elle relâcherait sans doute son courroux sur le fait qu'Olivia n'avait pas encore atteint la vingtaine, avant d'enchaîner avec quelque admonition typique aux matriarches italiennes. Une Sicilienne, qui plus est ! Vito était prêt, solide même, mais sa mère parvint à le surprendre et à le déstabiliser.

— C'est quoi cette histoire de petits jeux enfantins ? laissa-t-elle tomber.

La seconde gorgée de Vito passa de travers. Il en ressentit le pétillement au niveau de sa gorge serrée, puis de sa trachée. Il toussa pour enrayer l'étouffement.

— Giuseppe m'a dit que tu as donné ton consentement…

— Et il a donné le sien, l'interrompit Vito.

— … pour faire des jeux de logique et pratiquer des… des petits mots de dictée. Mais c'est quoi cette foutaise ? Faire faire des choses aussi enfantines à mon mari ! C'est qui, ce prétendu docteur ?

Plus ils en parlaient, et plus la *mamma* sortait de ses gonds. Vito n'avait pas envie de terminer la soirée ainsi, mais il n'avait pas d'autre choix que de prendre le taureau par les cornes… ou plutôt de prendre Kobra par les arguments. Il fonça.

— Tous ces tests, que tu juges *enfantins*, vont servir à comprendre ce qui est en train de dégénérer dans la tête de *papà*. Parce que si on fait rien pour l'aider maintenant, il va retourner au stade enfant plus vite que tu le crois.

Elle parut choquée par cet élan de lucidité. Une main sur le ventre et l'autre sur la bouche, elle tentait de digérer le brutal constat que venait de lui faire son fils. Celui-ci en remit une couche en disant que si rien n'était diagnostiqué et que si rien n'était mis en place, bientôt Giuseppe ne saurait ni leurs prénoms, ni quoi faire de ses dix doigts.

— Tous les foutus jours du restant de son existence, insista Vito avec une vulgarité intentionnelle.

La dame retenait prisonnière sa tristesse, comme si la grave impasse à laquelle elle était acculée disparaîtrait si les émotions n'étaient pas nommées ni vécues. Puis, elle laissa tomber un « Tout ça est exagéré ! » en fuyant la maisonnette sans refermer la porte d'entrée derrière elle. Frustré, Vito frappa la table de son poing et se laissa choir sur une chaise.

14
L'autre

Tandis qu'Alexis Renaud préparait son bagage pour le Séminaire, sous les regards soucieux de Gisèle et fiers de Romain, le reste du village décantait des festivités des derniers jours. Trop de sets carrés, trop peu de sommeil, trop de pâtés et d'atocas, et surtout, trop de trous normands pour tenter de faire passer le tout. Bref, ce samedi matin de congé tombait à point pour récupérer. Du côté du gîte, une apaisante tranquillité régnait sur les deux étages. Olivia était déjà en route pour la pharmacie, Marion faisait l'inventaire de sa *pantry*, Mederick était toujours à l'extérieur de la province et les deux autres chambreurs, dont le grand Dan, avaient entrepris de ramoner la cheminée puisqu'ils avaient remarqué qu'elle boucanait trop de l'intérieur. Tout allait bon train. Quand Théo sonna à sa porte, Marion se sentit forcée de troquer sa robe de chambre contre des vêtements plus convenables, mais le voisin insista pour qu'elle demeure à l'aise.

— C'est pas comme si j'avais enfilé mes habits du dimanche, lança-t-il à la blague alors qu'il lui dévoilait une chemise de flanelle et un vieux pantalon de velours cordé.

Marion lui retourna un timide sourire et lui dit de se « tirer une bûche » tandis qu'elle lui servait un réconfortant café, fraîchement infusé. L'homme la remercia tout en soufflant à la surface de sa boisson. Ils discutèrent de tout et de rien. Théo lui mentionna que son neveu avait annulé son court séjour à Saint-Éleuthère, mais qu'en revanche, d'autres membres de sa famille s'étaient annoncés pour le jour de l'An. Il en était ravi. Se sentant de plus en plus en confiance avec lui, Marion lui révéla ses inquiétudes quant à l'avenir du gîte à cause de la concurrence du bar-motel La Cavale. L'homme sembla prendre les soucis de la dame sur ses épaules. Il était contrarié ; le bonheur des Levasseur lui tenait à cœur. Marion fut touchée par sa compassion authentique et spontanée. Rembruni, Théo se mit à chercher des solutions concrètes aux préoccupations de sa voisine. Il n'y arrivait pas. Pour l'instant, il n'avait qu'une phrase à lui offrir : « En tout cas, je serai toujours là, si vous avez besoin de quoi que ce soit. » Cela avait apaisé une petite partie des angoisses de Marion.

— La glace a refigé, déclara Béa en entrant en coup de vent dans la cuisine. On s'en va à la patinoire !

— Qui ça « on » ? s'informa Marion.

— Moi, Raquel et Alexis. Ça va être notre dernier patinage ensemble avant son départ pour la grande école.

Marion accepta, mais y alla tout de même d'une recommandation :

— Même s'y fait pas un froid de fou, habillez-vous comme y faut. C'est humide dehors. Je voudrais pas que vous tombiez malades en pleines vacances.

Raquel arriva sur ces entrefaites. Les deux filles enfilèrent bas de laine, cache-cous, mitaines et bandeaux tressés. Leur paire de patins blancs suspendue à l'épaule, elles annoncèrent à leur mère qu'elles étaient prêtes. C'est alors qu'elles réalisèrent qu'Olivia était partie avec l'auto. Tandis qu'elles étaient sur le point de désenchanter, Théophane agit une fois de plus en bon samaritain.

— Ça va me faire plaisir de vous conduire à la patinoire. Je vais en profiter pour aller saluer un confrère de travail à Estcourt. Allez, les filles, à la *station wagon* !

Attendrie, Marion le remercia d'une main posée sur épaule. Théo interrompit sa marche pour apprécier la douceur du geste, puis repartit en direction du portique en compagnie des patineuses excitées. Marion s'en retourna à sa liste d'épicerie et à ses vagues pensées. Du côté de la pharmacie du village, Rosa prenait le manteau de Maxence Rodrigue et lui indiquait sur quel paillasson déposer ses bottes enneigées. Le jeune homme avait apporté des souliers de cuir impeccablement cirés et portait le nœud papillon, ce qui lui conférait un style plus original que celui que les autres hommes du coin avaient l'habitude d'arborer. Il avait l'œil vif et les joues rougies par le vent. On aurait dit qu'il avait gagné le gros lot tant la joie irradiait de son être. Il avait le sentiment d'être au bon endroit, au bon moment. Après avoir jasé quelques instants avec Rosa, il se rendit à ses étagères murales pour évaluer son matériel. C'est alors que Vito fit son apparition, l'air revêche. Le même air qu'il traînait depuis son échange mouvementé avec sa mère. Après une très brève salutation au pharmacien, il demanda à sa sœur de le suivre dans la pièce adjacente pour discuter du sujet chaud qui les concernait. Maxence les regarda s'isoler sans mot dire. Après quoi il se dirigea vers ses fioles et ses petits pots. Le carillon ne tarda pas à tinter de nouveau. Le jeune homme tourna la tête et aperçut Olivia qui entrait en vitesse pour échapper aux rafales. Elle s'exclama tout en se secouant de la tête aux pieds, sur le tapis d'entrée. Souriante, elle pensait découvrir Vito Costa derrière le comptoir de bois vernis, mais son regard se posa sur l'inconnu.

— Bonjour, mademoiselle, la salua Maxence en se passant une main dans la chevelure.

Il quitta son poste pour se faire plus avenant.

— Est-ce que je peux vous rendre service ?

— Vous êtes nouveau ?

— Je suis nouveau pour vous, comme vous êtes nouvelle pour moi.

Ils se fixèrent une fraction de seconde avant de pouffer de rire.

— Vous êtes…

— Un produit de l'Université Laval fraîchement débarqué dans votre coin.

— C'est pas vraiment mon coin, précisa Olivia, mais on s'y attache assez rapidement.

Le sourire du pharmacien s'élargit. On aurait dit que même ses prunelles et son âme souriaient ! Il s'empressa de lui révéler son nom complet et de lui faire un résumé de son parcours de vie. Olivia en fit de même et tous deux sympathisèrent si naturellement qu'ils ne purent s'empêcher d'en rire. C'était comme s'ils se connaissaient depuis toujours. Ils se sentirent à l'aise l'un en présence de l'autre dès le premier instant. Exception faite de Colette, Olivia s'était liée d'amitié avec bien peu de personnes de son âge au village. Et la prétendue amitié que lui portait Coco était née d'un simple concours de circonstances. Olivia se disait parfois qu'elle pourrait peut-être s'en passer…

— J'ai entendu dire que vous aviez un centre de ski, dit le pharmacien, optimiste.

— Le mot *centre* est un peu poussé. Disons qu'on a un chalet et un remonte-pente.

— C'est mieux que rien ! T'en fais, parfois ?

— Du ski ? réagit Olivia. Non, pas encore essayé. Faut dire que je passe mes semaines à Rivière-du-Loup et que je dois aider ma mère tous les week-ends…

— Si jamais t'as envie de découvrir un nouveau sport d'hiver, tu sais où me trouver.

— À la pharmacie, répondit-elle avec humour.

— C'est pas mal ça, oui.

Une fois de plus, ils furent pris d'un fou rire. Maxence replaça ses belles lunettes en corne et tendit une main amicale à Olivia en disant « Max », puis celle-ci la secoua avec énergie en répliquant « Oli ». Ils resserrèrent leur poigne, tels deux hommes d'affaires concluant un important marché. C'est alors que Vito et Rosa firent leur entrée en scène. Ils s'étaient mis d'accord pour tenir tête à leur mère et ne jamais plier l'échine, peu importe ses rebuffades. Ils se rendraient au bout de la démarche médicale avec leur paternel. En se dirigeant vers le comptoir des prescriptions, Vito put ressentir l'amabilité spontanée qui s'était vite installée entre Olivia et le pharmacien. Il plissa le front, l'air austère. Il s'assura d'abord d'embrasser Olivia devant le jeune homme, puis d'une voix basse et directive, il montra à Maxence les tiroirs qui servaient de classeurs pour les dossiers des clients. Enfin, il lui remit le calepin spécial des fournisseurs de produits pharmaceutiques. Tandis que Maxence s'y affairait, une première cliente entra dans le commerce. Il s'agissait de Françoise, alias Frankie, la précieuse acolyte de Colette Ouellet. Elle remarqua la présence d'Olivia sur-le-champ. Elle se précipita vers elle pour lui vanter tout le côté *glamour* de l'imminente soirée du jour de l'An à l'hôtel Pohénégamook. Olivia irait-elle ? Viendrait-elle acclamer le groupe musical ? Elle n'en était pas sûre à cent pour cent, mais accorda à son amie le privilège d'être la première avisée si elle se joignait aux fêtards.

— Un *party* musical ? J'aime bien ! s'anima Maxence. Est-ce que tout le monde est invité ? Je veux dire, même les non-résidents ?

Françoise l'évalua d'un œil scrutateur, comme un scientifique face à un nouveau spécimen animal. Décidément, la fille se tenait trop souvent avec Coco et en prenait les mauvais plis… Après s'être présentée, la brunette allongea le bras pour quêter un baisemain au pharmacien. Incommodé par cette formalité, qu'il considérait comme vieux jeu, Maxence lui retourna la main pour la lui serrer, tout simplement. Amusée par la rapidité d'esprit du jeune homme, Olivia baissa la tête pour dissimuler un sourire narquois. Françoise fut ainsi forcée d'adopter un ton moins mielleux.

— Bon, avant que j'oublie pourquoi je suis venue ici..., bredouilla la brunette en tirant un papier plié de sa sacoche.

Elle glissa la prescription sur le comptoir de chêne. Maxence se mit aussitôt à l'œuvre pour offrir le bon dosage de pénicilline à sa toute première cliente à vie. Cette dernière souffrait d'une otite et souhaitait la traiter le plus tôt possible en raison de sa performance musicale du surlendemain. Tandis qu'elle se faisait servir, Vito se plaça en retrait, profitant de cet angle pour voir son nouvel homme de confiance à l'œuvre. Accoudé près de la caisse, il l'observait avec attention. Le pharmacien avait de l'entregent, se présentait bien, semblait manipuler les produits avec soin. Il notait tout et s'exécutait avec minutie, sans pour autant gaspiller de temps. Tous ces points concordaient avec les commentaires formulés par ses professeurs. Le seul hic : Olivia riait en sa présence. Et elle semblait aimer le relancer.

Lorsqu'elle eut son médicament en main, Françoise traversa la pièce en empruntant l'allée centrale afin d'aller payer son dû à Rosa. Une fois la transaction terminée, la caissière inséra la bouteille et le doseur dans un sac de papier à l'effigie de la pharmacie et souhaita bonne chance à la chanteuse pour son spectacle.

— Ah, mais c'est pas de la chance, la corrigea Françoise, c'est plutôt les trois T : talent, travail et ténacité.

Elle leur envoya une main gantée tout en s'évaporant.

— Avec Frankie, y faut en prendre et en laisser, lança Olivia à Maxence.

— Bien noté, prononça-t-il avec un sérieux exagéré tout en repoussant ses lunettes.

C'est alors que Vito signala sa présence, au bout de l'allée.

— Bon, je dois y aller, laissa tomber Olivia en refermant son manteau.

— Et moi, je dois travailler. Bonne journée et à bientôt pour le ski, la relança-t-il avec un soupçon de plaisanterie.

Vito arriva derrière Olivia et lui encercla la taille d'un crochet du bras. Gracieux, quoique efficace, il l'entraîna ainsi jusqu'à la sortie. Il était persuadé qu'elle n'y avait vu que du feu, mais elle avait bien décelé sa jalousie. Olivia en fit peu de cas et se concentra plutôt sur leur petit déjeuner au restaurant. Elle était ravie de se faire inviter et de se faire payer la traite, ce qui ne lui était presque jamais arrivé auparavant, vu le peu de relations amoureuses sérieuses qu'elle avait eues. Elle trouva les gaufres maison délicieuses, voire décadentes, tout comme le regard et les paroles agréables de son amoureux.

Pendant ce temps, à la patinoire de Saint-Pierre-d'Estcourt, de nombreux jeunes s'adonnaient à leur activité hivernale favorite. Même si elle ne maîtrisait pas encore le freinage et qu'elle utilisait les bandes en bois pour s'arrêter, Béa semblait heureuse comme un petit poisson dans l'eau. Elle allait et venait sur la glace, en tirant parfois la langue pour attraper quelques flocons. Elle osait se lancer dans des arabesques, même si elle terminait trop souvent les figures le fond de culotte étampé sur la glace ! Raquel se réjouissait de la voir s'amuser autant avec si peu. Alexis Renaud semblait aussi profiter du moment, mais il était habité par une certaine nervosité. Demain serait le grand jour. Le Séminaire l'attendait. Il avait hâte de découvrir ce nouveau monde qui s'offrait à lui, mais craignait un débordement de tristesse chez sa mère. Après avoir patiné et joué une partie de ringuette improvisée, Alexis partit à pied pour la maison et les sœurs Levasseur se firent cueillir par Théophane Garneau. Ils écoutèrent et fredonnèrent des cantiques tout au long du chemin du retour. La plus jeune des filles s'était couchée sur la banquette arrière, enveloppée d'une couverture tricotée, dans le confort le plus total. Une fois rentrées au gîte, les deux sœurs partirent dans des directions opposées. Béa entreprit de décorer les biscuits que sa mère avait cuisinés, tandis que Raquel alla s'isoler pour un temps de répit. Une bonne heure s'écoula au sablier.

De retour de leur déjeuner, Vito et Olivia prirent quelques minutes pour s'embrasser au chaud, dans la voiture en marche. Mais puisque même les meilleures choses ont une fin… Vito devait se rendre à la boucherie pour effectuer des heures supplémentaires en raison d'un arrivage monstre de dindes surgelées pour toutes les bonnes ménagères. Le traditionnel souper du jour de l'An aurait lieu mercredi, soit dans moins de trois jours. Les volailles devaient se vendre et avoir le temps de dégeler avant de se faire farcir. C'était une priorité nationale !

— Je te retarderai pas, dans ce cas-là, dit Olivia tout en ouvrant sa portière.

— C'est le contraire de ce que je souhaiterais, mais j'ai beaucoup de *job* à faire…

Elle s'apprêtait à sortir du véhicule quand Vito tira sur une extrémité de son écharpe afin de l'attirer vers lui pour lui voler un énième baiser.

— Est-ce qu'on va à la soirée du Poné ?

Elle réfléchit un bref instant et, voyant le sourire naissant sur le visage de Vito, ne put faire autrement que lui répondre par l'affirmative. Elle s'éloigna ensuite pour s'engouffrer à l'intérieur de son domicile, tandis que la Turnpike rouge disparaissait au tournant de la route Principale. Après s'être débarrassée de son attirail d'extérieur, elle alla à la rencontre de sa mère pour lui demander si elle avait besoin de son aide. Contente de pouvoir compter sur une autre paire de mains, Marion lui passa les pois cassés ainsi qu'un large bol.

— Mouille-les pour demain. Pendant ce temps-là, je vais en profiter pour mettre la graisse de rôti dans un ancien pot de margarine. Raquel ? s'écria la mère de famille. Qu'est-ce qu'elle fait, donc ? J'aurais eu besoin d'elle pour l'aspic au jambon. Chaque année, elle insiste pour préparer l'aspic. Raquel ?

Pas de réponse.

— Elle doit être comme mes petits pois : en train de se prélasser dans un bon bain, blagua Olivia en remplissant d'eau le bol de haricots secs.

Ayant les doigts dans la viande, Marion appela Béa qui regardait une émission au salon. La fillette obtempéra aux ordres de sa mère ; elle était docile comme dix. Sans hésitation, elle attrapa la rampe d'escalier et grimpa à l'étage en sautant quelques marches pour accélérer sa lancée. Une fois rendue à la salle de bains, elle frappa à la porte close tout en chantonnant à Raquel de venir lui ouvrir. Silence radio. Elle fit tambouriner la porte à nouveau. Peut-être sa grande sœur s'était-elle assoupie dans l'eau chaude et berçante de la baignoire ? Qu'importe l'intimité, Béa allait ouvrir. Elle tourna la poignée, mais celle-ci résista. Elle appela sa sœur une autre fois. Toujours rien. La fillette eut la brillante idée de retirer une *bobby pin* de sa coiffure. Elle joua avec la serrure un moment et parvint enfin à ouvrir la porte. Le bain était rempli d'eau moussante… mais Raquel n'y était pas. Et pourtant la porte avait été verrouillée de l'intérieur ! Quel était ce mystère ? La petite dirigea aussitôt son regard vers la fenêtre, qui était bien sûr fermée et verrouillée pour l'hiver. Et de toute manière, même si Raquel s'était sauvée par cette ouverture, elle se serait blessée gravement en sautant d'une pareille hauteur. Tout cela était absurde ! Béa se ressaisit, secoua la tête tout en rigolant et descendit au rez-de-chaussée à la recherche de sa sœur. Logiquement, elle alla droit à la chambre à coucher de Raquel. La pièce était rangée, le lit était fait.

— Mamannn ? cria Béa. Raquel est pas làààà !

Marion regarda Olivia.

— Comment ça, Raquel est pas là ? riposta-t-elle d'une voix portante.

Béa se présenta le minois dans l'arche de la cuisine. Elle leur expliqua l'étrange salle de bains fermée et la chambre intacte. Marion eut comme réflexe premier de regarder par les carreaux qui offraient une vue d'ensemble de la cour arrière. Elle demanda à Béa d'en faire de même par les larges fenêtres du séjour. La fillette s'exécuta sans discuter. Aucune trace de Raquel sur les deux portions du terrain.

— Ben voyons ! s'énerva Olivia. Veux-tu ben me dire…

Elle s'épongea les mains et retourna à la chambre qu'elle partageait avec Raquel pour y faire une seconde inspection. Elle dut admettre que l'aspect impeccable du décor était inhabituel. Raquel était un peu traîneuse, comparativement à Olivia. Il n'était pas rare de voir des livres étalés sur son édredon ou des accessoires dispersés sur sa table de chevet. Aujourd'hui, rien de tel. Olivia vérifia la commode. Des vêtements avaient disparu des tiroirs. Préoccupée, elle pivota sur elle-même et jeta un regard circulaire sur la pièce. Elle remarqua une petite boîte beige sur la chaise. Ce n'était peut-être pas grand-chose… Olivia la cueillit quand même. Le nom Laura Secord y figurait. Elle en retira le couvercle et pensa y trouver un ou deux chocolats. Il y avait plutôt un billet. Elle le déplia et en fit la lecture. Pétrifiée, elle resta clouée sur place quelques secondes, qui lui parurent des heures. Cette fois, Olivia ne pourrait masquer la réalité pour épargner sa mère. Il n'était plus question d'anodins mensonges blancs dont les deux sœurs complices se servaient pour déjouer les règles familiales. Olivia ne pouvait faire disparaître cette note manuscrite. Résignée, elle se traîna les pieds jusqu'à la cuisine.

— J'ai… je sais où est Raquel… je…

Décontenancée, elle présenta le billet à sa mère. Marion le lut en vitesse. Quelle catastrophe ! La dame en devint pourpre tant elle était furieuse. Puis, elle se mit à pleurer, car au-delà de la colère momentanée, c'est une grande inquiétude qui la prit d'assaut. Béa ne savait pas ce qui se passait. Elle voulait comprendre. Elle voulait lire ce message elle aussi, quitte à l'arracher des mains de sa mère, mais par politesse, elle se retint de le faire. Voyant Marion dans tous ses états, Olivia prit le relais pour rassurer la fillette.

— Raquel va bien. Elle est en sécurité. Elle a juste décidé de faire une petite escapade sans demander la permission à maman.

— C'est quoi une escapade ?

— Un petit congé.

— Mais elle est déjà en vacances ! réagit Béa, pas plus rassurée qu'avant.

Olivia décida de rediriger son attention vers Marion, qui était maintenant effondrée dans sa bergère, au salon. Elle se déplaça auprès d'elle dans l'espoir d'atténuer l'onde de choc. Elle posa une main apaisante sur l'épaule de sa mère et la débarrassa du papier maintenant froissé. Raquel y avait inscrit :

Je suis allée rejoindre celui que j'aime. Ne vous en faites pas pour moi. Je suis désolée de vous mettre devant le fait accompli, mais il n'y avait pas d'autre façon. Sachez que je ne voulais pas vous manquer de respect. Je vous aime… et reviendrai peut-être bientôt, qui sait ?

Raquel xxx

— Je peux pas croire ! grogna Marion entre ses dents serrées.

À l'aide d'un mouchoir, elle sécha ses paupières fanées par les années, les rires et les tracas. Encore mineure, sa Raquel était partie à l'étranger, à une adresse indéterminée, rejoindre un jeune homme majeur à l'historique inconnu. Tout cela, hors des liens sacrés du mariage. Voilà un autre souci qui accentuerait ses rides ! Ne sachant trop que faire d'utile, Olivia lui frotta le dos. La jeune femme était la seule à savoir qu'il y avait un second papier, adressé à son nom, dans la boîte vide de chocolats. Elle l'avait vite glissé dans sa poche de pantalon. Elle le relirait plus tard, une fois seule.

— Veux-tu que je demande à Vito de faire des démarches ? Je suis sûre qu'il peut nous trouver un numéro de téléphone.

Marion essuya d'autres rigoles de larmes. Olivia renchérit :

— Est-ce que Mederick t'a mentionné où il allait quand il a quitté le gîte pour le long congé ?

Sa mère lui répondit physiquement par la négative.

— On sait qu'il vient du Nouveau-Brunswick, en tout cas, fit remarquer Olivia. Je vais mettre Vito sur le cas. On va finir par ramener Raquel à la raison… et à la maison.

Elle posa un baiser tendre sur la joue de sa mère et se releva pour s'éloigner du salon. Elle effleura Béa au passage, avec une affection bienveillante, et alla se cloîtrer dans sa chambre. Elle tourna à double tour la clé de laiton dans la serrure. Mue par l'adrénaline, elle s'empressa de déplier le second papier, dont elle seule connaissait l'existence dans la maisonnée. C'était un extrait du testament d'Alexandre et d'Ivanie Wallace, dans lequel était mentionné qu'advenant qu'ils décèdent, un quart de leurs avoirs irait à leur plus jeune enfant, leur fille, sans aucune condition particulière. Les trois quarts restants seraient légués à leur aîné, Mederick Wallace, à condition qu'il ait une adresse fixe sur la réserve de Madawaska et qu'il soit marié. Bousculée par de folles pensées, Olivia se dépêcha de replier le papier et de le cacher sous son matelas. Personne ne devait savoir qu'elle savait. Elle se ferait crucifier par sa mère pour lui avoir dissimulé une telle information !

15
Les non-dits

Romain était heureux d'avoir pris part à la pratique de volleyball intérieur, même s'il avait encaissé un solide coup de coude accidentel à la pommette gauche. Il avait découvert un sport palpitant et un groupe d'hommes amusants et tissés serrés. N'entrait pas qui voulait dans ce cercle sélect. N'ayant pas bronché quand il avait reçu son coup à la figure, Romain les avait convaincus de sa valeur. Il serait un ajout appréciable à leur équipe. Il faut dire que les bons mots de Vito à son égard n'avaient pas nui non plus. C'était tout de même le capitaine. Étant mince et agile, Romain avait su se débrouiller sur le terrain. Quelques pratiques et ajustements sur le plan des règlements et le tour serait joué ! Après être passés sous la douche, certains coéquipiers lancèrent l'idée d'aller prendre un verre, offre que Vito et Romain durent décliner. Le premier devait se préparer pour sa sortie à l'hôtel Pohénégamook et le second voulait aider son fils à se préparer pour le grand départ du lendemain matin.

— En tout cas, si t'as envie de passer faire un p'tit tour au Poné, j'y serai toute la soirée avec Olivia.

— Je verrai, répondit Romain en acceptant l'accolade masculine de l'Italien.

— *See you, buddy.*

Ils se séparèrent et marchèrent en sens opposés, Vito se remontant le sac de sport sur l'épaule et Romain se palpant le début d'ecchymose. Ils disparurent ensuite chacun vers leur destination respective. Alors que Vito tournait le coin de sa rue, il sentit une idée plutôt audacieuse germer dans son esprit. Plus il y songeait, plus il avait envie de la concrétiser. Il y avait un certain risque qu'elle échoue, mais il avait envie de tenter sa chance… Dès qu'il mit les pieds chez lui, il prit le téléphone et composa le numéro qu'il avait en tête. Il s'entretint avec son interlocuteur pendant une simple minute et tout fut réglé. Béat, il sélectionna ses vêtements avec soin et, tout en sifflotant, s'appliqua une touche de parfum et se coiffa. Avant d'enfiler sa chemise blanche et sa cravate rouge, deux des trois teintes à l'honneur pour cette soirée thématique, Vito se réchauffa un restant de soupe sur la cuisinière. Il y trempa des morceaux de pain, les laissant s'imbiber à fond de l'excellent bouillon. Il termina son repas par un sablé au beurre. Après quoi il rinça sa vaisselle, acheva de se vêtir et se brossa les dents. Il se regarda dans la glace : tout était nickel. Il s'assura que son étui à cigarettes était garni, puis s'habilla pour braver le récent retour du froid. Juste avant de se rendre chez Olivia, il passa par la résidence principale du lot, soit celle de ses parents. Il pouvait entendre le téléviseur à travers la porte d'entrée tant le volume avait été haussé par son père, qui avait une ouïe déclinante. Il sonna pour s'annoncer, question de ne faire sursauter personne, et pénétra à l'intérieur. Giuseppe était dans son fauteuil habituel, avec ses éternelles pantoufles doublées en mouton. Un cigare fumait dans le cendrier. Il s'offrait toujours un cigare à l'approche d'une nouvelle année. Comme si en relâchant sa fumée odorante, il expiait les erreurs de l'an passé. C'était une tradition bien ancrée. Vito sourit: son père ne changerait donc jamais! Puis, son visage perdit sa joie au point de s'assombrir complètement: oui, son père changerait. Et le changement était déjà amorcé.

— *Papà, cosa stai guardando*[21] ?

Malgré la sonnette annonciatrice et la présence de son fils à quelques mètres de lui, M. Costa sursauta. Il rit de sa propre réaction démesurée tout en faisant signe à Vito de s'amener. Il récupéra son Montecristo Corona, duquel il tira deux courtes bouffées consécutives. Puis, il pointa l'écran avec son cigare encore bien serré entre les doigts.

— *Ho fretta que sia sustituito*[22] !

— *Chi*[23] ?

— Maurice Duplessis! Il donne pas aux étrangers. Il a de réelle estime que pour les siens. Il a jamais reconnu la valeur des immigrants comme moi, qui ont travaillé d'arrache-pied pour créer quelque chose de prospère.

Son père et la politique: une histoire d'amour-haine. Vito prit le temps de s'asseoir devant le téléviseur en compagnie de son père, sa mère étant en visite chez Rosa pour voir ses petits-enfants. Les autres filles Costa étaient soit avec leur

---

21. Papa, que regardes-tu?

22. J'ai hâte qu'il soit remplacé!

23. Qui?

époux ou leur fiancé, soit en train de se pomponner pour la fête à l'hôtel. Soudain, Giuseppe décrocha de son bulletin de nouvelles pour mieux regarder son seul fils.

— Tu es particulièrement élégant, ce soir.

— Merci.

— Tu sors avec la petite ?

— Si tu veux parler d'Olivia, qui est *majeure,* alors oui.

Giuseppe rigola avant de pomper son cigare.

— Tu es beau, mon fils. Presque aussi beau que moi à ton âge.

— C'est ça, c'est ça, se marra Vito.

— As-tu mis… voyons… as-tu mis…

— Mis quoi ?

Le vieil homme pointa son propre poignet.

— Tu sais, voyons, une… une horloge de poignet, finit-il par bredouiller.

Vito remonta sa manche de manteau pour dévoiler la montre Bulova que lui avait offerte son père lorsqu'il avait accepté de lui succéder à titre de maître boucher. Giuseppe la considéra avec fierté, comme s'il s'agissait d'un nouveau-né.

— Y faut que je parte, mais on se voit demain pour le rendez-vous, lui rappela Vito.

Il se redressa tandis que son père hochait la tête en ronchonnant.

— Qu'est-ce qui va pas ?

— C'est ta mère, admit Giuseppe. Elle est pas très… très d'accord avec nos rendez-vous.

— Entre toi et moi, elle est pas très d'accord avec grand-chose.

Surpris par l'aplomb de son fils, Giuseppe éclata de rire. Il reprit ensuite son cigare fumant et chassa gentiment son visiteur en lui souhaitant une superbe sortie avec sa « concubine ». Ce terme à l'ancienne amusa Vito, qui partit avec un peu plus d'allégresse qu'il n'en avait eu au moment où son père avait remplacé le terme *montre* par *horloge de poignet.* Il fit le trajet jusqu'au gîte des Levasseur la radio éteinte, prisonnier de ses pensées. La réflexion prédominante, celle qui supplantait les autres et qui revenait en boucle dans son esprit, était la suivante : et si la génétique lui offrait le même cadeau empoisonné ? C'est en ruminant ces inquiétudes qu'il gravit les marches menant à la galerie avant de la résidence de style victorien. Il leva les yeux vers la tourelle, respira un bon coup afin de calmer ses émotions en bataille et frappa par quatre fois. Olivia lui ouvrit. Elle était prête, elle l'attendait. Vito remarqua qu'elle avait soigné son apparence, mais qu'elle semblait tout sauf réjouie. S'était-il passé quelque chose de… Il n'eut pas le temps de la questionner, car elle empoigna sa manche de manteau et l'entraîna jusqu'à l'auto au moteur ronronnant. Elle suggéra à Vito d'embrayer.

— Est-ce que ça va ? lui demanda-t-il.

— Moyen. Toi ?

— Moyen.

Ils expirèrent en chœur. Vito tourna ensuite le volant et ils s'engagèrent sur la voie principale, qui était très enneigée. Des ornières s'étaient créées et la conduite était difficile. Vito s'assura de ne pas faire de manœuvres trop sportives. Si Olivia n'avait pas été là, il aurait sans doute conduit de manière plus audacieuse.

— Je pense que ma sœur s'est sauvée pour se marier, déclara soudain Olivia.

Vito prit quelques secondes pour encaisser la nouvelle avant de réagir.

— Et ta mère…

— Est pas au courant. Tout ce qu'elle sait, c'est que Raquel est partie rejoindre Mederick sur un coup de tête.

Vito tourna sur le long chemin débouchant sur leur destination. L'épaisse neige fraîchement tombée faisait tourner les pneus dans le vide.

— Et toi, t'en penses quoi ? Tu m'as bien dit que t'étais contre le mariage, vrai ? ajouta-t-il en appuyant sur chaque mot.

Olivia se sentit mise au pied du mur. Elle crut apercevoir un preste regard en coin de la part de Vito, qui attendait une riposte. Aucune esquive ne serait envisageable.

— Je pense que Raquel peut faire ce qu'elle veut dans la vie. Si se marier est un de ses rêves, eh bien, qu'elle fasse tout ce qu'y faut pour le réaliser. Mais pour l'instant, je trouve que c'est trop tôt. C'est même précipité. Elle a pas encore fini son secondaire, se désola Olivia. L'avenir d'une femme passe par l'exercice d'un métier. J'ai peur que l'amour l'ait aveuglée… l'amour et l'argent.

— L'argent ? répliqua Vito, étonné.

Olivia lui révéla l'existence du testament des parents de Mederick Wallace. Elle lui fit promettre de ne rien dévoiler à Marion ou à qui que ce soit. Vito lui en fit la promesse.

— T'es mieux, sinon t'es un homme mort, ironisa-t-elle en mimant un égorgement.

Réponse clairement formulée. Il ne pouvait l'ignorer. Tout en roulant dans le stationnement de l'hôtel à la recherche d'une place où se garer, Vito se livra à quelques plaisanteries. Il fit semblant de trembler de peur et dit à sa passagère qu'il serait bien sage puisqu'il ne voulait pas recevoir de fessée de sa part. Olivia finit par se détendre. Toutes ces moqueries lui faisaient un bien immense. Une fois que la voiture fut stationnée, Vito retira la clé et la remit à Olivia, juste au cas où il consommerait un peu trop d'alcool. Cette preuve de maturité lui plut. Elle démontrait qu'il était prévoyant ou, du moins, qu'il avait appris d'une erreur passée, soit la fois où un policier l'avait interpellé au retour d'un cabaret de spectacles. Vito n'était pas un jeune énervé et cette facette de sa personnalité plaisait à la jeune femme. Il alla lui ouvrir la portière, lui soutira un baiser et l'entraîna vers la salle bondée de gens festifs. Un concours de limbo attira aussitôt leur attention au centre du plancher de danse. Olivia se dit à regret que Raquel aurait adoré y prendre part. Raquel, où se trouvait-elle et que faisait-elle en ce moment même ? Elle lui paraissait si loin, tout à coup... C'est alors que Vito l'arracha à ses songes en se glissant derrière elle pour lui retirer son long manteau. La tenue qu'elle avait revêtue le surprit et le charma tout à la fois. C'était ravissant et féminin, mais surtout très tendance. Vito l'admira de la tête aux pieds, les mains posées sur ses jolies hanches.

— Mes amies de Rivière-du-Loup m'ont emmenée magasiner, précisa-t-elle avant même qu'il ne fasse une remarque.

Ses copines l'avaient incitée à choisir une jupe de satin noir archi moulante qui s'arrêtait sous le genou et des bas diaphanes lustrés. Le haut sans manches était tout aussi ajusté que le bas, et en satin noir également, mais il était imprimé de roses rouges et surmonté d'un large col Peter Pan. L'ensemble mettait en valeur la silhouette élancée d'Olivia et faisait ressortir les différents tons de blond de sa chevelure libre. Vito était surtout incapable de détacher son regard des fesses galbées se trouvant si près de ses doigts. Il devait faire des efforts surhumains pour ne pas les prendre et les palper devant les fêtards qui tournoyaient et circulaient tout autour.

— Encore une fois, t'es la plus désirable du *party*, la complimenta-t-il en lui effleurant l'oreille.

Elle ricana pour lui signifier qu'il exagérait. Toujours par-derrière, il la captura de ses bras et se moula ainsi à son corps satiné. Et c'est là qu'il lui dévoila un secret : il avait réservé une chambre, ici même, à l'hôtel.

— T'as fait quoi ? réagit-elle.

Ce fut à son tour de rigoler. Puis, il la laissa en plan.

— Tu vas où comme ça ?

Trop tard, il s'était déjà faufilé vers le bar. Il y croisa quelques amis de sport. Olivia se trouva une petite niche bien à elle près d'une fenêtre, un endroit de prédilection pour observer la foule sans être trop dérangée. Le groupe musical n'était pas encore sur scène. Les haut-parleurs projetaient le succès de l'heure, *Yakety Yak*, et avec ce rythme entraînant ainsi que la finale de limbo qui battait son plein, l'excitation était à son comble ! C'était agréable de voir autant de gens heureux et de capter autant d'éclats de rire. Leur plaisir fou était contagieux. Olivia esquissa un splendide sourire. Puis, elle se rappela le secret de Vito et en fut toute remuée. Une chambre réservée ? En ces lieux ? Et si des gens la voyaient s'y rendre ? Et que faire des *vrais* risques qu'ils couraient, ou plutôt, des pires ? Le couple n'avait toujours pas de réelle méthode de contraception. Olivia s'en mordilla l'intérieur de la lèvre. Cet amour charnel déjà consommé n'était pas une mince affaire. Une fois qu'on y goûtait…

— Ohhh, t'es venue ? se réjouit Colette en la rejoignant en coup de vent dans son recoin. Tiens, v'là une fleur artificielle, ma chérie. Tu nous la lanceras quand on sera sur le *stage*.

— Ouin, tu serais ben d'adon si t'acceptais de faire ça pour nous, renchérit Françoise.

Olivia reçut l'œillet rose sans toutefois acquiescer à la demande. Elle se sentait embarrassée à l'idée de lancer la fleur en tissu, telle une groupie, mais n'arrivait pas à trouver d'arguments valables à brûle-pourpoint.

— En plus, on a une grande annonce à faire, pas vrai, ma Frankie ?

— Oh que oui ! D'ailleurs, c'est à notre tour. Allez hop, on se bouge les p'tites fesses !

Le duo de chanteuses lui fit une bise dans le vide et se précipita vers les marches se trouvant du côté jardin de la scène. Olivia regarda l'œillet, songeuse, et se souvint tout à coup du haut de maillot qu'elle avait trouvé sous le lit du chalet. Elle leva les yeux vers Coco qui se trémoussait jusqu'à son micro. Elle ne pouvait pas croire que… Il fallait qu'elle fasse confiance à Vito ! Elle le chercha d'un balayage visuel à travers la cohue. Celui-ci venait de leur commander des consommations et les attendait tout en jasant avec des copains. Elle se retourna vers le spectacle, qui allait bientôt débuter. Le guitariste semblait régler un problème de filage. Colette et Françoise en profitaient pour faire un peu de charme aux spectateurs massés près de la scène. Olivia les regarda en pleine action. Elle les trouvait mielleuses et sans grande profondeur, mais le plus ridicule dans tout cela, c'était que leur manège fonctionnait. Elle était rendue à se dire que si Vito avait eu une aventure avec Colette, il baisserait dans son estime. Mais il avait pourtant de la classe… Ah, et puis elle ne savait plus quoi en penser ! Tandis qu'elle essayait de se raisonner, un individu tenta une amorce auprès d'elle.

— Alors, ai-je raté une prestation magistrale, digne du Carnegie Hall ?

Elle pivota pour faire face à Maxence, le pharmacien. Il était comme un vent de fraîcheur avec ses cheveux un brin décoiffés et son sourire affable. Il faut dire que son allure intello avec une touche d'originalité lui donnait de l'éclat. C'était sans doute ses bretelles, ou peut-être le carré de soie coloré à sa poche de veston, qui laissaient cette impression.

Olivia commenta le fait qu'il semblait déjà bien acclimaté au coin. Maxence riposta que « *là où y a de la gêne, y a pas de plaisir* » et que d'ailleurs il ne s'était jamais mis de frein dans la vie. Il ne comprenait pas les gens qui se fermaient eux-mêmes des portes, par avance. Mieux valait oser qu'avoir des regrets.

— Ah, ben puisque t'es audacieux, pourrais-tu lancer cette fleur-là sur la scène à ma place ? Je déteste attirer l'attention.

Se prêtant volontiers au jeu, le pharmacien attrapa l'œillet sans poser de questions. Il ferma une paupière pour mieux viser et projeta la fleur à la manière d'un minuscule javelot. La ridicule offrande s'échoua sur l'une des cymbales du joueur de batterie. Olivia s'esclaffa. Coco et Frankie ne s'étaient rendu compte de rien. Elles entamèrent le succès *La plus belle pour aller danser*, de Michèle Richard. Avec un air comique, Maxence prit Olivia par l'avant-bras et l'entraîna sur la piste en lui lançant : « À défaut de faire du ski… », et ils s'aventurèrent ainsi dans une danse improvisée qui s'apparentait au twist et qui les fit bien rigoler. Revenant du bar avec ses apéritifs, Vito découvrit avec déplaisir son amoureuse et son employé en pleine action. Cette amitié embryonnaire le contrariait. Ils n'avaient pourtant rien à se reprocher. Ils dansaient face à face, comme bien d'autres jeunes adultes d'ailleurs, en se touchant occasionnellement les mains afin de se faire tourner, et puis c'est tout. Vito sortit une cigarette de son étui argenté et en donna une à un copain qui passait par là et qui la lui avait quémandée. Le grand Italien s'alluma tout en observant Olivia à travers un filet de fumée. La beauté intérieure et extérieure de la jeune femme rayonnait. Sa jeunesse aussi. Vito n'était pas sans savoir qu'elle se situait dans la même tranche d'âge que le pharmacien… La mélodie ludique se transforma alors en une ballade popularisée par Michel Louvain. Le rythme était lent et invitait aux rapprochements. En peu de temps, des couples se formèrent sur la piste, comme des charges magnétiques réunies par une potentielle compatibilité ou une forte attirance. Vito hésitait entre s'interposer pour voler Olivia et les laisser aller pour évaluer leur attitude et passer leur synergie à un examen minutieux. Puisque son sang latin commençait à bouillir, il opta pour la première option. Il déposa son verre au coin d'une table et sa Player's fumante dans un cendrier en verre, et vint pour mettre son plan à exécution quand l'arrivée inattendue de Romain Renaud freina son élan. Celui-ci lui tapa l'omoplate, bien heureux de le revoir.

— J'ai profité d'un bref instant où Gisèle avait plus besoin de mon réconfort pour me sauver en douce.

— Ton fils est prêt pour le *big day*?

— Certain, il tient plus en place. Il va faire un grand intellectuel, mon Alexis. Disons que j'avais pas la même excitation à partir pour le camp de bûcherons à l'âge de seize ans.

— Parlant de grand intellectuel, dit Vito en reprenant la cigarette qu'il avait couchée dans le cendrier, je te présente mon pharmacien.

Romain se revira pour considérer le grand brun qui dansait un *slow* avec Olivia. Celui-ci avait fière allure et se comportait avec dignité. Il tenait sa partenaire à une distance d'au moins vingt centimètres et sa main semblait délicatement posée au milieu du dos de la demoiselle, plutôt qu'au creux de ses reins. Avec objectivité, Romain déclara à son meilleur ami que le pharmacien donnait l'impression d'être une très bonne acquisition. Vito ne lui riposta qu'un « Hummm » teinté d'ambiguïté. C'est à ce moment qu'Olivia pouffa de rire tout en maintenant ses pas de danse. Pensif, Vito se gratta la lèvre du pouce, puis mordilla un infime grain de tabac.

— En plus, y a l'air drôle, ton pharmacien, fit remarquer Romain, sans malice.

— Oui, je sais. Il la fait rire.

Le niveau d'agacement contenu dans cette simple remarque fit comprendre à Romain que Vito avait déjà quelques incertitudes quant à sa récente « acquisition ». Il sentait que la jalousie de son ami serait une source de divertissement. Il sauta dans le wagon :

— Peut-être qu'il lui soutire quelques éclats de rire, mais toi, en revanche, t'as le pouvoir de lui procurer de nombreux soupirs. C'est un atout non négligeable, mon homme !

Tout en trempant les lèvres dans son apéro, Vito lui offrit une taloche derrière la tête. Ce dernier laissa entendre une hilarité retentissante qui ne passa pas inaperçue auprès de Colette Ouellet. Identifiant avec bonheur l'auteur de ce grand rire franc, elle mijota un moyen de faire sensation tout en chantant les dernières paroles de *Lison*. Quand les applaudissements des danseurs ravis s'atténuèrent, Coco s'adressa dans son microphone à tous les gens présents.

— Frankie et moi, on a une spectaculaire nouvelle à vous annoncer.

Un roulement de murmures parcourut l'assistance. Coco s'assura d'avoir l'attention de tous, et plus particulièrement celle de Romain, avant d'enchaîner :

— Tu veux m'apporter la feuille, ma belle Frankie ?

La brunette pivota vers le bassiste, qui lui remit un papier s'apparentant à une lettre. Elle se dandina vers Colette, qui brandit la feuille à deux mains comme si c'eût été un parchemin. Avec une voix solennelle, elle annonça que le groupe venait de signer un contrat de gérance d'artistes avec l'impresario Bruno Bernatchez. Ce contrat stipulait que, si au terme d'une tournée de plusieurs boîtes du Québec la réponse du public était positive, on leur offrirait du temps de studio pour produire un 45 tours.

— C'est le rêve d'une vie qui prend son envol, mes chéris ! s'exclama Colette devant les fêtards rugissants.

Debout au centre de la piste, Olivia fut obligée d'admettre que c'était sans doute une bonne chose que Raquel ait raté cette annonce. Sa sœur voulait tant chanter ! En ce moment même, elle était peut-être mieux dans les bras de son Malécite, au loin, dans une autre province. Sur ce, elle retourna à sa table en compagnie de Maxence. Juste au moment où Olivia se préparait à saluer Romain, un gros bruit de pétard retentit et un filet céda au plafond. Des centaines de ballons gonflés furent ainsi libérés, tombant sur les gens en une pluie de couleurs festives. Avec les jeux de lumières, c'était fantasmagorique ! Les applaudissements fusèrent de toutes parts. Bientôt, des ballons rebondirent ici et là, à la manière de grains de maïs qui éclatent.

— Tout ça pour fêter mon embauche ? plaisanta Maxence.

Ricaneuse, Olivia fit la bise à Romain Renaud et présenta ce dernier au nouvel arrivant.

— J'avais un grand-oncle qui était pharmacien, avoua Romain. Dans le temps qu'on appelait ça des apothicaires et qu'ils nous guérissaient avec des infusions de plantes aux noms bizarres.

— Comme l'achillée millefeuille ? s'anima le pharmacien, passionné.

— Exact ! C'était pour les maux d'estomac. Comment ça se fait que vous savez ça, monsieur Rodrigue, jeune comme vous êtes ?

— Je suis maniaque d'histoire et de vieux ouvrages. J'adore lire et j'écris aussi. Je suis à mi-chemin dans l'écriture d'un roman.

— Eh ben, vous avez toute mon admiration, déclara Romain, qui ne lisait que le journal.

Olivia était impressionnée par les aveux du pharmacien. Ce n'était pas tous les jours qu'on croisait sur son chemin un futur écrivain. Elle s'apprêtait à lui poser une tonne de questions, mais elle fut distraite par Vito qui lui enlaça la taille et lui murmura de le rejoindre à la chambre 22, quelques minutes après son départ, question de ne pas trop éveiller de soupçons autour d'eux. Il colla un baiser sur sa nuque, salua son pharmacien d'une simple inclinaison de la tête et s'excusa à Romain de lui fausser compagnie. Celui-ci lui donna d'emblée sa bénédiction en lui disant qu'il n'avait prévu rester qu'une petite demi-heure de plus et qu'il la passerait à faire plus amples connaissances avec certains joueurs de l'équipe de volleyball qu'il avait aperçus au fond de la salle.

Vito s'éclipsa donc avec son verre inachevé à la main. Olivia n'avait pas envie de laisser Maxence tout seul, lui qui ne connaissait personne, mais avait-elle le choix ?

— Inquiète-toi pas pour moi, je suis pas tellement timide. Je pourrais même me proposer au piano, tant qu'à être là, renchérit-il en regardant les musiciens se préparer pour leur deuxième partie.

Après lui avoir dit à la prochaine, elle s'écarta de la foule et se dirigea avec le plus de discrétion possible vers l'un des couloirs qui étaient recouverts de moquette et dont les murs étaient ornés de luminaires identiques et répétitifs. Tous les dix pas, Olivia jetait un regard soucieux par-dessus son épaule, comme une fugitive qui craint d'être traquée. Elle savait qu'elle exagérait… mais pas tant, non plus. *Le monde est si petit*, pensa-t-elle en ne voulant pas tomber sur un rapporteur qui savait qui était sa mère. Arrivée face à la porte 22, elle frappa faiblement. Elle entendit une voix basse lui permettre d'entrer. Vito l'attendait au coin du lit, la cravate dénouée et les manches de chemise remontées sur les avant-bras. Son regard sombre vint la remuer, même à cette distance. Il lui fit signe de mettre le loquet sur la porte, puis d'approcher.

— Du temps tout seul avec toi, murmura-t-il comme un compliment.

Il l'attira entre ses jambes et nicha sa tête juste sous ses seins. Olivia passa les doigts dans ses mèches noires, répétant la caresse avec douceur et affection. Il soupira de bien-être. Vito n'avait jamais aimé autant. Il se retenait de le lui dire trop souvent, de peur qu'elle le trouve *trop* : trop rapide en affaire, trop entreprenant, trop sérieux dans ses sentiments. Mais son amour pour elle était éperdu et profond. Il ne voulait pas perdre cette précieuse clémence de la vie.

— On dirait que tu t'adonnes bien avec le pharmacien, se risqua-t-il.

— Oui, je trouve qu'il a l'air d'avoir une belle personnalité.

— C'est tout?

Elle cessa de le flatter et recula d'un pas pour mieux le dévisager.

— Comment ça, c'est tout?

— Ce que tu trouves beau chez lui, c'est juste sa personnalité?

Même s'il souhaitait être subtil, il était évident que la jalousie motivait ses interrogations. Olivia était consciente qu'elle devrait choisir ses mots avec minutie afin de ne pas réveiller le dragon qui dormait.

— Je crois à l'amitié homme-femme et…

— Pas moi.

— Je m'en doutais, mais moi, j'y crois. Tout ça pour dire que Max…

— Max?

— Oui, Max, insista-t-elle. Il m'a l'air de quelqu'un d'amusant, de cultivé, de créatif. Toutes des qualités que je recherche chez des amis. Ç'a cliqué, c'est tout.

Vito ne répliqua rien. Il était taciturne, mais savait qu'il valait mieux en rester là. Il s'allongea plutôt sur le grand lit moelleux en entraînant la jeune femme dans sa descente. Après avoir détaché trois boutons de sa propre chemise, il hissa Olivia sur son corps et l'invita à glisser ses mains sur son torse. Il avait besoin de son toucher. En retour, il lui offrit un baiser langoureux tout en lui remontant doucement la jupe jusqu'à lui effleurer le sous-vêtement.

— Y faut être raisonnables, souffla-t-elle contre sa bouche. On a pas de protection. On a trop pris de risques, l'autre fois.

Sans la bousculer par son ton ni afficher de frustration, Vito lui demanda tout de même si les deux fois où ils avaient fait l'amour seraient les dernières. Car après tout, Olivia ne voulait rien savoir des épousailles ni de la marmaille qui vient avec. Tôt ou tard, il leur faudrait être lucides face au problème réel qui les guettait. Cette fois, ce fut Olivia qui ne sut que répondre. Elle était totalement bouchée.

— Regarde, je te demande juste d'y réfléchir un peu, plaida-t-il en lui caressant les cuisses avec tendresse. Pour l'instant, on a une chambre d'hôtel à nous deux, on s'aime, on peut se coller, s'embrasser, se faire du bien…

Il lui mordilla le cou et elle pouffa de rire. Un à un, les vêtements sautèrent. Les amants se livrèrent ensuite à un échange de plaisirs et de douceurs qui s'étala sur près d'une heure. Ainsi coupés du monde, ils ne pouvaient se douter de ce qui se déroulait à la salle de danse…

16
Branle-bas de combat

Romain était assis au sol, sonné. Il n'avait pas vu venir le coup de poing. Par chance, il ne s'était pas blessé en tombant, quelques ballons ayant légèrement amorti sa chute. L'entourage se chargea toutefois du coup d'éclat, exprimant leur stupéfaction à haute voix. Un brouhaha s'enclencha ensuite, alors que deux copains de volleyball menaçaient le truand de représailles physiques. Tandis qu'un quidam l'aidait à se relever de sa fâcheuse position, Romain dirigea son regard vers Coco, qui se confondait en excuses. Une fois le choc passé, il remercia l'aimable inconnu tout en acceptant d'un serveur des cubes de glace enveloppés dans un linge de table.

— Dégage de ma blonde ! tonna le grand Dan, le crâne reluisant de sueur.

Il avait plus d'un verre dans le nez et tout autant de relents de possessivité dans le sang. Il est vrai que Coco s'était approchée de Romain pour lui piquer un brin de jasette et qu'il n'avait pas décliné sa compagnie. La femme lui avait aussi effleuré la manche de veston, et peut-être même l'épaule au passage, mais Romain n'en était pas sûr et certain. Qu'à cela ne tienne, l'attention qu'il avait rendue à Colette ne méritait pas un poing étampé en plein visage. Sur son ecchymose de volleyball, qui plus est.

— Je m'excuse tellement, Romain, lui avoua Coco tout en essayant de tenir Dan à distance.

Malgré les regrets qu'elle lui exprimait, il se dit que la jeune femme devait quand même prendre plaisir à voir un homme se fâcher en son honneur. Une lionne entre deux mâles. Lequel dominerait l'autre de sa puissance ? Elle espérait sans doute que Romain s'envenime en retour et fasse une grandiose démonstration de bravade. La pauvre attendrait jusqu'aux calendes grecques ! Romain fit un geste évocateur à l'endroit du grand Dan, lui signifiant qu'il n'avait pas de temps ni d'énergie à consacrer à cette fausse chicane. Il s'achemina ensuite vers le vestiaire avec la compresse glacée bien pressée contre sa pommette. Il ne souhaitait qu'une chose : se retrouver bien loin des projecteurs. Si seulement Vito avait été là… Romain savait que son meilleur ami ne serait pas demeuré tiède face à une telle insolence de la part du pensionnaire des Levasseur. Alors qu'il remettait quelques pièces à l'employé du vestiaire en guise de pourboire, Romain détecta du mouvement dans son dos. Il sentit des serres se refermer sur ses épaules. Dan n'avait pas dit son dernier mot. Mais qu'est-ce que Coco avait pu lui radoter à son sujet pour l'enflammer à ce point ? Tout en secouant les épaules pour se défaire de l'emprise indésirable de son assaillant, Romain bredouilla que ce n'était qu'une tempête dans un verre d'eau et qu'il ferait mieux de passer à autre chose. L'homme s'essaya pour un deuxième coup franc à la mâchoire de Romain. Celui-ci l'esquiva de justesse tandis que l'employé du vestiaire et deux serveurs de l'hôtel tentaient de maintenir physiquement le grand Dan, à la fois ivre de boisson et de jalousie.

— Voulez-vous attendre la police pour porter plainte ? l'interrogea l'un des serveurs avec calme et courtoisie, même si le fautif se débattait sous sa poigne.

Romain refusa : il ne voulait pas jeter d'huile sur le feu. Il remercia les trois employés pour leur assistance, acheva de boutonner son manteau, mit son couvre-chef et s'éloigna de l'hôtel d'un bon pas. Il était amer et redoutait la réaction de Gisèle. Que lui raconterait-il ? Au bout de cinq secondes de réflexion, son cerveau lui dicta de s'en tenir au strict minimum.

***

Marion fixait l'écran du téléviseur, mais ne suivait pas l'émission en cours. Dans le fauteuil voisin, Théophane n'y prêtait pas plus attention. Il se souciait plutôt de son hôtesse. Il voyait le voile brumeux devant son regard. Il sentait que la paix d'esprit n'était pas au rendez-vous. S'il avait pu lui en acheter, il l'aurait fait. Il se sentait si impuissant.

— C'est toujours difficile, les premières fêtes, remarqua-t-il avec compassion.

Marion tomba aussitôt de son nuage. Elle se savait comprise par Théo, sans devoir lui verbaliser ses pensées. C'est comme si son voisin saisissait ses états d'âme juste en étant en sa présence.

— Peut-être que Raquel s'est sauvée pour éviter d'avoir à faire face au vide ? renchérit-il. C'est sûr qu'elle a pas réfléchi à la peine et aux soucis qu'elle te causerait, mais… je peux la comprendre un peu. Moi aussi, j'ai eu envie de me « sauver » quelque part, n'importe où, quand j'ai perdu ma Lucille.

Marion sortit un mouchoir de sa manche de tricot, s'essuya le dessous humide de l'œil et le rangea à nouveau dans sa cachette.

— Qu'est-ce que tu dirais si on se remémorait des bons souvenirs ? Mais juste des moments heureux ou des anecdotes comiques.

Il se leva pour baisser le volume du téléviseur.

— Attends-moi ici, je nous ramène des photos et des bonbons au beurre.

Il enfila son linge extérieur à la sauvette, se rendit à son domicile et revint une dizaine de minutes plus tard avec un sac de tissu à la main. Il décela chez Marion un regain de bonne humeur. Elle aussi avait ressorti sa collection de photographies et souriait déjà devant certaines scènes croquées sur le vif et immortalisées sur pellicule. Ensemble, ils passèrent le reste de la soirée à s'amuser à faire revivre le passé. Au bout de quelques tours d'horloge, Théophane s'arrêta dans un sursaut.

— Saint ciel ! Déjà minuit ?

Il commença à rassembler ses photographies, tandis que Marion alla jeter les emballages des friandises qu'ils avaient dégustées. Avant qu'il ne rentre chez lui, Marion s'assura de le remercier pour tout le réconfort qu'il lui apportait.

— J'allais te dire la même chose.

Ses paupières se plissèrent en un sourire chaleureux, puis il partit. La pleine lune éclairait le sentier menant à son perron. En refermant la porte derrière lui, il remarqua l'arrivée d'Olivia, que Vito venait de déposer devant le gîte. Il fut content de savoir que Marion ne serait pas entièrement seule à l'heure du coucher.

***

À 7 h 50, en ce lundi matin, Giuseppe venait de déposer Kobra au magasin général et avait filé en prétextant une rencontre avec de vieux camarades d'échecs. Or, elle avait vu clair dans son jeu, à pareille heure! Elle se doutait bien que son mari devait se rendre auprès d'un de ces «médecins pour le cerveau». Elle l'avait regardé s'enfuir avec son petit mensonge sous le bras comme on trimbale une baguette de pain ou un journal. Le chenapan! Ce n'est pas qu'elle voulait qu'il dépérisse, bien au contraire, mais elle ne croyait pas aux bienfaits de ces nouveaux traitements médicaux. Après tout, que pouvait-on contre les affres du temps? S'il y a une chose qui ne pardonne pas, c'est bien le temps qui passe et qui jamais ne revient. Maintenant seul, Giuseppe fit demi-tour pour aller récupérer son fils en cachette. L'impression d'agir comme un hors-la-loi l'amusait. Il fredonnait une vieille chanson italienne grivoise tout en pouffant de rire une fois de temps en temps. Une fois rendu devant le cottage de Vito, il klaxonna gaiement. En attendant son fils qui s'en venait tranquillement, il nettoya le verre de ses lunettes contre le velours cordé de son pantalon. Il fut un peu surpris d'apercevoir son fils à sa portière. Il remit ses verres pour mieux le voir.

— Tu veux que je conduise ? lui proposa Vito à travers la vitre.

— Pourquoi je voudrais que tu conduises ? C'est mon bolide, après tout, répliqua son père en tapotant avec affection le tableau de bord.

Vito ne s'obstina pas. Il contourna le véhicule pour prendre place côté passager. Ils se mirent aussitôt en marche. En chemin vers leur destination, ils échangèrent sur leurs sujets de prédilection, l'âme légère. Ni un ni l'autre ne mentionna l'hôpital. Giuseppe osa poser à son fils quelques questions personnelles sur Olivia et sur l'évolution de leur relation. Sans la présence de sa mère, Vito se montra plus ouvert à détailler sa réponse. Il évoqua donc la possibilité qu'Olivia soit « la bonne ». Il avoua à son père qu'il n'avait jamais été aussi passionné envers quelqu'un qu'il l'était envers cette jeune femme.

— Alors, à quand les fiançailles ?

— C'est… compliqué, se contenta de répondre Vito.

Au grand bonheur du fils, le père n'insista pas. Il sembla accepter cette réponse en tant qu'explication valable. Vito se remit à respirer normalement, la cage thoracique moins comprimée par l'incertitude. Il fixa son attention sur les branches d'arbres scintillantes dans leur habit de verglas. La condensation qui flottait au-dessus du lac conférait au panorama une allure mystique. Étant un habitué de la place, Vito tenait trop souvent cette beauté pour acquise. Il était heureux de la redécouvrir ce matin.

— C'est quoi, son petit nom, déjà ? dit Giuseppe, comme sorti d'un rêve.

L'esprit voguant à travers les merveilles du paysage, Vito ne comprit pas bien la question. Il demanda à son père de la répéter.

— C'est quoi le nom de ta copine ?

— Mais c'est Olivia ! réagit Vito.

— Ah oui…

— Olivia Levasseur, insista-t-il, car son père ne paraissait pas entièrement convaincu. Au fait, tu viens de passer tout droit.

La rue qu'ils devaient emprunter pour rejoindre l'hôpital s'éloignait derrière. Tout en marmonnant qu'il aurait dû conduire dès le départ, Vito se frictionna les tempes, comme si un lancinant mal de tête ne tarderait pas à poindre. Tout cela contribua à irriter Giuseppe, qui savait que quelque chose clochait chez lui et qu'il n'était pas à la hauteur de la situation. Se sentant amoindri, il se mit en rogne contre la voiture, contre les rues mal foutues du village, contre le commentaire désobligeant de son fils, contre ses propres étourderies et contre l'univers tout entier, tant qu'à se lancer dans une tirade ! Vito tenta de le raisonner, en vain, ce qui ne fit qu'énerver davantage son paternel. Les deux hommes finirent par se présenter à l'hôpital, bourrus. Même la sympathique réceptionniste ne parvint pas à les dérider.

***

L'employé de la municipalité avait fouillé la paperasse liée à La vieille maison du lac. Il n'avait trouvé aucune irrégularité dans le legs de la résidence ni dans son zonage commercial. Les revenus déclarés par l'héritière étaient raisonnables et n'éveillaient aucun soupçon. Il ne lui restait que le permis de vente d'alcool à scruter à la loupe, mais comme c'était jour férié, il n'avait pu obtenir de copies des documents qu'il souhaitait inspecter. N'ayant aucune piste tangible, il avait donc été obligé de contacter les propriétaires de La Cavale, Roméo et Desneiges Bérubé, afin de leur annoncer une nouvelle décevante… décevante pour lui aussi, car il serait forcé de rendre la liasse d'argent qu'il avait reçue en pot-de-vin alors que ses affaires périclitaient. Temporairement logé chez ses vieux parents, à l'âge de quarante-sept ans, avec une femme et trois enfants, il se démenait comme un diable dans l'eau bénite pour trouver une raison valable de ralentir les activités de Marion Levasseur.

Puis, une lueur apparut au bout de son tunnel sombre, alors qu'il ne s'y attendait pas. Cette lumière se fit alors qu'il prenait part à un petit déjeuner communautaire au sous-sol de l'église. Il capta à travers les branches quelques bribes d'information qui lui mirent la puce à l'oreille. Une question de jeux de paris avec de véritables mises en argent. Après avoir remonté le cours des racontars, comme un saumon remonte le courant, il s'était retrouvé face au bedeau de la paroisse. Ce dernier ne pouvait que dire vrai, non ? Après tout, il consacrait tout son temps à l'Église !

— Pour l'avoir vu, je l'ai vu. Mais je n'ai pas mis un sou là-dedans, insista-t-il, embêté par le caractère cachottier de l'affaire.

— Des activités interlopes, suspecta son interlocuteur, l'œil luisant de malice.

— Ben là ! Je n'irais pas jusqu'à appeler ça des activités interlopes, bredouilla le bedeau, réticent. À ma connaissance, c'était pour festoyer. Ça devait être la seule fois.

— En êtes-vous bien sûr ?

Le bedeau ne pouvait pas l'affirmer avec certitude, mais c'était du moins son impression personnelle. L'employé de la municipalité en avait assez entendu pour se faire une opinion. Il reviendrait donc à la charge auprès de la Commission des liqueurs et de la Régie des courses. Il tenait de quoi, il en était convaincu ! En plus, le calendrier jouait en sa faveur, puisqu'en ce lundi 29 décembre, de nombreux fonctionnaires étaient de retour au travail pour trois journées consécutives. Le seul hic, c'est qu'il devrait faire deux appels interurbains et il n'avait même pas un petit dollar pour dédommager son ronchon de père, qui râlerait à coup sûr en découvrant ces dépenses non autorisées ! D'ordinaire, il se serait senti minable et serait rentré à son domicile temporaire avec la queue entre les jambes. Or, la certitude d'avoir le bon filon pour contribuer aux manigances des Bérubé lui insufflait une fierté toute neuve.

Après le déjeuner, Gisèle Renaud aida les Dames patronnesses à ranger les chaises, à jeter les nappes de papier et à rincer les cafetières. Pendant ce temps, de bons samaritains masculins plièrent les tables et les cordèrent dans le rangement du sous-sol. Une fois que tout fut ramassé et que les restants de nourriture furent mis en boîtes pour les plus démunis, le curé Ferguson demanda à Gisèle si elle était attendue quelque part.

— Depuis mon déménagement ici, je suis jamais attendue nulle part, lui fit remarquer Gisèle. Encore moins depuis qu'Alexis est parti…

Elle cessa de parler, de crainte que ses mots ne se changent en larmes. Elle se força à prendre une grande inspiration afin de retrouver un minimum de bonne humeur. Il ne fallait pas se montrer fataliste devant celui qui offrait généreusement une éducation supérieure à son fils unique. Elle relança la conversation avec plus d'aplomb.

— Aviez-vous besoin de moi, mon père ?

— Grégoire, la reprit-il avec amabilité. Pas nécessaire de m'appeler « mon père ».

— C'est vrai, pardon, se rappela-t-elle. Tout ça pour dire que j'ai du temps libre. J'en ai trop même.

Il lui proposa de poursuivre leur série d'entretiens, qu'ils avaient mis de côté depuis son accident de la route. Elle n'avait pas de raison de s'y opposer. Étant donné le va-et-vient de certaines bénévoles toujours présentes, Grégoire lui suggéra de traverser au presbytère. Gisèle agréa sa demande. Ils se vêtirent pour le froid et le curé empoigna ses béquilles. Celui-ci se déplaçait avec aise sur les surfaces planes, mais éprouvait un peu de difficulté à gravir les escaliers. À l'extérieur, il devait se montrer stratégique pour éviter les nombreuses plaques de glace parfois recouvertes de gadoue trompeuse. Gisèle choisit de le devancer sur le chemin du presbytère afin d'agir en éclaireuse. Là où elle marchait avec ses bottes à fins talons, il pouvait passer sans crainte. Ils prirent tout de même leur temps, juste au cas où. Tout se passa bien. Ce n'est qu'une fois à l'intérieur du portique que l'une des béquilles mouillées glissa sur le plancher fraîchement ciré. Grégoire se contorsionna pour ne pas chuter avec son plâtre. Gisèle se pressa auprès de lui pour le soutenir. Elle y mit toute sa force et tout son bon vouloir. Cela porta ses fruits puisque le curé put se redresser sans blessure.

— Plus de peur que de mal, souffla-t-elle, collée au corps de l'homme pour reprendre un peu de sa contenance.

Les mains de Grégoire étaient toujours accrochées à elle. Ils étaient comme deux piliers instables, s'appuyant l'un contre l'autre pour maintenir un semblant d'équilibre. Dans le silence austère du presbytère, seules leurs respirations étaient perceptibles. Cela et l'ambiguïté qui s'installait.

— Merci pour l'aide, Gisèle. Allons dans mon boudoir, décida-t-il en desserrant ses doigts pour la libérer.

Ils se rendirent de ce pas à l'endroit désigné. L'ambivalence des sentiments qui les affectaient ne s'était toujours pas dissipée. Grégoire détacha son col romain et retira ses verres correcteurs. Il se pressa le haut du nez comme pour empêcher une céphalée de se manifester. Pour s'occuper, Gisèle ouvrit les rideaux de dentelle qui voilaient la vue sur la rue bordée de neige poudreuse. Elle y vit des passants déambuler bras dessus, bras dessous, avec leurs chapeaux ou leurs manchons de fourrure. Elle reconnut les deux plus vieilles dames qui prenaient une bouffée d'air frais à petits pas prudents, ainsi que le directeur de la Caisse populaire et le bedeau de la paroisse. Gisèle aperçut ensuite Béa Levasseur, à l'écart, parmi un joyeux trio d'enfants qui gambadaient sous les gros flocons moelleux. Au-dessus des habitations rapprochées, des colonnes de fumée s'élevaient des cheminées pour se perdre dans le ciel clair. Devant ce tableau idyllique, elle retrouva un brin de sa candeur.

— Comment va Romain ? demanda le curé pour la ramener, ainsi que lui-même, à la réalité.

L'expression de la femme se brouilla aussitôt. Elle fit dos à la fenêtre et son joli paysage, les bras croisés sous la poitrine.

— Y s'est passé quelque chose de pas très net à l'hôtel.

Grégoire remit ses lunettes.

— Imagine-toi donc que mon cher mari est revenu avec le visage de Rocky Marciano.

— Une bataille au Poné ! s'exclama-t-il, incrédule.

— Selon lui, un gars l'aurait frappé sans aucune justification. T'auras compris que c'est ce bout-là de l'histoire que je trouve pas net.

— Ahhh, tu sais, l'alcool échauffe les mauvais esprits…

Gisèle avait le caractère doux et conciliant, mais elle n'était pas dupe. Elle avoua au curé qu'elle n'avait pas cru une seule seconde à la gratuité du coup de poing. Et encore moins depuis que le fils d'une des Dames patronnesses avait évoqué un certain Daniel Duchesne. Il avait eu vent que la bisbille avait éclaté juste après le spectacle musical et qu'elle s'était poursuivie jusqu'au vestiaire.

— Puisque tu connais tout le monde dans la paroisse et dans celles avoisinantes, est-ce que tu pourrais m'identifier ce prétendu donneur de coups de poing à-qui-veut-en-recevoir ?

Grégoire n'eut pas à réfléchir longtemps. Il connaissait l'individu en question.

— C'est l'un des chambreurs des Levasseur.

— Le costaud ?

— À la chevelure rasée, celui qui se fait appeler par son diminutif.

— Dan…

Rapidement, Gisèle tissa un réseau de liens qu'elle n'aima pas, mais pas du tout ! Ce Dan était l'un des concubins de Colette. Le combientième ? Allez donc savoir ! Raquel l'avait bien prévenue au sujet de cette soi-disant vamp qui n'était jamais la fleur d'une seule et unique abeille. Gisèle tenta d'imaginer pourquoi un homme voudrait asséner une violente baffe à son mari. À part une dette pécuniaire, que Romain n'avait pas, elle n'entrevit que l'hypothèse du triangle amoureux. Du coup, elle eut la folle impression que son époux l'avait trompée et, bien que celle-ci ne fût pas fondée, elle lui donna la nausée. Grégoire décela aussitôt le mal-être dans la physionomie de son amie. Il tenta de stopper le scénario insensé qui prenait forme dans la tête de Gisèle.

— Arrête de te faire des idées noires, toute seule de ton côté, Gisèle. Retrouve ton calme et essaye d'aller au fond des choses avec ton mari. Il faut que vous profitiez de l'absence d'Alexis dans votre quotidien pour vous reconnecter. Victor

Hugo disait ceci: «Ce n'est pas la chair qui est réelle, c'est l'âme. La chair est cendre, l'âme est flamme.» Je me demande si à trop vouloir vous reconnecter physiquement, vous n'avez pas oublié de vous rejoindre par l'esprit. C'est comme si vous viviez deux vies parallèles sous un même toit. La communication est rompue. Vous devez à nouveau ne faire qu'un. Je pensais pouvoir vous aider, je le souhaitais sincèrement, mais aujourd'hui, je ne sais plus si…

Gisèle se réfugia dans ses bras. Il ressentit l'impact de la femme contre son corps aussi fortement qu'une puissante collision.

— Pourquoi Romain me dit pas des paroles comme les tiennes?

Ses susurrements le bouleversaient. Il avait l'impression que le sang parcourait son corps à une vitesse effrénée, pulsant sous sa peau en jets de lave bouillante. Son cœur battait à tout rompre. Il battait si fort qu'il l'entendait comme si on l'avait sorti de sa poitrine. Plus l'étreinte perdurait, et plus il était pris de vertiges. Il devait repousser Gisèle. Si elle restait ne serait-ce qu'une seconde de plus contre son corps, il ne se comprendrait plus et ne se reconnaîtrait plus. Il avait peur des actions et des réactions de cet inconnu qui prenait tout à coup possession de son être.

— Va-t'en, Gisèle, souffla-t-il en l'écartant. Je m'excuse d'être brusque, mais je veux que tu partes. Il faut que tu partes.

Elle recula tranquillement, tout aussi chavirée que lui.

— Maintenant!

La voix se répercuta sur les quatre murs, tout en résonnant au tréfonds de la jeune femme. Chassée par l'interdit, elle quitta le boudoir dans un élan précipité.

17
L'âme à nu

Avant de rentrer à la boucherie pour l'après-midi, Vito devait combler un besoin vital, celui de voir Olivia. Son passage à l'hôpital lui avait miné le moral. Avec une certaine tristesse, il avait regardé son père passer des tests en songeant à son propre vieillissement. Il ne pouvait maudire la génétique, qui lui avait offert une panoplie d'atouts physiques et de qualités morales, mais il redoutait tout de même le destin, qui lui transmettrait sans doute le mal qui affectait son paternel. C'est ainsi que Vito se présenta au gîte avec un poids sur le cœur. Il avait hâte de se blottir contre Olivia, son *anticafard* naturel.

— Ah, bonjour ! dit Marion en lui ouvrant.

Vito la trouva abattue.

— Tout va bien ? s'enquit-il.

— Normalement, je suis pas du genre à étaler mes problèmes, mais disons que j'ai connu des jours meilleurs.

— À qui le dites-vous !

— Savais-tu que ma fille s'était sauvée à l'étranger avec Mederick Wallace et que j'ai dû mettre Dan à la porte en raison d'un grand manque de respect envers Romain, que je considère comme un membre à part entière de ma famille ? J'ai donc deux revenus sur trois en moins et je me fais du sang de cochon pour Raquel. Comme début de nouvelle année, j'ai déjà vu mieux.

Vito lui dit de lui faire signe directement si elle avait besoin de quoi que ce soit. La sincérité dans sa voix était sans équivoque. Marion le remercia du fond du cœur avant de lui annoncer qu'Olivia se trouvait à la pharmacie. D'ailleurs, elle l'avait crue en sa compagnie. Vito repartit en sens contraire, plongé dans ses cogitations. Que fricotait Olivia à la pharmacie et quel incident s'était produit entre Dan et Romain pour que le premier perde son logis ? Deux mystères qu'il comptait bien résoudre, à commencer par le premier. Arrivé à sa pharmacie, il choisit de ne pas rentrer par l'avant. Il passa plutôt par la porte réservée aux employés et aux livreurs. Décision stratégique. En progressant dans l'arrière-boutique, il se mit aux aguets. Des paroles et des rires s'intensifiaient, de pas en pas. Il ne voulait pas s'abaisser à écouter aux portes, mais puisqu'il aimait être au courant de ce que les gens tramaient près de lui et contrôler un tant soit peu son environnement… Lorsqu'il capta un « Non, mais arrête ! Ha ! ha ! T'as pas d'allure ! » prononcé par son amoureuse, il décida d'entrer en scène. Il vit son pharmacien cacher un violon et un archet. Et il aperçut Olivia derrière le même comptoir que lui. Par chance, il n'y avait aucun client présent, donc aucun manque de professionnalisme sur ce plan.

— Bonjour, patron, le salua Maxence avec révérence.

— Monsieur Rodrigue, fit Vito, ténébreux, avant de glisser une main dans le dos d'Olivia. Salut, ma belle, qu'est-ce que tu fais ici ?

Olivia lui expliqua qu'elle avait accompagné Béa en marchant chez une amie. Elle était ensuite passée à la pharmacie pour effectuer quelques commissions pour sa mère : du peroxyde, du mercurochrome et des diachylons. Une fois sur place, Rosa avait eu une urgence familiale à la maison et avait dû s'absenter du commerce. La sœur de Vito lui avait demandé de bien vouloir la remplacer pendant ce temps. Rien de grave, heureusement, un dégât commis à la cuisine par l'un de ses enfants pendant que la gardienne répondait au téléphone. Le bambin en question avait glissé et s'était heurté la tête et la gardienne ne voulait pas prendre de risques.

— Rosa m'a dit qu'elle serait de retour à sa caisse dans une heure.

— Pas de trouble, ma chérie.

Peu importaient les explications, Vito était juste heureux qu'Olivia ne se soit pas pointée à la pharmacie avec la seule intention de socialiser avec Maxence. Bien sûr, il se garda de lui transmettre ces commentaires. Il se contenta de se pencher vers elle, de humer son odeur naturelle et de lui confier en secret : « J'ai envie de toi. » Il lui donna rendez-vous le soir même à la salle communautaire, s'assura de l'embrasser devant le jeune pharmacien et la laissa enfin, en toute confiance. Son métier de boucher l'attendait. Finies, les vacances ! Le guerrier s'était assez reposé.

— Ça remonte à loin, vos fréquentations ?

Olivia cessa de replacer les sacs en papier sous la caisse. Elle se trouvait maintenant au comptoir opposé à celui de Maxence.

— M. Costa et toi ? précisa le pharmacien. Si c'est pas trop indiscret.

Comparativement aux autres jeunes femmes de son âge, elle n'avait pas le réflexe de marquer le calendrier d'événements du genre. Vito ne semblait pas non plus le type d'homme à célébrer chaque anniversaire mensuel. Olivia dut donc calculer le temps écoulé depuis leur tout premier baiser torride, parmi les olives, à l'épicerie. Cette image saugrenue la fit sourire. Et l'exercice mathématique lui fit réaliser à quel point leur histoire était récente.

— Une couple de mois. Pourquoi ?

— Juste pour savoir comment me comporter.

— Dans le sens de ?…

— Je sais pas trop dans quel sens, en fait.

Il rit et lui signifia de laisser tomber. Olivia haussa les épaules. Elle continua de défroisser et d'ordonner ses sacs. Une série de clients défilèrent ensuite pendant près d'une heure. Maxence fut impeccable dans son service et Olivia se débrouilla du mieux qu'elle le put. Tout le monde fut surpris de voir l'une des Levasseur au comptoir-caisse.

— Je suis donc bien fatiguée d'expliquer pourquoi je suis là, moi, se plaignit Olivia une fois que la dernière personne fut partie avec son achat.

Enfin libre, Maxence ressortit son violon et défia la jeune femme de lui faire des demandes spéciales impossibles. Elle fit exprès de lui demander des chansons contemporaines difficilement interprétables sur un instrument à cordes, comme des tubes d'Elvis Presley, de Dalida, de Bill Haley et d'Henri Salvador. Contre toute attente, le pharmacien réussit l'improbable ! Il rangea vite son instrument quand un couple pénétra dans le commerce. Olivia retint un fou rire quand Maxence prit un air hyper sérieux pour expliquer aux clients les bienfaits d'une pommade contre les hémorroïdes. Elle lui murmura : « C'est un moment précieux », et il fut en mesure de lire sur ses lèvres d'où il se tenait. Tout en subtilité, par le regard seulement, ils rirent ensemble de cette parenthèse absurde. Quand le pauvre monsieur au postérieur en chou-fleur fut reparti avec son tube de crème, Rosa Costa réapparut dans le commerce.

— J'ai de la broue dans le toupet, annonça-t-elle, mais tout va bien chez nous, alors on garde le sourire !

L'Italienne inonda Olivia de remerciements, pigea dans la caisse pour lui remettre une paye et réintégra aussitôt ses fonctions. Une fois son manteau et son sac à main récupérés, Olivia alla faire une bise amicale à Maxence. Celui-ci semblait réfléchir à ses prochaines paroles.

— Écoute, je sais que c'est un peu soudain, mais…

Olivia attendait la suite avec une certaine perplexité. Vers où se dirigeait-il ?

— Je me demandais si…

Il se pencha pour cueillir son sac en cuir. Il en sortit un document écrit en partie à la main et en partie à la dactylo. Les nombreuses pages étaient retenues ensemble par un élastique.

— Accepterais-tu d'être ma toute première lectrice ?

Olivia posa les doigts sur la page couverture du manuscrit. Elle ne s'attendait pas à ce que ce geste soit si émouvant, mais il le fut ! Des étoiles plein les yeux, elle donna son assentiment. Elle était honorée de la confiance que Maxence lui témoignait. Après tout, un roman était en quelque sorte une mise à nu de l'âme.

— C'est plutôt moi qui te remercie, insista le pharmacien avec une excitation difficilement contenue. C'est ma seule copie, prends-en bien soin, bêta-lectrice officielle.

— Oui, oui, je te promets d'y faire attention. Comme si c'était un trésor national.

— Merci, fit-il, la main sur le cœur. T'as presque les trois quarts de l'histoire. Je rédigerai la fin en fonction de tes commentaires.

Ravie de cet immense privilège qu'il lui accordait, Olivia partit pour son domicile avec le manuscrit bien serré sous ses bras en croix. Le titre l'inspirait déjà : *Demain, à la brunante.* Elle arpenta les rues en s'imaginant divers personnages et différentes trames de récits possibles. Elle avait hâte de s'y plonger et espérait que sa mère n'aurait pas besoin d'un coup de main dès son arrivée. Si c'était le cas, elle passerait des vêtements confortables, s'installerait au coin du feu, bien emmitouflée dans un jeté, et s'abandonnerait à l'imaginaire du pharmacien-musicien-auteur. Ce qu'elle avait hâte ! Sa journée prenait une belle tournure imprévue ! Lorsque, le manuscrit à la main, elle émergea de sa chambre après s'être changée, elle croisa sa mère dans le corridor.

— Salut, ma grande, l'accueillit Marion, sans entrain.

Les rides à son front ainsi que ses paupières boursouflées indiquaient qu'elle filait un mauvais coton. Olivia savait que le dépit de sa mère était causé par l'escapade impromptue de Raquel, mais ne se doutait pas qu'il y avait des embêtements sous-jacents.

— Je suis sûre qu'elle va rentrer d'ici quelques jours, juste à temps pour la rentrée scolaire. Elle avait tellement hâte d'obtenir son diplôme…

La bouilloire siffla sur son rond de poêle. Le son aigu fit tressauter Marion, qui avait les nerfs fragiles.

— Je vais demander à Vito, proposa Olivia, décidée. Il va nous trouver une adresse, une référence, quelque chose !

Marion accepta le soutien de sa fille, mais elle le fit avec une lassitude évidente. Après quoi elle se rendit à la cuisinière pour couper le sifflet à son eau bouillante. Olivia alla s'affaler dans la bergère, à côté du feu crépitant. Elle allongea les jambes sur une ottomane et retira l'élastique du manuscrit. Elle plaça la page couverture sous la pile en faisant attention de ne pas la froisser. Olivia fut happée dès les premières lignes :

Je lui avais pourtant dit de me rejoindre demain, à la brunante, mais elle n'est jamais venue. De tous les moments crève-cœur de ma jeune existence, celui-ci s'était distingué de par son impact en imprévisibilité et en souffrance. La fille que j'aimais tant et qui sans doute serait devenue une femme à mes côtés, n'était plus de ce monde. Elle avait été tuée, j'en avais l'intime et douloureuse conviction.

Olivia releva les yeux du texte. Ce roman serait prenant, elle en avait déjà la certitude. Succombant à l'envie de poursuivre, elle plongea la tête la première dans le second paragraphe pour le dévorer, tout comme elle dévora les suivants, qui la menèrent tout droit jusqu'au dixième chapitre. Elle lut plus de cent pages sans même reprendre son souffle. Quel suspense accrocheur ! Pour un premier roman, Maxence frappait fort. On aurait dit qu'il avait fait cela toute sa vie, écrire. Elle avait si hâte d'en jaser avec lui.

— Oli, tu viens souper ? lança une petite voix.

Béa l'appelait. Olivia trouvait sa lecture si trépidante qu'elle en avait perdu le fil du temps. C'est à contrecœur qu'elle remit l'élastique autour de la pile de feuilles et qu'elle la posa sur l'ottomane. Elle n'avait pas d'autre choix que de manger à l'instant, d'abord parce qu'elle devait se nourrir et ensuite parce que Vito l'attendait pour la projection d'un film. Ils allaient voir *Le retour*, qui datait de 1956. C'était un court métrage, ce qui plaisait à Olivia puisqu'elle ne rentrerait pas trop tard de sa sortie et pourrait éventuellement poursuivre la lecture du manuscrit. En plus, le film était du même réalisateur que la télésérie *Les brûlés*, avec Félix Leclerc, qu'elle avait bien aimée l'année dernière. Avant de s'éclipser pour la soirée, Olivia alla se rafraîchir et se changer de vêtements. Elle opta pour une jupe crayon et un *twinset* bleu poudre brodé le long de la boutonnière. Elle compléta sa tenue avec les perles d'eau douce que lui avait offertes Vito. Un peu de lustre à lèvres et deux couches de mascara noir charbon plus tard, elle était enfin prête. Or, aussitôt dit ne signifiait pas aussitôt fait. Avant de pouvoir se libérer, Olivia devrait remonter le moral de sa petite sœur, qui s'ennuyait terriblement de Raquel. La fillette jouait avec ses peluches et ses toutous au salon lorsque Olivia l'avait entendue renifler. Elle lui avait répété le baratin qu'elle se disait elle-même pour se convaincre que Raquel était heureuse et en sécurité.

— Elle passe quelques jours avec son amoureux, près de la rivière Madawaska. Elle va revenir toute ressourcée.

La fillette hocha la tête en s'essuyant le nez du revers de la main. Olivia l'étreignit en lui faisant une bise. Elle partit ensuite à la marche vers la salle communautaire. Ce n'était pas si loin et elle put profiter du calme hivernal de ce début de soirée. Olivia ne s'ennuyait jamais seule. Elle était bien avec elle-même. Elle avait déjà lu ceci quelque part: «Sois une personne qui te rend heureuse», et elle avait trouvé cette maxime très en phase avec sa personnalité et l'existence qu'elle voulait mener. En étant bien toute seule, Olivia considérait les gens qui se greffaient à sa vie comme un plus. Comme Vito, par exemple. Et aussi Maxence. Elle pensa aux deux hommes en même temps, les comparant sans intention précise, de manière spontanée et plutôt inconsciente. Ils étaient si différents… et parfaits dans leur unicité. Du plus loin qu'elle se souvienne, elle avait toujours préféré la compagnie des garçons à celle des filles. Plus simples, moins enclins à prendre des détours, à utiliser des faux-fuyants. Bien sûr, il y avait le désir qui venait parfois mêler les cartes, mais Olivia n'avait jamais eu à vivre ce tiraillement émotif.

— Salut, toi. *Come va?* l'accueillit Vito au coin d'une petite rue.

Il l'embrassa à lui en faire perdre tout tonus.

— Chaque fois que je te vois, c'est le plus beau moment de ma journée, lui confia-t-il.

— C'est gentil, ça, souffla-t-elle, un peu intimidée.

Il était si attirant. Elle ne résista pas à un second baiser pendant lequel il la souleva de terre pour mieux la serrer. Puis, il la redéposa sur le sol glacé et lui prit le bras pour marcher à ses côtés. En route vers la billetterie de la salle communautaire, ils parlèrent de leur après-midi. Vito lui raconta qu'une jeune femme s'était présentée à son comptoir de boucherie en lui demandant s'il avait un coq. Après avoir écouté quelques élucubrations, Vito avait finalement compris que sa cliente voulait cuisiner une recette de coq au vin à son nouvel époux. Il lui avait proposé un poulet, qu'elle avait refusé avec aplomb, prétextant que le goût serait complètement différent et que l'entière recette serait ruinée.

— Comme si je lui avais proposé de faire un coq au vin avec de la barbotte, *you know*? C'était ridicule.

— Ha! ha! Qu'est-ce que tu lui as dit, finalement?

— Qu'elle pouvait se faire un succulent macaroni à la viande, répliqua-t-il avec sarcasme.

Ils rirent de bon cœur pendant que la guichetière rendait sa monnaie à Vito. Ils se choisirent des sièges bien positionnés devant l'écran et prirent leurs aises. Réflexe habituel, ils effectuèrent un balayage visuel de la salle pour voir qui assistait à la projection. Presque tous des visages connus. Ce n'est qu'à ce moment qu'Olivia réalisa la popularité de Vito. Celui-ci se faisait saluer par toute personne passant tout près et recevait des sourires de tous les quidams qui entraient dans son champ de vision. C'est comme si être le marchand général de la place procurait une notoriété similaire à celle d'un homme politique influent. Le maire Borduas et Vito Costa exerçaient le même attrait sur les bonnes gens. Elle s'en doutait, mais n'avait jamais été témoin du phénomène de façon aussi percutante. Après qu'il eut échangé plein de poignées de main, elle put enfin retrouver un semblant d'intimité avec Vito. Elle lui demanda s'il pouvait user de ses contacts pour essayer de retracer Raquel et Mederick. Il la surprit en lui disant qu'il y avait déjà songé et qu'il prévoyait interroger un groupe de jeunes hommes assis sur le côté gauche de la salle. Parmi ceux-ci se trouvaient deux autochtones.

— Merci de faire ça pour moi. Et surtout pour ma mère.

— À votre service, ma jolie, plaisanta-t-il d'une fausse voix bourgeoise en s'enfouissant le nez dans son cou.

Elle se laissa bécoter, sous la loupe de quelques demoiselles sans cavalier. Tandis qu'ils se cajolaient, mais toujours avec pudeur puisqu'ils étaient en public, un homme entra dans la salle. Vito l'entrevit et réagit aussitôt.

— Attends-moi, je viens de voir mon père !

Il bondit hors de son siège et se précipita en ligne droite vers Giuseppe. La nervosité de Vito s'amplifia lorsqu'il aperçut le bas de pyjama de son paternel. Heureusement, ce dernier était chaussé de bottes et avait revêtu un manteau chaud et des gants doublés. Vito l'escorta en douceur vers un endroit reclus, à la droite de la billetterie.

— *Ehi, papà, che ci fai qui*[24] *?*

Le vieil homme perdit son sourire niais alors qu'il se creusait les méninges. Vito le fixait, sur le qui-vive. Une fois illuminé par l'idée d'une riposte, Giuseppe recouvra ses airs joyeux et se prononça :

— Pourquoi je suis ici, donc ?

— C'était précisément ma question.

— Est-ce vrai qu'on annonce de la neige ?

De seconde en seconde, Vito devenait de plus en plus désemparé.

— On est en janvier, papa. C'est normal qu'y neige.

— C'est vrai ! réalisa-t-il en secouant la tête face à sa propre étourderie. C'est déjà l'hiver ! Merci, mon garçon. On se voit plus tard ?

Vito accepta l'accolade de son père en se demandant s'il devait le laisser conduire. Pour s'assurer de prendre la bonne décision, il le questionna sur le chemin à suivre pour s'en retourner à la maison. Giuseppe lui décrivit l'itinéraire exact. Vito le laissa filer. Il ne voulait quand même pas l'infantiliser… Adossé au mur, le cœur gros, il ravala sa tristesse avant

---

24. Hé, papa, que fais-tu ici ?

de retourner auprès d'Olivia, parmi les gens. Il avait du mal à ne pas pleurer. Une fois calé dans son siège, il toussota pour masquer sa peine. Olivia s'enquit de son état ; il lui cacha tout. Puis, l'éclairage s'adoucit, les spectateurs se turent et le court métrage de l'ONF put commencer. Dans la pénombre, Vito laissa aller une larme, une seule, qui mourut à la commissure de ses lèvres. Personne ne s'en aperçut. *Heureusement*, pensa-t-il en tentant de focaliser toute son attention sur le contenu du film. Quand celui-ci fut terminé et que les applaudissements eurent cessé, Vito et Olivia sortirent à l'extérieur. Le vent s'était levé. Il faisait sombre et froid. Vito ne laisserait jamais sa partenaire s'en retourner à pied au gîte. C'était hors de question. En embarquant dans le véhicule, Olivia se sentit soudain coupable d'avoir envie de retourner à sa bergère coussinée pour dévorer le reste du manuscrit de Maxence. Elle ne voulait pas vexer Vito, qui s'attendait sans doute à une fin de soirée chaleureuse entre amoureux. Olivia en avait aussi envie, mais le caractère palpitant de sa lecture l'obnubilait.

— On fait quoi maintenant ?

— Je sais pas, je…

— Chez nous ? Chez Dagenais ? C'est trop frisquet pour se balader dehors, en tout cas.

Olivia remarqua qu'il roulait d'instinct vers son cottage.

— On peut aller chez toi, avança-t-elle, mais j'aimerais rentrer tôt si ça te dérange pas.

— D'accord, dit-il, circonspect. Avais-tu de quoi de bonne heure demain matin ?

Olivia n'avait rien le lendemain.

— Je… En fait…

— Ça va ? l'interrompit-il en posant de gros yeux sur elle pour ensuite les rediriger vers la route.

Impossible de se défiler avec un homme de sa trempe. Olivia opterait pour la totale franchise. Et advienne que pourra.

— C'est parce que Max m'a choisie pour être sa bêta-lectrice. Son roman est in-croy-able ! J'en reviens pas de ses dons de raconteur. Je suis captivée. C'est l'histoire de…

Lentement, sans brusquerie, Vito tourna le volant afin de faire demi-tour. Il entreprit le chemin inverse dans un silence à double connotation : le sien qui se voulait acariâtre et celui de sa passagère qui était consterné. À la hauteur de la rue Saint-Jean, Olivia s'aventura à rompre leur mutisme.

— J'en déduis que t'es fâché si tu me ramènes au gîte…

— En effet, oui. Que tu choisisses de lire au lieu d'être avec moi, c'est déjà *so-so*. Mais que tu choisisses le livre d'un autre homme, qui vient juste d'arriver dans le portrait, ça c'est le comble.

Il freina sec devant la demeure des Levasseur. Olivia s'énerva.

— C'est pas « le livre d'un autre homme ». Ç'a rien à voir avec ça. Pour être honnête avec toi, c'est un honneur pour moi d'avoir la confiance d'un auteur pour critiquer son œuvre. Quand je m'arrête pour y penser, je trouve que c'est la chose la plus excitante et unique que j'ai eu à faire dans mon existence.

— OK, Oli, va lire dans ce cas-là, trancha-t-il en resserrant les doigts sur le volant.

— Je rêve ou t'es encore plus fâché? constata-t-elle, perplexe. T'as rien compris de ce que je viens de t'expliquer ou quoi?

— Retourne à ton livre, Oli. *See if I care*[25].

La démonstration de nonchalance était factice. En réalité, Vito était très affecté par le choix de fin de soirée d'Olivia.

— J'ai même dit que je pouvais aller chez toi, un peu avant!

— Dis à ta mère que j'ai obtenu le nom de la sœur à Mederick et que je vais fouiller pour elle.

Il avait sèchement prononcé sa phrase, ce qui exaspéra davantage Olivia. Elle ouvrit sa portière et posa ses deux bottes sur le tapis blanc qui recouvrait l'allée de gravelle. Elle se demandait si elle allait lui dire un «bonsoir» ou se contenter de claquer la portière. C'est Vito qui mit fin à son dilemme en lui balançant un «Fais-moi signe quand t'en auras fini avec les belles paroles de l'autre» et en tirant lui-même la porte côté passager. Il décolla aussitôt. Frustrée, Olivia attaqua l'allée sans jamais se retourner. Elle pénétra à l'intérieur en bardassant un peu tout sur son chemin. Elle alla s'échouer dans son fauteuil en grognant. Et c'était pire du côté de Vito.

25. Vois si ça me dérange.

18
Perdues

Ça y est ! Il avait trouvé. Non seulement un responsable de la Régie des courses investiguerait sur la ou les soirées de jeux avec paris, mais il avait déniché une preuve écrite que Marion Levasseur avait commencé ses activités commerciales deux jours ouvrables avant l'obtention d'un permis officiel et des papiers de zonage. L'homme avait de quoi faire suspendre le permis d'exploitation de la dame… et de quoi renflouer ses coffres ! Après avoir tout mis en branle, l'employé municipal se précipita auprès des Bérubé, directement à La Cavale. Ce bar-motel n'était plus ce qu'il était du temps où il se dénommait Chez Ti-Tom. Et que dire de ses anciens propriétaires qui étaient des gens dignes, travaillants et si avenants ? Tous deux maintenant hors du portrait, ils ne pouvaient se douter que les Bérubé étaient capables de perfidie pour écraser la compétition.

À pareille heure, dans son plain-pied d'Estcourt, Gisèle Renaud s'ensevelissait elle-même sous les tâches ménagères afin de ne pas sombrer dans la déprime. Habituée à jouer un seul rôle, soit celui de mère, elle se trouvait bien désemparée depuis le départ d'Alexis, qui, par ailleurs, adorait le Séminaire et n'envoyait que de bonnes nouvelles. Il n'était pas près de rentrer, celui-là. Pour comble de malheur, Gisèle avait demandé des comptes à Romain au sujet du coup de poing et l'échange avait tourné au vinaigre. Elle se disait humiliée d'être l'unique personne au village à ne pas avoir été mise au courant de l'identité de l'assaillant de son mari. Romain disait que le nom de ce vaurien importait peu puisque le coup était gratuit, non mérité, et qu'il n'avait rien à se reprocher. Ce qui était vrai. Pour cette fois, du moins. Gisèle avait rétorqué qu'au contraire, son identité devait importer puisque Marion avait jugé impératif de le virer de son établissement. Puis, elle avait ressorti les intentions cachées de Coco, ses entourloupes amoureuses et son attitude allumeuse. S'en était suivie une chaude joute verbale. Romain avait dormi dans la chambre de leur fils, chose qu'il n'aurait jamais envisagée avant cette nuit. Gisèle en était chavirée, mais ne pouvait le blâmer. Leur mariage tranquille était devenu un fiasco.

Gisèle était à quatre pattes à récurer le plancher lorsqu'un visiteur appuya sur la sonnette extérieure. Elle s'épongea le front d'un chiffon propre, replaça deux mèches blondes qui s'étaient retrouvées en travers de son doux visage et se redressa enfin.

— J'arrive ! lança-t-elle d'une voix portante afin que l'inconnu ne s'impatiente pas outre mesure.

Elle ouvrit. Grégoire se tenait sur le pas. L'effet de surprise la fit hésiter à l'inviter, puis elle se raplomba et le fit passer à l'intérieur. Il accepta sa boisson chaude, mais il ne retira pas son paletot. Il n'en déboutonna que le col.

— Je suis venu m'excuser, Gisèle.

Elle ne savait trop que dire, et surtout, ne voulait pas s'aventurer sur une pente glissante. Elle souffla à la surface de son eau chaude citronnée avant de la siroter, ce qui força Grégoire à reprendre les rênes de l'embêtante conversation.

— J'ai réagi avec trop de… de virulence face à ton étreinte, qui n'était qu'une manière humaine d'obtenir un certain soutien moral… comme la tige d'une fleur qui s'appuie sur un tuteur pour ne pas trop courber…

Cette explication tenait la route, mais tous deux savaient, en leur for intérieur, qu'elle comportait une part de fausseté. Cette part était minime, mais elle était bien présente sous la justification terre à terre, convenable et rassurante de l'homme de foi.

— Je suis malheureuse, Grégoire, laissa tomber la blonde. En fait, non, je pense plutôt que je suis perdue. Je crois même que je serais moins perdue seule qu'avec Romain.

— Mais voyons, je suis sûr que…

Il se tut. Non seulement il n'était sûr de rien, mais il n'avait aucun mot réconfortant à offrir à Gisèle. Lui qui était toujours de bon conseil pour ses paroissiens, lui qui consacrait son existence à philosopher avec ses fidèles et à leur venir en aide, eh bien, il n'avait rien à ajouter. C'est là que Gisèle le bouscula davantage dans ses convictions.

— Est-ce qu'on peut annuler un mariage, même si de cette union est né un enfant qui, de toute évidence, prouve qu'il a été consommé au minimum une fois ?

Les deux mains enserrées autour de sa tasse fumante, Grégoire ne ressentait pas la morsure de la brûlure sur ses paumes tant il avait l'être figé. Dans son entièreté. Autant dans son cœur que dans son esprit. Il était figé.

— Je veux pas faire de mal à personne, ajouta Gisèle dans un filet de voix, mais puisque je suis perdue, il est normal que je me cherche, non ?

Toujours muet, le visiteur ne fit qu'agiter la tête pour lui démontrer une certaine compréhension. Il finit par décoller ses paumes de la tasse chaude. Il les regarda ; elles avaient rougi. Songeuse, Gisèle faisait glisser un doigt sur l'anse de sa propre tasse, de haut en bas, puis de bas en haut. La porcelaine était douce au toucher. Grégoire s'arracha enfin à son mutisme.

— Je… je crois que le temps est venu de faire quelque chose *pour toi*, Gisèle. Quelque chose dont tu serais fière et qui te ferait briller… revivre même ! D'entreprendre une action ou une activité que seule toi peux accomplir, sans Romain et sans Alexis. Quel est ton talent ? Tout le monde en a un. J'ai assez vu et vécu pour savoir que c'est vrai, dit-il en reprenant peu à peu sa contenance. N'essaye pas de me dire le contraire, je vais faire la sourde oreille.

Plutôt désarçonnée, Gisèle dut s'arrêter pour y songer. Du simple revers de la main, le curé avait écarté la question de l'annulation de mariage et lui demandait maintenant d'explorer une nouvelle avenue. Elle devait se repositionner. Elle n'avait jamais découvert en elle des talents exceptionnels, mais elle savait toutefois reconnaître quelques-unes de ses aptitudes.

— Je sais tenir une boutique. À Saint-Ferréol, je voyais à tous les détails du magasin de mon père, J.B. Laberge. Aussi, je suis douée en couture. C'est ma belle-mère Rose-Aimée qui m'a tout enseigné. Dieu ait son âme.

— Alors voilà ! fit Grégoire en retrouvant un sourire fragile.

Elle avait donc un plan d'avenir : ouvrir et gérer un atelier de couture. Si elle voulait bien considérer cette optique, plutôt que céder à l'impulsion potentiellement catastrophique d'une demande d'annulation de mariage, le curé Ferguson était prêt à l'épauler dans toutes les étapes du processus. Tous deux étaient conscients qu'un métier ne réglerait pas les déboires matrimoniaux du couple Renaud, mais ils savaient qu'il contribuerait à un certain épanouissement. Tout cela dans le but d'éviter de courir tout droit vers le gouffre sombre de la dépression. Après quelques minutes de cogitations, Gisèle accepta de se lancer. Pourquoi pas ? Qu'avait-elle à perdre ? Elle se sentait déjà des plus démunies. Grégoire alla porter sa tasse sur le comptoir, reboutonna son col et hésita une fraction de seconde sur ses béquilles avant de partir.

— On se… reparle dès que j'aurai trouvé un petit local à louer ?

— Oui, ça me va, accepta-t-elle avec douceur.

Incertaine, elle avança la main pour qu'il la serre. Grégoire retira le gant qu'il avait déjà enfilé et empoigna sa fine main. Il ne la secoua pas ; il la tint dans la sienne. Puis, ils s'étreignirent dans un silence qui les suivit jusqu'à ce que l'un s'en aille et que l'autre retourne à la banalité de ses tâches ménagères.

***

Maxence se sentait transporté ! Enfin, plus qu'à l'accoutumée puisqu'il était un sémillant jeune homme de nature. Les commentaires d'Olivia lui avaient insufflé toute l'énergie et la rage d'écrire nécessaires pour pondre ses derniers chapitres. Les critiques de la jeune femme avaient été si dithyrambiques que le pharmacien avait soudain espoir de séduire un éditeur, chose qu'il n'avait jamais envisagée auparavant. Il écrivait pour la passion et le besoin viscéral de le faire, mais voilà qu'une possibilité toute neuve se profilait à l'horizon… Olivia trouverait l'attente interminable avant de pouvoir connaître la conclusion de l'exaltant drame policier qu'elle avait entamé. Elle aurait voulu le dévorer tout de suite, maintenant ! En rentrant chez elle à pied, elle se surprit à sourire sans cesse. Ce qui lui mit la puce à l'oreille, c'est le froid qu'elle ressentit sur ses dents. Son rôle de réviseure de roman l'enchantait. Sa discussion édifiante avec Maxence lui avait presque fait oublier l'embrouille avec Vito. Ils ne s'étaient pas reparlé depuis… Les deux amoureux avaient leur part de blâme. La réaction de Vito avait été exagérée et l'impatience d'Olivia à reprendre sa lecture, importune. Un brin insensible, même. C'était à qui pilerait sur son orgueil le premier pour mettre fin à l'imbroglio !

— Maman, je suis là !

En guise de réponse, Olivia n'entendit que des reniflements entrecoupés de faibles pleurs. Qu'arrivait-il encore ? Inquiète, elle se laissa guider par le pénible son. Elle trouva sa mère dans la salle de bains en train d'essayer de se « refaire » une figure présentable. Ses yeux bouffis et pourpres ainsi que son nez irrité par le frottement des mouchoirs trahissaient son désarroi.

— Mes permis d'alcool et d'exploitation commerciale ont été suspendus.

— Hein ?

— Et Béa a disparu. Elle est pas rentrée dîner et ses petites copines l'ont pas vue.

Marion éclata à nouveau en sanglots. Olivia s'empressa de la prendre dans ses bras pour la consoler, même si elle était tout aussi secouée que sa mère. Après la fugue de Raquel, voilà que Béa disparaissait ! Au diable les permis du gîte, il fallait retracer la petite au plus vite !

— Recontacte les mères des amies de Béa d'ici une heure, lui conseilla Olivia. Moi, je vais faire le tour des magasins, du resto, du bureau de poste, de la Caisse pop, même de l'hôpital, juste au cas où. Oublie pas de vérifier le hangar ! Des fois, elle joue avec les outils de papa pour se souvenir de lui. À tout de suite !

Aussitôt arrivée, aussitôt repartie. Elle fit le tour des adresses qu'elle avait en tête en un temps record, poussée par l'adrénaline et une angoisse montante. Partout où elle passait, on lui disait ne pas avoir entrevu le minois de la fillette. Béa avait pourtant l'habitude d'être remarquée, bavarde et pétillante comme elle était. Son sourire maintenant édenté et agrémenté de fossettes ne laissait personne indifférent. Avec ses bouclettes, elle était la Shirley Temple du village. Le fait qu'elle n'ait pas été aperçue n'était guère rassurant. Le dernier point d'arrêt d'Olivia était le magasin général Costa. Elle n'avait pas le choix d'y faire une halte, mais son cœur hésitait. Elle se serait passée d'ajouter le malaise à son lot d'émotions. Depuis l'allée principale, elle se rendit compte que le boucher du jour n'était pas l'homme qu'elle aimait. Plus petit, moins musculaire, portant des lunettes noires, Giuseppe renouait avec le métier qu'il avait exercé toute sa vie. Elle se rendit directement le voir.

— Monsieur Costa, on cherche Béa partout, lança-t-elle sans aucune salutation.

— Béa, c'est bien votre petite sœur, ma belle enfant ?

Olivia lui mima sa hauteur, lui rappela ses boucles blondes et les couleurs de ses habits d'hiver. Le sexagénaire s'emmura dans ses pensées. La réflexion parut ardue. Juste à l'instant où Olivia allait s'impatienter, non par impolitesse mais par inquiétude, le visage de l'Italien se réanima.

— *Sì, sì, me lo ricordo*[26] ! Elle m'a pris un sandwich et est repartie.

— Elle l'a payé ?

— Mais bien sûr, elle avait des sous cachés dans sa mitaine.

— Vers quelle heure diriez-vous qu'elle est passée ?

— Je… je… c'est plutôt dur à dire…

Il se grattait le crâne, mais cela n'aiderait en rien. Olivia se rappela la faiblesse de la mémoire de Giuseppe. Elle n'insista pas. Mi-encouragée, elle ressortit de l'épicerie sans apercevoir Vito et sans chercher à le rencontrer. Ce serait pour plus tard. Elle avait plus crucial à faire. Elle explora le village,

26. Oui, oui, je m'en souviens !

à la recherche de petits endroits attirants où Béa aurait pu manger son casse-croûte. Sur les galeries ou les perrons déblayés, sous les branches de larges conifères… Elle termina sa quête le long de la route Principale. Elle n'y vit rien, à part Gisèle Renaud qui roulait par là. Cette dernière décéléra et se rangea en bordure de la route. Une fois sa vitre abaissée, elle demanda à Olivia ce qu'elle fabriquait. La jeune femme lui expliqua tout, en n'omettant aucun détail. Gisèle prit aussitôt un air concerné. Elle n'aimait pas cette histoire de pique-nique improvisé en catimini. Elle se rappela aussitôt une demande spéciale du curé Ferguson: «Pourrais-tu observer très, et j'insiste, très discrètement mon nouveau bedeau?» Ne souhaitant pas porter de fausses accusations, Gisèle se garda de mentionner à Olivia cette requête inusitée. Elle la reconduisit plutôt à la maison et lui promit de passer le mot dans son entourage et de garder l'œil ouvert. Olivia entra en trombe dans le gîte.

— Maman!

Marion arriva au pas de course en tenant sa jupe pour ne pas s'enfarger.

— Béa aurait peut-être acheté un sandwich à l'épicerie.

— Comment ça «peut-être»?

— M. Costa consulte un docteur pour des troubles de mémoire. Je sais pas si y faut en prendre et en laisser.

Olivia eut alors une idée éclairante: si Béa avait de la monnaie cachée dans sa mitaine, c'est qu'elle l'avait dénichée quelque part.

— Vérifie si y te manque des sous dans ton porte-monnaie, pressa-t-elle sa mère. Moi, je vais essayer mettre la main sur son petit cochon.

Elle commença par la chambre à coucher, mais elle ne trouva pas de tirelire en porcelaine, ni sur la commode, ni sur le plancher, ni sous le lit. Et rien non plus dans la garde-robe. Elle se disait qu'une enfant qui cherchait à se procurer de l'argent en cachette le ferait dans des endroits reclus. Elle descendit à la cave, peu convaincue d'y trouver quelque indice. Béa avait horreur de cet endroit humide et froid en terre battue où des monstres pouvaient se tapir. Ainsi qu'elle l'avait anticipé, la visite à la cave ne fut pas concluante. Olivia remonta à l'étage tout en se frottant les mains pour les réchauffer. Elle escalada la tourelle, mais n'y trouva rien. Bredouille, elle revint sur ses pas et s'arrêta au son du téléphone : c'était Romain Renaud qui prenait le pouls de la situation depuis son bureau, à l'usine. Elle lui mentionna que c'était le *statu quo*. Après avoir mis fin à l'appel, Olivia repensa à sa propre hypothèse du hangar. Elle se vêtit plus chaudement et y courut. Dans un coin sombre, à travers traîneries, pots de peinture et vieilles scies, elle trouva enfin ce qu'elle cherchait. Giuseppe disait vrai ! Le cochon rose avait été fracassé et des morceaux de porcelaine jonchaient le sol. Béa avait empoché ses économies. Il y avait de l'espoir ! Si elle s'était prévu un goûter, c'est qu'elle n'avait sûrement pas eu d'accident et qu'elle n'avait sans doute pas été attirée au loin par une quelconque âme malveillante. Mais où se cachait-elle ? Olivia retourna auprès de sa mère pour l'informer de sa découverte. Fidèle au poste, Théo Garneau était là pour épauler Marion. Il l'écoutait sans l'interrompre, soucieux de bien comprendre les événements, et surtout, d'agir intelligemment.

— Qui lui a parlé pour la dernière fois ?

— C'est moi, s'interposa Olivia en s'approchant d'eux.

— Vous avez jasé de quoi ? renchérit Théophane.

— Elle m'a encore parlé de Ponik. Elle avait fait un nouveau dessin de la bête. Elle a aussi mentionné Raquel.

Le voisin demanda à voir l'illustration en question. Olivia courut la prendre dans sa propre chambre puisque la fillette la lui en avait fait cadeau. L'image était réalisée en pastels gras, dans les tons de rose, de mauve, de vert et de jaune. L'œuvre avait des allures abstraites. On y devinait une étendue d'eau au loin avec la croupe ondulée d'une créature marine. En avant-plan, une horde de conifères multicolores ainsi qu'une cabane. Celle-ci comportait plusieurs fenêtres, tout autant de corniches et une girouette au plus haut point du toit. Théo étudiait attentivement l'illustration quand la sonnerie du téléphone retentit. Cette fois, c'était Gisèle Renaud qui s'enquérait des récents développements. Elle avait un minime doute, bien enfoui en elle, quant à l'implication du bedeau dans la disparition de la petite. Elle préférait se taire, pour ne pas alarmer personne inutilement et pour ne pas accuser à tort un homme innocent. Cependant, lorsque Olivia lui mentionna le dessin au pastel gras, Gisèle prit sur elle d'appeler Grégoire Ferguson pour lui demander une description détaillée de la maison de son bedeau. La girouette lui apparaissait comme l'élément-clé dans l'affaire. Elle verrait ce que Grégoire aurait à lui dire à ce sujet.

— Je vais faire le tour du lac, déclara Théophane. Je peux garder le dessin ?

Les femmes acquiescèrent. L'homme partit en mission à bord de sa *station wagon*. C'est alors que le téléphone sonna à nouveau, secouant Marion qui avait les nerfs en boule. Olivia la fit s'asseoir au séjour, le plus confortablement possible, et se chargea de prendre l'appel à sa place. La jeune femme figea en entendant la voix dans l'appareil. Elle n'aurait jamais pu se douter que cette personne la contacterait un jour, et ce, peu importe la raison. Elle bredouilla une très brève salutation et attendit la suite des choses. Elle était sur le qui-vive.

— C'est pas dans ma nature de faire ce genre d'appel, commença Kobra Costa avec une pointe de rudesse. *Tuttavia*[27]... mon fils est pas rentré travailler aujourd'hui. Je l'ai jamais vu aussi démoralisé. Il était dans un piètre état, hier soir. Je crois bien qu'il avait abusé de la dive bouteille, ce qui est loin de ses habitudes. Pour quelque raison que ce soit, il vous aime profondément, jeune fille, et je crois bien qu'un tel amour se présente pas tous les ans. Donc, je m'y opposerai pas. Et si vous ressentez la même chose pour mon fils, je vous suggère de venir lui remonter le moral dès que possible.

À la suite de quoi elle raccrocha. Sans même attendre qu'Olivia se prononce. Cette dernière resta sur place, comme frappée par la foudre, le combiné à la main.

27. Cependant...

19
Une illumination

Vito était couché sur le divan. Il tentait de se remettre d'un restant de mal de tête qui semblait s'accrocher. Il était sorti pour prendre un bon bol d'air, mais n'avait rien accompli d'autre de toute la journée. Il n'avait pas mis les pieds à l'épicerie et n'était surtout pas allé à la pharmacie. La simple vue du jeune pharmacien fringant aurait suffi à le faire basculer du côté sombre. Il avait préféré s'isoler. C'était sa façon de limiter les dommages. Sur la table tournante, il avait mis un album de Chet Baker. Il écoutait la pièce *Summertime* du prodigieux trompettiste, mais à faible volume. Il essayait de ne pas trop réfléchir, de ne pas se faire emporter par une vague d'idées grises. La musique l'y aidait.

— Vito ? l'interpella une voix étouffée.

Il ne remua pas.

— Vito, c'est moi.

Maussade, il se releva en position assise et attrapa son t-shirt sur le bras du canapé. Après avoir caché sa semi-nudité, il se releva et s'assura d'être présentable devant le miroir de l'entrée. Avant d'ouvrir, il se déballa une menthe afin de camoufler les relents d'alcool dans son haleine.

— Je peux entrer ?

Il permit à la fille de s'introduire dans son humble demeure. Il la regarda prendre ses aises au salon, avec un mélange de tendresse et d'envie fulgurante de lui faire l'amour. Il n'avait jamais trouvé une femme aussi attirante. Alors qu'elle observait la pochette de disque avec curiosité, il se dit qu'elle était parfaite pour lui. Pourquoi diable fallait-il que ce soit compliqué entre eux ? Qu'est-ce qui mettait un frein à leur élan ? Leur différence d'âge ? Il ne le souhaitait pas. Le caractère frondeur et limite féministe d'Olivia ? Peut-être bien. L'obligation de se marier devant Dieu, dans une société non évoluée ? Sans doute. Vito considéra la jeune femme avec plus d'attention. Son cœur déjà amoureux se gonfla davantage. Elle était celle qu'il lui fallait. Pourquoi résistait-elle ?

— Viens t'asseoir, l'invita-t-elle soudain, je pense qu'y faudrait qu'on se parle.

Il croqua sa menthe avant de l'avaler. Il se sentait inapproprié, vêtu d'un vulgaire *boxer* et d'un t-shirt beaucoup trop décontracté pour l'importance du moment. Ce qu'il ne savait pas, c'est qu'Olivia le trouvait irrésistible dans sa désinvolture. Le peu de rancune qui restait en elle fondait à vue d'œil.

— T'es pas rentré à l'ouvrage ce matin ?

— Je travaille sans arrêt, se justifia-t-il. J'avais besoin d'une pause.

— C'est pas ce que ta mère m'a dit cet après-midi, quand elle m'a appelée.

Cette phrase atteignit Vito tel un éclat d'obus. Mais qu'avait bien pu lui dire Kobra ? De quoi se mêlait-elle ? Vito en avait ras le bol d'être sous la tutelle d'une mère aussi envahissante. Il serra les dents et les poings afin de ne pas éclater devant la jeune femme. Mais à l'intérieur, il fulminait.

— Écoute, je suis pas venue ici pour te faire la morale, Vito. On est à la recherche de Béa, le gîte est en péril, rien ne va plus dans ma famille. Je suis ici pour régler notre chicane. J'ai pas envie d'avoir un stress de plus. Y faut qu'on jase.

Vito se dépêcha auprès d'elle, sur le divan.

— Moi je pense qu'y faut d'abord qu'on s'embrasse.

Il l'agrippa et l'assit sur lui comme si elle ne pesait qu'une plume. Elle fixa le brun-noir de ses prunelles. Il avança la bouche. Elle prit sa langue avec lenteur. Il savoura le geste. Il était enfin bien ; il n'avait presque plus mal à l'âme. C'est fou comme elle lui avait manqué en un seul jour ! Il lui prit la chevelure d'une poigne ferme, mais affectueuse, et l'embrassa avec plus de lascivité. La jeune femme sentait le cœur de l'homme battre à tout rompre contre sa poitrine.

— Je t'aime.

— Moi aussi, susurra-t-elle, mais y faut quand même qu'on se parle.

— Plus tard, l'implora-t-il, j'ai besoin de tes lèvres en ce moment. J'ai besoin de toi.

Il la serra si fort qu'elle en perdit quasiment le souffle. Elle ressentit aussi le tremblement dans les bras de Vito, comme des soupirs physiques. Quelque chose de plus gros que leur simple querelle alourdissait son cœur. Elle lui caressa le visage tout en collant un baiser sur son front, sa joue, son menton… C'est là qu'elle sentit une larme qui n'était pas la sienne mouiller sa peau. Elle releva aussitôt la tête.

— Hé, ça va ? chuchota-t-elle avec tendresse.

Il désapprouva de la tête et essuya vitement sa peine. Il ne voulait pas qu'Olivia le voie dans cet état, qui était à ses yeux synonyme de faiblesse.

— Le verdict est tombé aujourd'hui : mon père est atteint de démence sénile. C'est officiel et irréversible. Y a pas de remède ni de traitement. Juste des petits exercices banals pour peut-être ralentir d'un iota la dégénérescence cérébrale. Un foutu iota qui vaut rien du tout, si tu veux mon avis !

Vito était maintenant plus irrité que penaud. Elle le laissa vivre sa colère en silence. Il décrispa peu à peu les poings et desserra la mâchoire. De nouveau triste, il se tourna vers Olivia pour lui demander d'être pris. Elle l'accueillit sans la moindre hésitation.

— Je m'en doutais pour mon père, mais depuis aujourd'hui, c'est définitif. C'est ça qui fait le plus mal, le côté final de l'affaire.

— Je comprends, dit-elle en lui flattant l'avant-bras. Je suis vraiment désolée.

— Ça va être dur pour tout le monde… Parlant de famille, dis-moi ce qui se passe avec la tienne, enchaîna-t-il afin de se sortir de sa morosité et d'être plus à l'écoute de la jeune femme.

Olivia lui raconta les tribulations des récentes heures. Vito fut au moins attendri que son père ait pu aider les Levasseur dans leurs recherches grâce à son souvenir du sandwich. Il tenta d'insuffler à Olivia un peu de positivisme par rapport à Béa, lui rappelant que le coin débordait de bons samaritains prêts à venir en aide à une fillette dans le besoin. Il mentionna aussi que le lac était maintenant figé dans la glace, ce qui écartait la possibilité d'un accident dans l'eau. Il avait fait attention de ne pas prononcer le mot *noyade* et Olivia lui en sut gré. Pour les soucis du gîte, il lui dit qu'il tenterait d'en discuter avec le maire Borduas afin de comprendre la problématique. Il ne garantissait rien, mais il ferait un effort en ce sens.

— Avez-vous besoin de *cash* là, là ?

— Je sais pas, hésita Olivia, rougissante. On doit être correctes pour un bout, pour ce qui est des comptes courants, mais je suis plus trop certaine pour ma nouvelle session qui commence la semaine prochaine…

C'était connu que Vito souhaitait qu'elle reste à Saint-Éleuthère pour s'occuper des chiffres et des papiers de la pharmacie et peut-être même de l'épicerie, si elle en démontrait les capacités. Or, il était en mesure de constater la désolation de la jeune femme face à l'éventualité d'une suspension de ses études. *Désolation* était un euphémisme puisqu'elle paraissait atterrée.

— Viens ici.

Il s'allongea sur le canapé et l'accueillit en cuillère. Il l'enveloppa dans son étreinte apaisante. Elle ferma les paupières pour tenter de se détendre un peu.

— Tu diras aussi à ta mère que j'ai essayé le numéro de la sœur à Mederick, à plusieurs reprises, sans réponse. Je réessayerai tous les jours.

— Ah, merci! soupira-t-elle. C'est vraiment gentil de ta part.

— Je le sais.

Elle lui donna un léger coup dans le flanc pour le réprimander. Il répliqua avec une série de baisers le long de son cou. Olivia n'avait plus envie de partir, mais elle devait être présente lorsque Béa donnerait signe de vie. Elle s'excusa auprès de Vito avant de se libérer de ses bras amoureux.

— Je te raccompagne à la porte, mais… avant que tu partes, j'aimerais que tu répondes à une seule question concernant le nouveau.

— Le nouveau…

— Pharmacien.

Il s'agissait du point précis qu'elle voulait aborder dès son arrivée et que Vito avait esquivé. Voilà qu'il le ramenait sur la table à quelques secondes de son départ.

— Qu'est-ce que tu veux savoir, au juste, à propos de Max?

— Tu vois, c'est en plein ça que…

Vito s'efforça de rester calme. Il ne souhaitait pas envenimer leur douce réconciliation. Après s'être frotté le menton tout en expirant, comme pour dissiper les mauvais sentiments qui l'envahissaient, il formula sa question avec le plus de flegme possible.

— Si tu l'appelles par son diminutif, c'est que vous êtes déjà à l'aise ensemble ?

— Un peu, oui.

— Je veux que tu sois sincère. Je suis capable d'en prendre. Comment tu te sens avec lui ?

Olivia ne s'était jamais arrêtée pour y réfléchir avec lucidité. Elle y alla donc de ses impressions les plus spontanées.

— Je me sens bien et appréciée. C'est tout.

— Et tu le trouves comment, physiquement ?

— C'est une deuxième question, ça. T'avais dit une seule, je te ferai remarquer, railla-t-elle.

— *Come on*, Oli.

L'intensité de son regard annonça à Olivia qu'il ne se contenterait que de la vérité, pure et dure. En deçà, ce serait une insulte à son intelligence.

— Je dirais qu'il paraît bien.

— D'accord…

— Je le trouve joli, agréable, sans plus.

C'est déjà pas mal, pensa Vito en la gratifiant d'un faux sourire. Il accueillit son baiser d'au revoir et lui permit de s'en aller à deux conditions : qu'elle le tienne au courant pour Béa et qu'elle revienne le voir avant le surlendemain, car il devrait descendre en ville pour rencontrer des fournisseurs. Elle y consentit. Il la regarda s'éloigner en souffrant de ne pas pouvoir s'endormir et s'éveiller en sa présence tous les jours, de ne pas partager les petites joies du quotidien avec elle et de trop rarement lui cuisiner des plats gourmands accompagnés de bons verres de rouge. Il s'ennuyait d'être corps à corps avec elle et même d'être en elle. Déjà qu'il devait composer avec la farouche indépendance de la jeune femme, il espérait ne pas avoir à se mesurer en plus à un rival… Il soupira, relâcha ses épaules tendues et regarda sa belle s'en aller jusqu'à ce qu'elle se fonde dans la distance.

* * *

Béa manquait toujours à l'appel. Ce que tout le monde ignorait, mais qui avait rassuré Gisèle Renaud dans ses pires craintes, c'est que Grégoire lui avait affirmé que son bedeau habitait une maisonnette sans corniche, et surtout, sans girouette. Qui plus est, Gisèle s'était informée à gauche et à droite et avait appris que le bedeau était suivi pour une perte d'audition. Il ne distinguait presque plus les voix aiguës. Ainsi, il était souvent obligé de se pencher, notamment près des enfants, pour capter leurs sonorités élevées. Cela expliquait peut-être, mais pas hors de tout doute, son comportement singulier envers la petite Levasseur.

— J'ai fait le tour du lac, aucune trace de Béa nulle part, clama Théophane en entrant dans le gîte quelques secondes après Olivia.

Marion agita la tête avec désarroi tout en jouant nerveusement avec un mouchoir en tissu brodé qui avait appartenu à son défunt mari. Elle déclara que l'heure était venue d'alerter le seul policier de la place. Au poste, la réceptionniste dut prendre son signalement en note puisque l'agent venait de partir sur les lieux d'un feu de grange. Décontenancée, elle raccrocha l'appareil et retourna auprès d'Olivia et de Théo, dans la salle de séjour. Olivia remarqua que la coiffure haute de sa mère retombait sous le poids de l'éreintement. La jeune femme refixa les pinces qui tenaient les mèches grisonnantes de sa mère, qui lui flatta le dos de la main avec gratitude avant de la lui tapoter. Elles se firent une accolade sentie, qui signifiait beaucoup plus que ce qu'elle ne laissait entrevoir. Au fond, cette accolade certifiait qu'elles seraient toujours là pour se soutenir. Debout, face à la grande fenêtre, Théophane était absorbé par le dessin qu'avait laissé la fillette. Il fallait qu'il ait une symbolique ! Tandis que les femmes tentaient de se remonter le moral, le voisin comparait l'illustration au pastel avec ses souvenirs visuels. Comme une illumination divine, il sentit soudain une lumière blanche l'éclairer. Oui, enfin, il avait une piste !

— Je pense que j'ai trouvé, marmonna le sexagénaire, agité.

— Quoi ? Qu'est-ce que…

— C'est la gare ! La gare de Saint-Éleuthère. Les dimensions sont pas semblables, mais je reconnais l'étroite cheminée et l'échelle accrochée à l'horizontale sur le bâtiment. Depuis ce matin que je pense que c'est des barreaux de galerie. J'étais dans le champ !

Il courut vers son manteau, du mieux que le lui permirent ses genoux, et s'exclama : « Je reviens ! » tout en disparaissant dans la brume. Marion zieuta Olivia. C'est alors que le téléphone sonna pour la troisième fois. Elles eurent un soubresaut en même temps. La plus jeune des deux se rua vers l'appareil mural.

— Allô, c'est moi, dit Vito. J'ai parlé à Wallace.

— C'est vrai ? s'énerva Olivia. Qu'est-ce qu'il t'a dit ?

— Est-ce que ta mère est proche ?

Olivia approuva tout en se tournant vers Marion, qui essayait de syntoniser un poste de radio pour chasser ses tourments.

— Dans ce cas-là, trancha Vito, viens me rejoindre à quatre heures, face à l'église.

Il raccrocha. Olivia en fit de même, mais au ralenti. L'énergie et la concentration n'y étaient pas. Et l'attente entre cet appel surprenant de Vito et le retour de Théophane lui parut une éternité. Ce dernier courait après son souffle et son teint rougeaud annonçait l'urgence. Marion et Olivia se regroupèrent autour de lui. Il expulsa un peu de son air et entreprit de leur expliquer ses démarches.

— Mme Lamonde, au comptoir des tickets, m'a confirmé qu'une fillette avait pris le train ce matin. Elle ne connaît pas votre famille personnellement, parce qu'elle a commencé à travailler à la gare le mois dernier et qu'elle habite Saint-Marc-du-Lac-Long.

— Elle l'a laissée embarquer sans être accompagnée d'un adulte ? réagit Olivia, perplexe.

Théo dégagea ses bronches affectées par l'effort. Il accepta avec gratitude le verre d'eau que lui offrit Marion et poursuivit ses explications.

— Elle m'a assuré que c'était chose courante quand les enfants ont la somme juste pour payer le billet et un papier avec le nom et l'adresse d'un proche parent qu'ils vont rejoindre.

Comment Béa avait-elle obtenu les coordonnées de Mederick Wallace, au Nouveau-Brunswick ? C'était invraisemblable ! À moins que Raquel ne se soit confiée à la petite avant de fuguer ? Olivia était loin de croire à cette suite de coïncidences. Théophane les rassura quelque peu en leur disant que le réseau ferroviaire était géré par bon nombre d'employés de confiance et que, tant que la fillette passerait de gare en gare, elle serait en sécurité. Il suffisait qu'elle ne descende pas du train pour s'aventurer dans des patelins inconnus… Tandis qu'il communiquait avec un confrère à la gare de Sully, Olivia se prépara pour aller à la rencontre de Vito. Elle ne savait pas à quoi s'attendre. Cependant, elle se disait que si Raquel avait vécu quelque chose d'épouvantable, voire de tragique, Vito n'aurait pas fait durer le suspense. C'était un homme de cœur, elle en était certaine.

La météo était clémente aujourd'hui. Adossée à l'une des trois portes bourgogne de l'église, Olivia observait le ciel. Quelques derniers nuages blancs persistaient malgré l'arrivée du crépuscule indigo. Elle fit un tour sur elle-même dans sa contemplation. Tout était si beau, si grandiose. La croix du clocher pointait vers l'infini comme une lance. Olivia se sentait minuscule et, en quelque sorte, abandonnée. Où étaient ses deux sœurs pour lesquelles elle aurait tout donné ? Baissant les paupières pour se recueillir et ainsi prier pour le juste retour du balancier, elle frémit quand la voix ténébreuse de Vito résonna dans son dos.

— Pauvre chérie. Approche un peu.

Il l'avait surprise par-derrière et en était navré. Quand elle s'accrocha à son bras pour entreprendre leur promenade, il recouvra son allant.

— Je t'ai volé un petit sucre d'orge à l'épicerie, dit-il, taquin, en lui dévoilant la gâterie.

Elle se le glissa sur la langue avec plaisir. Il lui offrit un haussement de sourcils séduit avant de commettre son second vol : celui d'un baiser au goût sirupeux.

— Raconte-moi tout, le supplia-t-elle sans détour.

— La sœur de Mederick a été dure à convaincre. Une fille méfiante, peu loquace, disons. Bref, j'ai argumenté, argumenté… jusqu'à ce qu'elle me dise que c'est plutôt son frère qui déciderait s'il me rappellerait. Ça lui a pris trois heures à se faire une idée.

— Puis, qu'est-ce qu'il t'a dit ? Qu'est-ce qui se passe ?

Vito lui fit signe de décompresser un brin. D'un pas plus flâneur, ils empruntèrent la rue Saint-Vallier.

— T'avais raison : ils sont mariés.

— Oh mon Dieu, ma mère va avoir une syncope !

— Si c'était juste ça.

Olivia avala de travers. Elle le poussa à poursuivre.

— Ils essayent de… faire un enfant, prononça-t-il en plissant les yeux, tel un fautif prêt à recevoir une claque en plein visage.

Sidérée, Olivia se couvrit la bouche. Vito tenta d'amoindrir l'impact de ses révélations.

— Au moins, dis-toi qu'ils s'aiment pour vrai. C'est pas un mariage arrangé.

Mais Olivia était toujours sous le choc. C'était comme si un tsunami avait roulé du lac Pohénégamook jusqu'à elle pour l'engloutir. Vito lui prit la main et l'encouragea à se remettre en marche. Ils montèrent ainsi la rue Saint-Laurent.

— Est-ce que… c'est tout ? parvint-elle à marmonner.

— Non, y a autre chose.

— Vas-y, dis-moi tout. Enlève le *band-aid* d'un coup sec.

— Mederick leur a acheté une petite maison sur la réserve. Et Raquel se demande si elle va terminer ses six derniers mois d'école au couvent de Saint-Éleuthère ou dans une école secondaire là-bas.

L'effet de l'aveu fut instantané : deux larmes roulèrent sur les joues livides de la jeune femme.

— Mais je te rassure, elle penche plus du côté du couvent. Elle vous aime trop, elle s'ennuie déjà. Je l'ai *très fortement* encouragée à choisir cette option. Disons que j'ai pas mâché mes mots. Les prochains jours vont nous confirmer si j'ai été assez persuasif…

Olivia voulait parler à Raquel sur-le-champ. Rien ne pressait plus pour elle à présent ! Or, Vito lui avoua que Mederick lui avait fait jurer de ne révéler son numéro à personne. C'était une condition *sine qua non* à leur possible retour, à Raquel et à lui. Olivia n'avait pas envie de se conformer à cette ultime exigence, mais puisque Vito avait fait tant d'efforts pour repérer Raquel… Ils bifurquèrent sur l'ancienne rue de la boulangerie, artère qui avait été rebaptisée rue Sainte-Anne il y avait quelques années. Le soleil finissait de se coucher. Seuls les luminaires extérieurs des habitations et les éclats blanchâtres des téléviseurs éclairaient leur promenade. Ils poursuivirent leur chemin, évitant la route Principale. En ce début de brunante, avec le mélange de gadoue, de glace et de conducteurs parfois téméraires, il valait mieux se tenir dans les petites rues situées en contrebas. Vito ralentissait le pas toutes les cinq minutes pour voler une bise ou un geste tendre à sa partenaire de marche. Elle ne se plaindrait jamais d'une telle sollicitation. L'homme avait bon goût et dégageait un parfum corporel tout aussi plaisant.

À la hauteur de la pharmacie Costa, une lueur attira l'attention des promeneurs. Ils s'approchèrent de la vitrine et entrevirent Maxence Rodrigue qui tapait à la machine à écrire. Vito regarda l'heure et constata que l'enseigne « Fermé » était bien en place.

— Il doit être en train d'écrire ses derniers chapitres, s'anima Olivia, excitée.

Vito n'était pas enchanté à l'idée que son employé utilise la dactylo pour son usage personnel, et surtout, en dehors des heures d'ouverture, mais à voir l'enthousiasme de sa belle, il se dit qu'il valait peut-être mieux ne pas jouer au patron autoritaire. Il risquerait d'attiser le feu de sa première querelle de couple.

— Vas-y, entre, se contenta-t-il de lui dire.

S'assurant d'abord que Vito était bien sérieux, Olivia pénétra dans le commerce avec entrain. Maxence ne s'attendait pas à avoir de la visite. Il se prit le cœur, puis une fois calmé, il se replaça les lunettes. Sa chevelure était légèrement ébouriffée. Voilà plus d'une demi-heure qu'il était en pleine création littéraire, absorbé par son propre univers. La vue de la souriante jeune femme le déstabilisa. Vito était demeuré à l'extérieur par choix.

— Dis-moi que tu termines bientôt ton roman !

— Tu me prends en flagrant délit, dit-il en élevant les mains tel un brigand.

La jeune femme s'empressa de le rejoindre derrière sa machine à écrire. Elle fourra son nez dans ses écrits, ce qui le fit réagir avec vivacité.

— Que je te voie ! lança-t-il à la blague tout en cachant de ses avant-bras la feuille prise sous la pince du rouleau.

Elle lui réitéra à quel point elle avait hâte de découvrir ce qu'il adviendrait de ses personnages, de quelle façon l'enquête se dénouerait et, bien sûr, si un éditeur accepterait de publier son divertissant récit. Après quoi elle lui dit qu'elle devait filer puisque sa petite sœur manquait à l'appel depuis la matinée, ce qui avait plongé tout le monde dans un état d'incertitude et de panique grandissante. Affecté par la nouvelle, Maxence l'étreignit et lui souhaita que tout rentre dans l'ordre le plus rapidement possible. Depuis son trottoir, Vito avait remarqué l'enlacement. Il canalisait sa frustration en grillant une cigarette.

— Quand Béa et le calme seront revenus, on se planifiera un petit avant-midi de ski pour profiter du grand air. Pour de vrai, là. Qu'est-ce que t'en dis ?

— Je dis pas non.

Olivia le salua et le laissa en compagnie de ses personnages. Elle retrouva le grand Italien qui se pliait sur la langue une tablette de gomme Doublemint. Elle prit son bras en crochet.

— Tu me ramènes chez nous ?

— Évidemment, je préférerais être seul avec toi, chez moi, mais je comprends l'urgence de la situation.

Ils marchèrent dans la rue Sainte-Marie pendant quelques minutes et descendirent ensuite la rue Saint-Jean jusqu'au gîte. Il faisait déjà noir et le vent s'était levé. Une fine poudrerie balayait les bancs de neige nouvellement érigés, après que l'exceptionnel redoux de décembre fut devenu chose du passé. Une fois sur la galerie, Vito frotta le corps d'Olivia pour le réchauffer un brin. Il aurait aimé le lui réchauffer autrement, mais les circonstances ne s'y prêtaient pas.

— Demain soir, on joue en mixte avec l'équipe féminine de Sully, annonça-t-il. Du jamais vu. J'ai bien hâte de vivre ça. Si tout va mieux avec Béa, peut-être que tu pourrais…

— Oui, je verrai.

Ils s'embrassèrent et se quittèrent. Au bas des marches, Vito demeura contemplatif un instant tandis qu'Olivia regagnait la frénésie de son foyer. Marion était toujours morte d'inquiétude, vu les heures qui déboulaient sans apporter d'indices concrets quant à l'endroit où se trouvait le bébé de la famille. Théophane s'était une fois de plus absenté et tardait à revenir avec des bribes d'espoir, si minimes soient-elles.

— Qu'est-ce qu'il fait? geignit Marion en allant et venant comme un ours en cage.

— Son gros possible, répondit Olivia. Béa n'est pas tête folle, maman. Je suis convaincue qu'elle a fait aucune niaiserie qui aurait pu la mettre en danger. Elle a un imaginaire gros comme la terre, par contre. Elle est peut-être dans un petit *shack* abandonné, à jouer les exploratrices. Tu te souviens, elle avait demandé à papa de lui construire une cabane dans les arbres?

— C'est vrai... J'espère juste qu'elle a pas essayé de retrouver sa fameuse bête aquatique, maugréa Marion, plus apeurée que frustrée. Des plans pour...

Une grande secousse ébranla la maisonnée: Théo venait d'entrer sans préambule ni délicatesse. Bottes à cap sur le beau plancher verni, il s'amena vers les deux femmes, que l'attente avait rendues fébriles.

— Les Étroits! Les Étroits! scanda-t-il, semant ainsi la confusion dans le salon.

— Veux-tu ben me dire...

— Le contrôleur l'a trouvée à la gare des Étroits! expliqua-t-il en passant près de s'étouffer avec sa salive. C'est juste avant le Nouveau-Brunswick, pas loin de Saint-Marc-du-Lac-Long.

Les femmes coururent le remercier avec la plus poignante des sincérités. Marion était la plus prise d'émoi. Alors qu'Olivia avait conservé en elle un fond d'optimisme depuis la matinée, sa mère n'avait que ressassé des craintes. Maintenant, elles ne désiraient qu'une chose : connaître la suite.

— Une employée de la NTR la raccompagne. On est attendus dans une vingtaine de minutes à la gare de Rivière-Bleue.

Ils partirent sur-le-champ.

20
L'étrange demande

Gisèle venait d'exposer son projet d'atelier à Romain. Elle y offrirait ses services de couturière et y vendrait textiles, laines, bobines, boutons et autres articles pertinents. Il l'avait écoutée sans l'interrompre, trouvant l'idée de base intéressante, mais doutant secrètement des capacités de sa femme à mener à bien ce projet en solo. Il la trouvait fragile, l'avait toujours vue ainsi d'ailleurs. Il ne lui mettrait aucun bâton dans les roues, mais se questionnait quant à la viabilité d'une telle entreprise. Comme si elle avait pu lire l'hésitation dans le bleu des yeux de son mari, Gisèle ajouta :

— Grégoire va m'aider.

— Le curé ? réagit-il.

— C'est aussi un ami.

— D'accord, dit Romain, dubitatif. Est-ce qu'il va continuer à t'aider avec « l'autre chose » et pas juste tes tissus ?

Elle dirigea son attention vers le paysage que lui présentait le carreau de la cuisine. Romain plaqua les deux paumes contre la table en stratifié, puis se releva.

— Encore une autre belle conversation qui mènera à rien, conclut-il sans colère, mais avec une pointe de désabusement.

Et il se réfugia dans la cave pour vider le poêle de ses cendres refroidies. Gisèle se tartina une branche de céleri de fromage Cheez Whiz et le mangea sans grand enthousiasme. Elle se demanda ce qu'elle préparerait pour le souper. Elle n'avait aucune inspiration… et n'avait pas envie de cuisiner. Elle comprit alors que sans la présence de son fils Alexis, les repas n'avaient plus beaucoup d'âme. Même si Romain était plutôt jovial, de bonne compagnie et agréable à regarder, Gisèle redoutait leur tête-à-tête de cinq heures. À son avis, celui-ci prendrait davantage des allures de face-à-face. La clémence lui sourit toutefois, à peine dix minutes plus tard. Tandis que Romain se renfrognait à la cave, Vito Costa appela pour inviter son ami à une « sortie de gars ».

— Romain va jubiler quand je vais lui transmettre ton invitation, s'empressa-t-elle de répondre.

Vito trouva qu'elle en mettait un peu trop, mais bon. Tant mieux si son *best buddy* serait de la partie. Gisèle raccrocha et informa son mari qu'il serait attendu au bar-motel de Saint-Éleuthère dans trois quarts d'heure. Il n'était pas fâché qu'elle ait pris les devants. Au contraire, il était heureux d'avoir une échappatoire.

***

Le trio fonça vers la gare de Rivière-Bleue. Bien que plus imposante, elle ressemblait à celle de Saint-Éleuthère avec son style pittoresque, son parement rouge vin et ses avant-toits saillants et ornés de lucarnes. Les trois visiteurs empressés trouvèrent vite l'entrée et s'y ruèrent en s'excusant auprès des gens qu'ils effleurèrent au passage. Jeune et en forme, Olivia courait droit devant, tandis que Marion et Théo hâtaient le pas derrière. À travers jambes rythmées et mouvements de manteaux longs, Olivia tentait d'apercevoir un indice visuel de la présence de Béa, comme des bottes rouges ou des bouclettes dorées. Pour l'instant, rien à l'horizon. Elle poursuivit sa course parmi les voyageurs. Elle faillit se tordre une cheville en sautant par-dessus une flaque d'eau sur le parquet. Retrouvant son ballant, elle se précipita vers le comptoir du service à la clientèle. Marion et Théophane finirent par la rattraper.

— Vous devez être ici pour la fillette égarée? devina la dame au comptoir en prenant les mains d'Olivia dans les siennes. Elle est dans le bureau du chef de gare. Suivez-moi!

Ils s'acheminèrent vers le seul local à la porte close. Pourquoi était-elle fermée? Béa était-elle blessée ou perturbée? Et pourquoi était-elle montée à bord d'un train, vers des lieux éloignés, et surtout, étrangers? Un adulte l'y avait-elle incitée? Olivia était soudain en proie à un tumulte intérieur. Alors qu'elle avait affiché un sang-froid exemplaire depuis le matin, elle n'était plus sûre de rien. Sa mère reniflait derrière, le mouchoir prêt à éponger le flot d'émotions qui ne tarderait pas à jaillir. Théophane était comme un solide roc, fidèle à lui-même. L'employée de la gare ouvrit enfin la porte. Béa apparut, piteuse. Olivia et Marion l'étreignirent à l'en étouffer.

— Qu'est-ce qui t'a pris? Veux-tu ben me dire?

— Je suis désolée, maman.

La fillette était consumée par la honte. Elle fondit en larmes quand sa famille la questionna sur ses agissements.

— Personne m'a dit quoi faire. Tout est ma faute !

— Sûre, sûre ? insista sa mère.

— Juré, craché. Je voulais rejoindre Raquel avant de recommencer l'école. Je voulais comprendre pourquoi elle m'avait abandonnée.

C'est le cœur serré que Marion prit sa dernière-née sur ses genoux pour la réconforter. Olivia, qui s'ennuyait aussi de Raquel, comprenait les motivations de la fillette. Elle était même partagée entre se sentir ébranlée par ce geste téméraire et être impressionnée par cette audace, celle qui avait poussé Béa à s'embarquer dans une aventure inconnue, loin de chez elle.

— Bon. Au moins, tout est bien qui finit bien, déclara Théo. Et si on rentrait, maintenant ?

Les Levasseur firent pleuvoir des remerciements sur tous les gens de la gare, avant de sortir du bâtiment, le cœur plus léger. Avant de s'en aller à son tour, Théo promit de la belle viande de gibier à l'employée qui avait ramené Béa. Il la lui apporterait à son domicile, d'ici la fin de la semaine. La femme le remercia et lui avoua que son époux et ses cinq garçons seraient heureux comme des rois.

***

Giuseppe s'amusait comme du temps de sa jeunesse. Rare occasion : son fils l'avait invité « à venir à la bière » avec lui. Le septuagénaire pouvait socialiser avec Romain Renaud et d'autres joyeux membres de l'équipe de volleyball. Un peu grisé par l'alcool, il s'en donnait à cœur joie. Il racontait les quelques blagues et anecdotes dont il se souvenait encore. Vito le contemplait, ému. Il faisait bon de le voir aussi vif d'esprit et rieur. Dorénavant, il s'assurerait de chérir les nouveaux souvenirs qu'ils forgeraient ensemble. Giuseppe rencontra son regard et lui fit un signe de l'index afin qu'il tende l'oreille.

— J'ai pensé à quelque chose, mon garçon.

— Ah oui ? À quoi ?

— En sortant du bureau du médecin, je me suis rendu à l'évidence : ma tête est remplie de belles choses que je vais perdre à tout jamais.

Vito perdit son sourire ; il afficha une mine abattue.

— À moins que… que tu m'aides à écrire mes mémoires ! continua son père avec une étonnante allégresse.

Vito s'étouffa sur sa mousse de Molson. Il ne l'avait pas vue venir, celle-là ! Il fit répéter son père pour s'assurer qu'il ne s'agissait pas d'une lubie. Constatant le sérieux derrière ses intentions, il ne put faire autrement que d'accepter sa proposition. Puis, il eut un éclair de génie en songeant à Maxence Rodrigue… mais Romain le ramena vite sur terre en lui glissant un bol d'arachides salées sous le nez.

— *Cheers, buddy !* comme tu dis si bien, lança Romain en cogna sa chope contre celle de l'Italien.

Ils trinquèrent et cognèrent derechef leur verre. Giuseppe se leva alors pour aller au petit coin. Romain profita du fait que le vieil homme s'était retiré pour faire une déclaration-choc à son meilleur ami.

— J'ai décidé de tromper ma femme.

Vito évita de justesse un second étouffement. Il avala difficilement sa gorgée et rapprocha sa chaise de celle de Romain. Il ne voulait pas inclure les autres volleyeurs dans leurs confidences. Sans tarder, il exigea davantage d'explications. Romain lui relata les conversations cul-de-sac qu'il avait sans cesse avec Gisèle, leur cruel manque d'intimité, dont Vito était déjà au courant, ainsi que sa réserve d'empathie presque épuisée. Vito se sentait pris entre l'arbre et l'écorce. Il comprenait le désespoir de son ami et trouvait Romain infiniment patient, après tant d'années à ne pas consommer son union, ou du moins, à la consommer minuscule bouchée par minuscule bouchée. Mais pas de là à cautionner l'adultère. En dépit des sentiments contradictoires qui l'habitaient, sa répartie fut parfaite.

— Je t'encouragerai jamais à le faire, *you know*, mais si un accident était pour se produire, je trouverais que la vie règle quand même bien des affaires.

Giuseppe revint des toilettes, les obligeant à changer la trajectoire de leur échange. Ils jasèrent de différents sujets, dont l'amicale sportive du lendemain. Au bout d'une heure de causerie, ils se rendirent compte qu'un concours de beuverie avait pris forme dans un coin du bar. La compétition semblait féroce. Et l'un des aspirants au titre de champion était nul autre que le grand gaillard à la tête rasée que Marion avait viré de son établissement. En le reconnaissant, Romain eut un mouvement de recul. Vito s'empressa de le mettre en confiance. Rien ne se passerait sous sa garde. Au bout d'un certain temps, une fois qu'il fut couronné vainqueur, Dan s'avachit sur son tabouret, bouffi d'orgueil, et surtout, soûl mort. En le voyant dans ce piteux état, Romain retrouva son erre d'aller. L'homme ne pourrait provoquer aucune échauffourée avec aussi peu de colonne vertébrale. Soulagé, Romain cala son breuvage houblonné. C'est alors qu'une main féminine palpa son épaule droite.

— Je voulais m'excuser.

Romain se retourna ; Colette était là. Il tenta de la convaincre de prendre place à table. Vito choisit quant à lui d'ignorer la demoiselle en se mettant de dos à elle afin de s'entretenir avec son père et un copain. La fille refusa de s'asseoir et demanda plutôt à Romain de se lever et de la suivre. Il l'écouta sans broncher. Ils s'installèrent à l'extrémité du comptoir du bar. La blonde se commanda un *virgin ceasar*.

— Faut pas que je prenne de boisson, j'ai un enregistrement demain.

Elle se toucha la gorge pour s'assurer qu'il comprend.

— C'est extraordinaire, ce qui vous arrive, à Frankie et à toi, lui avoua Romain. Est-ce qu'on va pouvoir se procurer votre musique chez les disquaires ?

— Faut d'abord faire un *hit* à la radio avant que notre 45 tours soit commercialisé. Disons qu'on se croise fort les doigts.

Romain la complimenta sur son talent et son grand potentiel. Elle adorait l'attention qu'il lui consacrait. Puis, elle se rappela le pourquoi de leur entretien.

— Je voulais m'excuser pour le comportement de Dan, au Poné, l'autre soir. C'est un macho un peu possessif, comme t'as pu le constater. J'en profite d'ailleurs pour te parler pendant qu'il est chaud.

Romain vérifia furtivement la « menace » qui somnolait dans un recoin. Tout allait bien. Il pivota à nouveau vers la blonde platine. Il avait un nouveau plan à mettre à exécution et force était d'admettre que cette jeune femme avait de bonnes chances d'en être l'élément central. *Y existe aucun autre dénouement plus facile*, songea-t-il avec une bonne dose de réalisme.

— T'es toujours beau, toi, mon Romain, minauda-t-elle. T'as de la classe, avec tes chemises ou tes polos bien pressés. Et jamais un cheveu de travers.

En réplique à sa remarque, il émit un petit rire intimidé. Son plan semblait bien fonctionner. Il vérifia une seconde fois du côté du grand rasé en état d'ivresse avancé. Toujours inerte. Il pouvait donc glisser la main sur l'avant-bras dénudé de la blonde, qui reçut sa douce caresse comme un cadeau inattendu.

— Qu'est-ce qui se passe avec toi, tout à coup, mon chéri ? On dirait que ta gêne vient de s'envoler comme par magie !

— Et peut-être mon jonc aussi, lança-t-il en s'apprêtant à retirer son anneau en or.

C'est alors qu'une grande main masculine s'abattit sur sa nuque.

— Tu viens, *buddy*? intervint Vito avec une intention sans équivoque. Les gars s'obstinent sur des *stats* de baseball. J'ai besoin de mon expert pour mettre fin au chialage.

Avec une subtilité inefficace, Romain essaya de le convaincre de partir. Vito choisit cet instant précis pour souffrir d'aveuglement volontaire. Il insista auprès de son ami et annonça lui-même à Coco qu'elle venait de perdre son interlocuteur. Agacé, Romain n'eut pas d'autre choix que de le suivre jusqu'à leur table, mais il le bombarda de commentaires et d'interrogations.

— Crois-moi, c'est pas avec elle que tu veux mettre ton plan à exécution, se contenta de riposter Vito.

Cet argument dénué de preuves concrètes n'était pas entièrement convaincant pour Romain, mais la gravité du faciès de l'Italien lui calma un peu les ardeurs, pour le moment. Ronchon, il ne s'empêcha toutefois pas de balancer à Vito :

— Et ton plan à toi, avec Olivia, il va comment ?

Ce à quoi Vito ne répondit rien. Son ami venait de le mettre au pied du mur.

À pareille heure, Olivia bordait sa petite sœur à l'aide d'une lourde courtepointe. La fillette aimait la chaleur et la pesanteur de la couverture, qui l'aidaient à mieux s'assoupir. Elle était fatiguée de son périple en train. Son aînée était tout aussi exténuée, mais pour des raisons psychologiques. Tandis que

Béa fermait les paupières, Olivia entreprit de lui retirer de la chevelure, avec le plus de douceur possible, les élastiques et les pinces.

— Tu nous fais plus jamais ça, hein ? chuchota Olivia.

La tête de la fillette bougea négativement sur l'oreiller.

— Tu me jures sur la tête d'Elvis Presley que personne t'a forcée à t'en aller ?

— C'est pas sur la tête du p'tit Jésus qu'y faut jurer ? réagit la fillette.

— Jure-le, c'est tout.

— Je suis partie toute seule. Je me suis acheté un lunch chez Costa et je suis partie à la recherche de Raquel. Je pouvais pas supporter de perdre une autre personne que j'aime après papa.

Olivia sentit son intérieur se nouer.

— Mon cœur avait trop de peine, murmura Béa, les yeux toujours clos. Je me suis dit qu'y fallait que je fasse quelque chose…

Sa respiration se fit plus lente, plus profonde. Olivia savait que sa sœur était sur le point de s'évader au pays des songes. Elle replia le bord de la courtepointe pour lui dégager le cou, éteignit la lampe de chevet et quitta la chambre. À peine fut-elle sortie de la pièce que sa mère lui fit signe de s'amener au téléphone. Olivia attrapa le combiné.

— Allô, je m'excuse de te déranger…

Maxence Rodrigue était à l'appareil. Olivia retrouva son entrain.

— Tu sais pas quoi ?

— Quoi ?

— J'ai terminé.

— Quoi ?

— Si je dis autre chose, vas-tu répondre « Quoi ? » une troisième fois ? plaisanta-t-il.

Olivia éclata de rire. Cet homme l'étonnait et l'amusait au plus haut point. Soudain, elle entendit une exclamation dans l'appareil.

— Je viens de me renverser du thé sur le pantalon. C'est du classique Maxence, ça.

— Ha ! ha ! Nettoie vite ça avec une éponge imbibée de vinaigre blanc. C'est ce que ma grand-mère Marie-Ange faisait avec ses nappes.

— Merci bien.

Olivia entendit un froissement ; le jeune homme devait être en train de se dévêtir. Elle dévia le cours de la conversation, ramenant celle-ci ainsi à son point de départ.

— T'as terminé quoi ? Dis-moi que c'est ton roman !

— Oui, mademoiselle ! Je te donne les derniers chapitres demain matin ?

— Non.

— Ah bon, fit-il avec une certaine déception. Et pourquoi ?

— Parce que je vais les prendre maintenant.

Il rit de nouveau, soulagé et ravi de la tournure de leur discussion.

— OK, dans ce cas-là, on se rencontre dans une quinzaine de minutes dans le stationnement du presbytère d'Estcourt ? C'est pas parfaitement à mi-chemin, mais ça va t'éviter de te rendre jusqu'à l'autre bout de Sully.

Olivia ne tenait plus en place. Que d'émotions en montagnes russes, aujourd'hui ! Elle courut se brosser les dents et se rendit à la même vitesse au véhicule familial. L'intrigue l'attendait au détour d'Estcourt !

21
Un trésor caché

Huit heures cinq du matin. Vito mit la clé dans la porte. Il allait rencontrer des fournisseurs à Rivière-du-Loup et à Rimouski, mais juste avant, il irait voler un baiser à sa belle amoureuse… Il s'était assuré au préalable qu'elle était levée et disposée à le recevoir. Olivia l'avait invité à déjeuner au gîte, mais il avait dû décliner l'offre, vu l'heure hâtive de son premier rendez-vous. Il lui avait alors dit qu'il se satisferait d'amour et d'eau fraîche pour cette fois. Elle avait trouvé cela charmant. Arrivé chez les Levasseur, Vito ne dénoua que son foulard, préférant rester sur le paillasson. Il remarqua qu'Olivia avait une allure différente. Il ne l'avait jamais vue ainsi auparavant. Elle portait des survêtements moulants et des bas de laine. Particulier ! Il fut incapable de laisser passer cette vision inusitée.

— Je veux pas geler, je passe la matinée dehors.

— On va faire du ski ! lança Béa avec fébrilité, depuis la cuisine.

— C'est vrai ? dit Vito, inquisiteur. En avez-vous déjà fait ?

— Non, et ça risque d'être assez gênant, merci.

— Parle pour toi, plaisanta Béa en se présentant dans le hall d'entrée. Moi, je vais me rendre aux Olympiques !

Vito l'encouragea à matérialiser ses idées de grandeur et lui souhaita « Merde ! », ce qui la fit pouffer de rire. Son « gros mot » l'avait surprise. Il en profita pour lui souhaiter un heureux retour au bercail et lui rappeler la frousse qu'elle avait donnée à ses proches. Elle promit de ne plus agir ainsi et ramena sur le tapis le sujet du ski, qui, de toute évidence, la faisait jubiler. Lorsqu'elle mentionna un certain « il », Vito comprit que les filles ne s'y rendraient pas seules. Il ne s'interrogea pas très longtemps sur l'identité de l'accompagnateur. Il avait sa petite idée là-dessus. Et il n'était pas friand de ce genre de compagnie pour son Olivia.

— Je suis déjà en retard, avoua-t-il en nouant son écharpe. Béa, tourne-toi, y faut que j'embrasse ta grande sœur.

La fillette fit semblant d'être dégoûtée et s'éloigna en tirant la langue. Vito sourit à pleines dents, même si, au tréfonds de lui-même, il était remué par un désagréable sentiment. Il n'était plus le seul mâle dans le cercle de connaissances assez restreint d'Olivia. Pressé de partir, il l'attira tout contre lui, appréciant les lignes sinueuses de son corps imprimées sur le sien. Elle était attirante dans ce survêtement de sport. Par chance un habit de neige le recouvrirait !

— On se voit demain soir, à mon retour ?

— Bien sûr.

— Je te ferai un bon souper.

Il l'embrassa avec langueur et lui dit qu'il l'aimait. Puis, il partit sur la route dans l'espoir de conclure de fructueuses affaires. Juste avant de se rendre au centre de ski, Olivia alla rejoindre sa mère qui prenait une bouffée d'air frais sur la galerie arrière. Celle-ci venait d'être déneigée par Théophane, ce qui la rendait accessible par la cuisine et parfaite pour admirer le majestueux lac.

— On devrait rentrer d'ici deux heures, maximum. As-tu besoin que je te fasse une commission en revenant ?

Face au lac, Marion ne semblait pas avoir entendu la question. Elle était absorbée par le vaste panorama. Ou par de vastes préoccupations !

— Maman ? As-tu besoin de quelque chose au magasin ? répéta Olivia.

Marion finit par pivoter. Il était évident qu'elle retenait ses paroles. Olivia s'enquit de son état d'esprit. Elle dut la cuisiner un peu avant d'accéder à ses pensées. Marion lui avoua alors que les maigres fonds d'études qu'elle avait mis de côté étaient à sec. La seule solution était de s'informer auprès de la direction de l'École de métiers s'il existait des prêts ou des bourses pour soutenir le parcours scolaire d'Olivia. Cette dernière savait que la poursuite de sa scolarité dans l'immédiat était incertaine, elle le savait depuis plusieurs jours déjà. Mais de l'entendre aussi clairement de la bouche de sa mère l'affectait avec plus de gravité.

— Là, maman, je veux pas que tu t'en fasses. C'est pas ta faute si l'argent se fait rare. Je vais m'informer pour les prêts. Dors sur tes deux oreilles en attendant. C'est pas une pause forcée dans mes études qui va me les faire abandonner. Tu sais très bien que j'ai du front tout le tour de la tête. Je te promets d'aller loin.

Olivia lui fit un câlin et s'en alla rejoindre Béa à l'avant du gîte. Bien qu'elle ait été forte devant sa mère, elle se sentait faiblir à l'intérieur. Ses études lui tenaient tant à cœur ! Mais que pouvait-elle faire, pour l'heure ? Pas grand-chose, à part s'amuser en plein air afin de repousser un vague à l'âme qui menaçait de l'envahir. Au chalet de ski, les sœurs Levasseur retrouvèrent Maxence en train de payer pour la location de trois équipements complets. Avant même d'être introduite au pharmacien, Béa lui encercla les hanches de ses bras reconnaissants. Elle était si heureuse d'essayer une nouvelle activité hivernale ! Le jeune homme fut aussitôt gagné par la bonne humeur et la spontanéité de la fillette. Il s'amusa à faire sautiller Béa sur place en lui retirant sa tuque par le pompon.

— Béa, je te présente Max.

— On s'est déjà présentés, à notre manière, précisa-t-il en souriant. Plus besoin de poignée de main.

— Comme ça, tu fais des médicaments ? l'interrogea Béa en s'accrochant à son bras.

Maxence s'esclaffa avant de se permettre une précision.

— Je les fais pas, mais je les prépare et je les offre aux gens pour les aider à guérir.

— Ohhh, bravo ! fit la fillette, émerveillée. Ce que tu fais, c'est magique.

— En fait, c'est chimique, mais merci.

Tous trois se dirigèrent vers la zone de fixation des skis, non loin du remonte-pente à câbles. Olivia sentit son niveau de nervosité grimper. Elle ne voulait pas s'estropier. Elle était plutôt habile physiquement, elle avait déjà pratiqué quelques sports au fil de son adolescence, mais la pente était un peu plus inclinée que dans son souvenir.

— Je pensais que ça serait un peu plus gros, commenta Maxence.

— Moi, je pensais que ça serait un peu moins haut, blagua Olivia.

Il savoura la répartie de la jeune femme, avant de s'informer de l'historique des lieux. Théo Garneau avait expliqué à Olivia que le centre avait été érigé en 1949, grâce à l'avant-gardisme d'un homme prometteur, un dénommé Alcide Desbiens. Ce dernier avait été tour à tour chef de gare, hôtelier et metteur en scène amateur. Sans doute un coloré personnage… Le centre avait accueilli des adeptes de ski durant deux hivers, avant de cesser ses activités. L'une des raisons de sa fermeture était attribuable à une pénurie de bons équipements de ski après la guerre.

— Le centre a rouvert l'année dernière, grâce à une généreuse donation. J'ai oublié le qui, le comment et le pourquoi, par contre. Mais je sais qu'y a des plans pour défricher une deuxième piste.

— Eh bien, je viens d'apprendre plein de nouvelles choses, se réjouit le jeune homme. C'est toujours plaisant de discuter avec toi.

Olivia baissa le regard, feignant d'être incommodée par le vent. Elle concentra ensuite son attention sur Béa, qui avait du mal à fixer sa botte gauche sur son ski. Elle lui prêta main-forte pendant que Maxence leur expliquait la marche à suivre pour ne pas chuter dans le remonte-pente et pour se rendre au sommet sans pépins. Tout se passa bien. Pour cette fois, en tout cas. *La matinée est jeune. J'ai encore l'occasion de me planter*, pensa Olivia avec un brin d'ironie. Elle se retourna et vit que Maxence avait le tour avec les enfants : il était en train d'expliquer à Béa, avec ludisme et mots justes, la manière de descendre en positionnant les skis en pointe de tarte. La fillette l'écoutait religieusement comme les aînés écoutaient les homélies du curé Ferguson aux messes dominicales. Le jeune homme avait un réel plaisir à enseigner des trucs à la petite. Il la faisait rigoler et l'encourageait à se relever et à persévérer lorsqu'elle tombait les fesses sur l'arrière de ses skis. Olivia les suivait derrière, effectuant un slalom à vitesse modérée. Première descente sans anicroches. À la prochaine, elle accélérerait la vitesse dans ses virages. De retour au haut de la pente, elle félicita Maxence pour son talent de pédagogue.

— C'est facile, j'adore les enfants. Toi ?

— J'adore ma petite sœur, mais pour ce qui est des autres…

— Ha ! ha ! C'est rare, ça, une femme qui est pas attendrie par les enfants, réagit Maxence.

— Je les haïs pas non plus. Disons que je suis neutre.

— Hummm. Intrigant.

Olivia préféra ne pas en rajouter. Elle était déjà bien au fait qu'elle détonnait par rapport aux femmes de sa génération. Maxence n'en fit pas trop de cas. Après quoi le trio de skieurs s'adonna à dix autres descentes avant de rapporter les équipements au chalet. Béa ne portait plus à terre. Sa matinée l'avait tant enchantée ! Elle aurait skié comme s'il n'y avait pas de lendemain, mais les adultes avaient dû mettre fin à son plaisir, car ils avaient fort à faire ailleurs. Olivia devait communiquer avec les ressources financières de l'École de métiers et Maxence devait se procurer une auto. Il était las d'emprunter celle des gens chez qui il résidait ou de faire du covoiturage avec des étrangers bien aimables, mais étrangers tout de même.

— Tu peux me déposer ici, dit-il en pointant un endroit un peu en retrait de la route. Je vais marcher le reste du chemin, y fait beau.

— T'es sûr ? On est pas si pressées, hein, Béa ?

Maxence vit dans le rétroviseur intérieur que la blondinette acquiesçait. Il sourit.

— Non, c'est correct ici, je te jure. Mais avant qu'on se quitte, j'aurais une demande spéciale à te faire.

Silence. Attente. Incertitude.

— Accepterais-tu…

Il prit une pause afin de bien aligner ses mots.

— Accepterais-tu de m'écrire une lettre de recommandation pour les éditeurs ? T'es ma première lectrice et mon public cible. Je vois pas meilleure personne pour convaincre quelqu'un de me publier.

— Moi je peux le faire ! s'exclama Béa. Je vais dire que t'es beau et gentil.

Une hilarité déferla dans le véhicule.

— Ha ! ha ! Malheureusement, c'est pas un critère de publication, d'être joli, rectifia le jeune homme. Sinon, je connais quelqu'un qui serait une auteure de *best-sellers*.

Avait-il dit *une* auteure ou *un* auteur ? Olivia n'avait pas su capter la nuance. C'est pourquoi elle préféra faire fi de cette réplique et plutôt se concentrer sur son stationnement, question de déposer le pharmacien à l'endroit qu'il lui avait désigné. Une fois débarqué, Maxence les remercia pour l'amusante sortie. Il informa Olivia qu'il avait un minuscule présent à lui remettre, pour la remercier d'avoir accepté de lire son manuscrit. Le présent était à la pharmacie, dans un sac de papier, sous les pots de camphre derrière son comptoir de travail. Excitée au possible, elle lui promit d'aller cueillir le paquet dès son arrivée au village. C'est avec une joie éblouissante qu'il leur souhaita « À la prochaine chicane ! » et qu'il s'en alla en sifflant un air classique connu.

— Je l'aime beaucoup, ton nouvel ami, avoua Béa tout en tournant la manivelle de sa vitre.

— Joue pas avec la poignée, la vitre peut rester prise avec le gel.

Olivia commençait à être agacée par le fait que le pharmacien soit aussi merveilleux. Elle aimait Vito. Elle l'aimait tendrement et même charnellement! *Agacement* était le mot juste pour décrire cette petite tension qui lui raidissait la nuque ou ce léger émoi qui lui retournait l'intérieur. Rien de cela n'était bouleversant, c'était juste désagréable. Ou non souhaitable. Après avoir récupéré le sac de papier à la pharmacie et placoté très brièvement avec Rosa Costa, elle rentra au gîte avec sa sœur. Pendant qu'Olivia déballait un superbe stylo-plume, la fillette courut se prendre une collation. Elle monta ensuite à la salle de bains pour jouer dans la baignoire et s'y laver. Olivia prendrait une douche par la suite. Pour l'instant, elle voulait régler un grave problème: la poursuite de ses cours. Puisqu'elle devait faire un appel interurbain et qu'elle ne voulait pas engendrer de dépenses supplémentaires à sa mère, Olivia pila sur son orgueil et traversa chez Théophane.

— Bien sûr que tu peux téléphoner d'ici, voyons donc! s'exclama-t-il en lui tirant un siège. Tiens, prends tout le temps que tu veux, ma fille. Moi, je m'en retourne gosser sur ma gouttière.

L'homme passa à l'extérieur. Olivia prit place sur le siège et expira. Elle avait besoin d'un certain courage pour faire cet appel. Deux minutes à peine s'écoulèrent avant que Théo ne réapparaisse. La jeune femme n'avait même pas eu le temps de déplier son bout de papier pour y lire le numéro inscrit.

— Ils ont coupé l'électricité chez ta mère.

— Quoi?

— J'ai l'impression que Marion a tardé à payer votre dernier compte… Béa est toute contente de prendre un bain aux chandelles. C'est au moins ça de positif. Inquiète-toi pas trop pour le reste. Ça va s'arranger.

Inutile de lui dire de ne pas s'inquiéter, le mal était déjà fait. C'est la mine plus basse que basse qu'Olivia fit tourner le cadran du téléphone afin de rejoindre l'École de métiers. Après avoir été transférée d'une personne à une autre, elle put enfin avoir l'heure juste sur son dossier d'étudiante, et surtout, sur celui des frais de scolarité.

— Je ne suis pas sûre de bien comprendre votre questionnement, mademoiselle Levasseur. Vous souhaitez connaître les bourses disponibles au mérite ? demanda la dame.

— Non, en fait, c'est pour des bourses ou des prêts offerts aux gens qui, vous savez, sont un peu plus dans le besoin, bredouilla-t-elle, empreinte de vulnérabilité.

Hormis le bruit de feuilles de papier agitées et le cliquetis d'un stylo, Olivia n'entendit rien dans l'appareil. La dame était peut-être distraite, en train de boire un peu d'eau ou pensive ou…

— Mademoiselle Levasseur, pardonnez ma confusion, mais vos études viennent d'être payées. Entièrement.

— Je…

— Toutes vos sessions ont été acquittées ce matin même, par quelqu'un qui voulait s'assurer que vous les terminiez. C'était important pour lui.

Vito ! Qui d'autre ? Olivia fut prise d'une bouffée de chaleur. Puis, les larmes montèrent. Elle fit répéter son interlocutrice, pour s'assurer qu'il ne s'agissait pas d'un canular, avant de conclure leur échange. Se dirigeant en ligne droite vers le gîte, le regard fixe, Olivia tentait d'encaisser la nouvelle. Vito avait payé ses études au grand complet. Lui qui avait tant souhaité qu'elle reste auprès de lui, qu'elle ne retourne plus à Rivière-du-Loup et qu'elle s'occupe des affaires de la pharmacie. Olivia était profondément émue par le geste altruiste de son amoureux.

Olivia pénétra dans la demeure assombrie par l'absence d'électricité, à la recherche de sa mère. Elle avait une chance d'apaiser ses maux en lui annonçant ce véritable cadeau du ciel ! Ne la trouvant pas, elle l'appela par son prénom. Une voix en sourdine lui parvint de l'étage supérieur. Avant de monter, Olivia se munit d'un bougeoir qui se trouvait sur la table à café et dont la chandelle était déjà allumée. Elle s'apprêtait à monter le grand escalier quand une sonnerie perça le silence. Un coup de fil n'attendait pas l'autre ! Elle redéposa le bougeoir et attrapa le combiné mural.

— Bonjour, ma chérie, dit la voix basse.

— Vito !

— *Amore mio, è la fine dei fagioli.*

Olivia soupira de manière plus sonore qu'elle ne l'aurait voulu. Vito se mit à rire.

— Toi et ton mosus d'Italien ! grommela la jeune femme. Ça me fait toujours cet effet-là, c'est fâchant !

— En fait, ce qui me fait le plus rire, c'est que je t'ai dit : « Mon amour, c'est la fin des haricots. » Je viens de mettre fin à un contrat avec un fournisseur plus trop fiable.

Olivia l'envoya paître tout gentiment. Il rit avec plus d'énergie. Une fois le sérieux revenu, elle le remercia du fond du cœur pour sa générosité. Il la stoppa lorsqu'elle vint à court de remerciements différents. Il avait fait cela pour les bonnes raisons, et non pour se faire submerger de compliments. Olivia accepta ses explications, mais il y perçut une certaine mélancolie. Il creusa davantage. Une fois de plus, aujourd'hui, la jeune femme mit sa honte de côté et y alla d'une totale franchise.

— Notre compte est à sec. Ma mère vient de se faire couper l'électricité.

Vito était bien mal pris, à des kilomètres de là ! Il détestait cette fâcheuse position, qui l'empêchait de voler au secours de sa bien-aimée. Rimouski n'était pas à la porte. Il lui faudrait plus de deux heures pour rentrer, sans compter le prochain rendez-vous qu'il devrait annuler.

— Écoute-moi, Oli, lui intima-t-il avec fermeté. Tu vas te rendre chez moi. La clé est dans la boîte aux lettres. En entrant, tu vas ouvrir la garde-robe qui se trouve sur ta gauche. Derrière une boîte de chapeaux, y a un petit coffret de sûreté. La combinaison est…

— Non, non, résista Olivia, embarrassée.

— Je t'ai demandé de m'écouter, insista-t-il. La combinaison est 30-25-05. Tu prends l'argent dont vous avez besoin pour payer Hydro-Québec et tu vas le poster par envoi accéléré. T'as bien retenu les chiffres ?

Elle répondit par l'affirmative.

— Je t'aime, ma chérie.

— Moi aussi.

Elle raccrocha et cria à sa mère qu'elle reviendrait d'ici une demi-heure. Sans lui fournir plus de détails, elle fila chez Vito. Elle trouva la clé, s'introduisit dans le cottage, empoigna la boîte circulaire. Curieuse, elle l'entrouvrit. Un Fedora beige à ruban noir s'y trouvait. Elle se dit que Vito devait paraître très stylé coiffé d'un tel chapeau. Elle eut soudain hâte à l'été. Elle posa la boîte au sol et s'affaira à tourner la roulette du coffret par la droite, par la gauche, pour ensuite terminer par la droite. Elle réussit du premier coup. Elle ouvrit la porte et y découvrit quelques effets : deux liasses d'argent, une vieille paire de verres fumés ayant sans doute appartenu à un aïeul, un passeport canadien ainsi qu'un petit écrin en velours bourgogne… dont l'intérieur en satin blanc tenait une bague. Une bague de diamants ! Et neuve de surcroît ! Une facture accompagnait le bijou, prouvant qu'il avait été acheté en novembre. Il n'était donc pas un objet souvenir que Vito souhaitait préserver. Il n'était pas non plus une part d'héritage. Cette bague était un achat qu'il avait fait dernièrement. Olivia se sentit parcourue par un jet d'adrénaline. Le fin duvet de ses avant-bras se dressa. Elle referma vite le coffret de sûreté.

22
Au revoir, mon chéri

Après deux réunions et un tour complet de l'usine, Romain Renaud profitait d'une pause, calé dans sa chaise rembourrée à roulettes. *Pause* était un bien grand mot puisque l'homme devait contacter de nombreux clients, ainsi que mettre à jour son compte de dépenses, ce que sa secrétaire l'avait « aimablement » pressé de faire. Il fuma une demi-cigarette, avala le reste de son verre d'eau fraîche et empoigna la pile de factures désordonnées. Tout d'abord, il lui fallait les classer par dates. Il s'y employa sans plus de délai. Sa secrétaire se présenta alors dans l'entrebâillement de la porte.

— Monsieur Renaud, vous avez une visiteuse.

Sa femme ? Mais pourquoi se présentait-elle ici alors qu'ils s'étaient parlé à peine quelques heures plus tôt ? Romain n'était ni enchanté ni embêté par cette visite impromptue, mais son accueil serait tiède. Sa secrétaire réapparut.

— Colette Ouellet, annonça-t-elle en cédant la voie à une blonde au chandail angora fuchsia.

Celle-ci arriva comme un éclat de couleur dans ce moment terne. Aussitôt, Romain eut un regain de vivacité. En parfait gentleman, il lui tira une chaise et l'y accompagna en lui tenant le coude. Les lèvres laquées de la jeune femme lui dirent merci. Avec une infinie subtilité, il tourna le loquet situé au-dessus de la poignée de porte.

— Je m'excuse de bousculer ton agenda, commença Coco en croisant les jambes avec une élégance empruntée.

— Quand c'est un aussi charmant dérangement, ça me va.

Elle rit en balançant légèrement la tête vers l'arrière, ses ongles vernis posés sur sa gorge. Romain était à l'affût; il voulait agir. À commencer par son siège, qu'il roula jusqu'à la demoiselle. Il lui fallait réduire la distance entre eux. Mettre toutes les chances de son bord, afin de pallier son manque d'assurance en matière d'adultère.

— Je suis venue dire au revoir à mon oncle, lui expliqua Coco. J'en ai profité pour faire pareil avec toi.

— Au revoir?

— Je pars en ville avec Frankie pour enregistrer notre *single*. Ensuite, c'est les boîtes de nuit pendant un bon six mois.

Romain tomba de haut. Son plan avorterait bien malgré lui. Les précieuses secondes filaient; il devait sortir de sa zone de confort et bousculer les choses. C'est ainsi qu'il posa une main sur l'épaule de la blonde, lui caressant le cou de son pouce. Elle aimait son audace et ne ferait rien pour l'entraver. Seul le facteur temps pourrait le faire à sa place.

— Frankie m'attend au Gas Bar. C'est notre point de départ.

Elle attrapa le mouchoir qui sortait de sa boîte, sur le bureau de travail. Doucement, elle essuya sur ses lèvres toute trace de rose lustré. Romain comprit le message: elle était prête à recevoir son baiser d'adieu. Il s'avança et lui prit le visage, prêt à l'embrasser comme s'il découvrait des lèvres féminines pour la première fois. La porte du local vibra sous les coups répétés. Frustré, Romain demanda un sursis.

— On a un problème, *boss.*

— Deux minutes.

— Je veux ben, *boss*, mais Jean-Claude dit que ça urge.

Colette, qui était d'ordinaire aguicheuse, décida de s'attendrir. Elle sourit à Romain, posa un doux baiser sur sa bouche et se redressa. Après avoir défroissé sa jupe, elle se passa le sac à main au poignet et s'achemina vers la sortie.

— T'es quelqu'un de bien, mon Romain. Je te souhaite du bon et du beau.

Et elle partit, laissant Romain avec ses pensées en bataille et son conflit à l'usine.

* * *

Olivia avait consommé, de façon boulimique, les cinquante dernières pages du roman de Maxence Rodrigue. L'écrivain en herbe ne l'avait pas déçue. Il avait si bien bouclé toutes les péripéties de son histoire. Les fautifs avaient été piégés et les autres personnages, tous plus attachants les uns que les autres, avaient retrouvé leur quiétude. Une fin idéale, quoi! Olivia n'aurait pas de mal à vanter la qualité du récit dans sa lettre de recommandation. Elle se mit à formuler mentalement les tournures de phrases qu'elle utiliserait pour ce faire. Elle se mettrait à la rédaction de cette lettre dès demain matin, car le surlendemain, ce serait son grand retour aux études. La joie !

Puisque le courant électrique n'était toujours pas rétabli au gîte, les trois Levasseur sautèrent sur l'occasion pour rendre visite à Gisèle Renaud. Celle-ci se trouvait dans le local qui lui servirait bientôt d'atelier de couture, de broderie et de tricot. Un endroit plutôt restreint, mais lumineux et bien situé, au coin de la route Principale et de la rue Saint-Augustin. C'était déjà un bon début, et franchement, c'est tout ce qui comptait pour Gisèle. D'ailleurs, elle ne tarissait pas d'éloges sur le curé Ferguson, qui avait eu cette idée de génie.

— C'est Grégoire qui a fait toutes les démarches, précisa-t-elle, admirative.

— Grégoire ? s'anima Marion. Tu l'appelles par son p'tit nom, astheure ?

Du mouvement fit tinter le carillon d'entrée. Le religieux apparut dans le décor.

— Parlant du loup, dit Gisèle en allant à sa rencontre.

Une vague impression d'amour platonique flotta entre les deux individus. Elle était à peine perceptible, mais en la décelant, Olivia fronça les sourcils. Se pouvait-il que ?… Mais non, quelle hérésie ! À moins que… Impossible ! Elle chassa vite ces idées de son esprit. Elles étaient trop farfelues. Le curé Ferguson arpenta le local, satisfait de sa luminosité. Il mentionna à Gisèle qu'il y avait au presbytère quelques meubles intéressants, non utilisés, qu'elle pourrait lui emprunter.

— As-tu un moulin à coudre pour démarrer ? s'enquit Marion.

— Oui, j'ai encore celui que j'avais à Saint-Ferréol. Je m'en procurerai un deuxième usagé, au besoin. Eh que ça fait du bien d'avoir de quoi à faire, de quoi à penser !

Les mains aux hanches, Gisèle inspira à pleins poumons comme si elle venait tout juste de réapprendre à respirer. C'était un souffle profond, pur et libérateur. Les Levasseur étaient heureuses pour leur bonne amie. Olivia remarqua à ce moment que Grégoire lorgnait Gisèle avec une fierté évidente.

— Penses-tu que la filature du village va pouvoir me fournir en laine ? demanda Gisèle en se tournant vers le seul homme présent. C'est une idée que j'ai eue en me réveillant ce matin.

Et elle tutoie le curé ? songea Olivia, perplexe. Cette dernière commençait à se demander quelle était la nature véritable de leur relation. Pendant que Gisèle leur montrait où seraient disposés les pôles à vêtements et où seraient fixées les étagères murales, Olivia se déplaça tranquillement vers le curé Ferguson. C'était un homme à l'allure propre et classique. Toujours bien mis. Un peu comme Romain, mais plus âgé et surtout plus solennel. Olivia se pencha vers lui.

— Merci d'aider notre amie et de lui remonter le moral depuis l'entrée au Séminaire de son fils.

— C'est le moins que je puisse faire. Je suis un peu, beaucoup, la cause de son départ, admit-il, non sans une pointe d'humour.

— Vous semblez avoir développé une belle complicité avec elle ?

— Gisèle mérite tout le bonheur du monde. Plus que quiconque.

Il n'avait pas tort, mais… Par la vitrine, Grégoire aperçut son bedeau qui se baladait, les mains enfouies au fond des poches et un chapeau de feutre bien calé sur les oreilles. Il ouvrit la porte pour l'interpeller. L'homme âgé ne l'entendit pas. Grégoire l'apostropha de nouveau, suscitant enfin une réaction chez son destinataire. Le bedeau revint sur ses pas.

— Désolé, mon père, je suis de plus en plus dur de la feuille. Bien le bonjour, tout le monde ! salua-t-il d'un ton trop élevé le trio de femmes en s'introduisant dans le local.

Il se confia à nouveau à son supérieur.

— J'arrive justement de l'hôpital. Le docteur veut que je porte des gros mosus d'appareils beiges dans les oreilles. J'étais pas de bonne humeur, oh que non !

— Il ne faudrait surtout pas les laisser vous simplifier la vie, n'est-ce pas ? le taquina Grégoire en lui faisant un clin d'œil.

En secret, Gisèle fut soulagée d'avoir la confirmation médicale que le bedeau devenait sourd. Elle qui l'avait soupçonné d'être impliqué dans la mystérieuse disparition de Béa ! Sa préoccupation initiale faisait maintenant place à de la culpabilité. Celle-ci finirait par se dissiper. Après avoir jasé de la pluie et du beau temps, le groupe se sépara. Avant de s'en retourner à leur résidence, les Levasseur devaient faire un bref arrêt au magasin général pour leur repas du soir. Il leur fallait revoir leurs plans au cas où la cuisinière électrique ne serait toujours pas fonctionnelle. Kobra et Giuseppe Costa tenaient le fort pendant que Vito était sur la route. Olivia se sentait encore mal à l'aise devant ses potentiels beaux-parents. Elle les salua d'une main polie mais discrète.

— Approche, approche, *bella ragazza*[28], l'invita Giuseppe en gesticulant.

Il lui fit deux grosses bises sur les joues, juste avant d'insister pour lui donner des saucisses fraîches boudinées. Il lui chuchota : « Mon fils a un gros faible pour toi », et la laissa ensuite regagner sa famille. L'image de la bague en or sertie de diamants étincela dans son esprit. Elle ne savait que faire de ce *flashback*, qui reviendrait et reviendrait sans doute… Une fois leurs emplettes terminées, les Levasseur se dirigèrent vers leur résidence. De l'extérieur, on voyait bien que l'électricité n'était pas encore revenue. Il leur faudrait alimenter le poêle pour éviter qu'un froid humide ne s'installe.

— Encore des chandelles ! se réjouit Béa en sautillant jusqu'au séjour.

Puis, elle s'arrêta, sonnée. On aurait juré qu'elle s'était heurtée à une cloison de verre. Olivia la rejoignit. L'onde de choc la gagna elle aussi. Deux personnes se tenaient debout, au milieu de la pièce, dans la pénombre grisâtre. En les devinant, Marion émit un geignement étranglé. Une fois l'hébétement dissipé, Béa se précipita dans leur étreinte. Elle leur prit la taille, aux deux en même temps, suscitant un

---

28. Jolie fille.

certain émoi chez le jeune homme. Bientôt, Olivia emboîta le pas à la petite. Elle serra Raquel avec tout son amour, son ennui et son bonheur de la voir réapparaître aussi vite. Ce jour était enfin venu ! Elle pensa à Vito, qui avait eu un rôle à jouer dans ce retour anticipé. Elle le remercia, en silence, dans son cœur. Toujours à l'écart, Marion reprenait peu à peu possession de ses moyens. Il ne fallut que quelques secondes pour qu'elle se mette à toiser Mederick Wallace. C'était une œillade digne d'un faucon pèlerin prêt à piquer sur un oiseau marin. Mais le jeune homme ne la jugeait pas. De connivence avec Raquel, il avait agi dans le dos de la mère de famille, qui était maintenant officiellement sa belle-mère. Les amoureux avaient convolé en justes noces sans son approbation et sans sa présence, ce qui était sans doute l'aspect qui la blessait le plus. Mais les sentiments que le Malécite éprouvait pour Raquel étaient véritables. Il devrait dès lors le prouver à Marion Levasseur par ses paroles, d'une part, mais aussi par ses gestes.

— Je suis revenue pour vous, avoua Raquel en flattant ses sœurs. Pour m'excuser, pour vous retrouver et pour terminer mes classes.

— On te pardonne ! lança Béa, la joue collée au tissu soyeux de la jupe de Raquel.

Muette par choix, Marion finit tout de même par bouger. Elle se rendit jusqu'à Olivia, où elle s'immobilisa, n'offrant pas tout de suite une accolade à Raquel. L'amertume l'en empêchait.

— Regardez ! s'anima Raquel en avançant la main.

Une alliance en or jaune semi-torsadée, avec une succession de petits diamants, enjolivait son annulaire gauche. Olivia observa le bijou : il ramena à son esprit une vision similaire. Une vision étincelante, quoique déstabilisante. Puis, la jeune femme se demanda si elle avait rangé l'écrin dans la position exacte où elle l'avait trouvé et si elle avait bien refermé le coffret de sûreté. Un doute germa en elle.

— Je veux l'essayer, dit Béa en allongeant l'annulaire.

Trouvant cette demande trop mignonne pour la refuser, Raquel posa un genou au sol, retira sa bague et la glissa au doigt de sa petite sœur. Le bijou flottait autour de son minuscule doigt, mais peu importait ! Béa fut aussitôt plongée dans un conte de fée. C'est fou à quel point un si petit objet peut créer un tel impact ! Pour sa part, Marion n'avait toujours pas ouvert la bouche. Sans doute revivait-elle les heures et les jours suivant ses propres épousailles. Peut-être y avait-il derrière son regard brumeux des souvenirs heureux de son défunt mari.

— En passant, pourquoi qu'on est plongés dans la noirceur, en plein jour ? réagit soudain Raquel.

— Quelques soucis financiers, chuchota Olivia pour ne pas mettre leur mère dans l'embarras.

Raquel se rembrunit. Elle n'aimait pas l'idée que sa mère soit en difficulté. Mederick aussi avait tout capté, mais il choisit de ne pas s'immiscer dans cette affaire pour l'instant.

— Venez ! On va vous installer dans ton ancienne chambre, Mederick, lança Olivia afin de détendre l'atmosphère.

Béa remit l'alliance à sa sœur et les trois filles montèrent ensuite à l'étage. Le jeune homme demeura volontairement derrière. N'étant pas un lâche, il tenait à faire face à sa belle-mère. Celle-ci avait été une hôtesse formidable durant son séjour à titre de pensionnaire et elle était la mère de la femme qu'il aimait. Il lui devait le respect.

— Je voudrais pas que vous pensiez que j'ai «volé» votre Raquel.

— Mais au bout du compte…

— J'ai insisté pour qu'on s'achète juste une résidence secondaire, par chez nous, sur la réserve de Madawaska. Je voulais que Raquel puisse passer tout le temps qu'elle voulait ici, avec vous. Les parents, c'est précieux.

— Vous êtes trop jeunes! plaida Marion, comme un cri du cœur.

— Sans faire mon impoli, madame Levasseur, est-ce que je peux vous demander vous aviez quel âge quand vous vous êtes mariée?

Elle pinça les lèvres. Elle avait alors dix-huit ans, tout comme lui.

— *Autres temps, autres mœurs*, se défendit-elle.

Mederick décida de lâcher prise sur ce point. À quoi bon?

— Je vais vous le dire une seule fois, parce que je suis un gars discret et que j'aime pas les radoteurs: mon amour pour votre fille est très vrai.

— D'accord, bredouilla Marion. Je vais le prendre comme une once de réconfort…

Mederick pigea quelque chose dans sa poche arrière.

— C'est pour vous.

Incertaine, elle ouvrit tranquillement la boîte allongée. Sous un couvert de ouate, elle trouva une chaîne en argent avec un médaillon à loquet, gravé de motifs de feuillage. Elle l'ouvrit pour constater qu'il pouvait contenir quatre petites photos de famille. Parfait pour Reynald et les filles ! Elle referma le loquet dans un cliquetis agréable. Elle considéra le jeune autochtone avec émotion.

— Je viens de toucher mon héritage, madame Levasseur. Je vais vous aider. Et vous aurez pas le droit de refuser.

Il marcha vers sa belle-mère et lui présenta la main, dans l'espoir qu'elle accepte de la lui serrer. Alors qu'il ne s'y attendait pas du tout, Marion lui fit une lente accolade, qu'il reçut d'abord avec incrédulité, avant de s'en laisser imprégner. Après quoi il monta, en silence, au deuxième étage.

23
Les grandes rafales

Maxence piaffait d'impatience: il avait si hâte de lire la lettre de recommandation d'Olivia. À la suite de ses critiques constructives, il avait revu quelques passages de son livre, ajouté un peu plus de suspense ici et là et peaufiné certaines descriptions des lieux. Il sentait que son récit était abouti. Il ne manquait que la lettre qui donnerait peut-être le coup d'envoi à sa vie parallèle d'écrivain. Bien sûr, il adorait la pharmacologie. Il s'était voué à cette science dans le but d'aider les gens. Avec la littérature, il espérait les rejoindre par une autre voie, les soutenir autrement.

Olivia se présenta à la pharmacie à l'heure convenue, soit celle de la pause du dîner. Maxence l'avait invitée à manger afin de la remercier pour le travail qu'elle avait accompli sur son manuscrit. Le temps était assez doux, mais puisque le vent se levait – on annonçait de bonnes rafales en soirée –, ils décidèrent de ne pas s'y rendre à pied. Les teintes intérieures du restaurant étaient pâles et l'espace était cloisonné de manière à ce que les tables se situent davantage sur la droite et que les banquettes soient sur la gauche. L'ambiance décontractée et l'amabilité du personnel ajoutaient au plaisir de se trouver dans cet endroit. Olivia et Maxence se laissèrent escorter jusqu'aux banquettes. Bien assis, ils consultèrent le menu. Olivia commanda un spaghetti sauce à la viande, tandis que Maxence opta pour un sandwich au *corned beef* avec patates frites. Ils conversèrent, rirent, savourèrent leur repas et refirent le monde autour d'échanges philosophico-culturels animés.

— T'es vraiment un super ajout au village, Max. Les gens auront pas de mal à t'accepter.

— Je l'espère moi aussi, conclut le jeune homme en réglant l'addition déposée sur le napperon par la serveuse. En passant, souhaite-moi la même chance avec ma toute première *date*!

Voilà un élément nouveau dans l'équation; Olivia ne savait pas comment réagir à cette nouvelle. Elle était contente pour Maxence, mais avait un minuscule pincement au cœur… qu'elle ne s'expliquait pas, d'ailleurs! Mieux valait ignorer cette sensation, puisqu'à son avis, elle était banale.

— Comme le formulent les artistes: «Je te dis le mot de Cambronne», rigola Olivia tout en se relevant de sa banquette. Et qui est la gentille demoiselle?

— Marguerite, la fille du Dr Chenard.

Olivia était au moins soulagée qu'il ne s'agisse pas d'une fille «ordinaire» ou peu recommandable comme celles qu'on affublait du sobriquet peu flatteur de «greluches». De ce qu'on lui avait rapporté, Marguerite Chenard était une jolie jeune femme instruite et bien élevée. L'homologue féminine de Maxence Rodrigue, en quelque sorte. Cette annonce ramena Olivia face à la notion de couple, qui la laissait perplexe depuis son adolescence. Elle n'avait pas une vaste expérience dans le domaine, mais chaque petit copain qu'elle avait eu avait semblé bien déterminé à «consolider l'affaire». Règle générale, l'être humain cherche à se caser. Dès qu'il tombe sur quelqu'un qui le satisfait globalement, c'est-à-dire qui remplit une quantité suffisante de critères sur sa liste, il conclut le marché. Mais n'était-ce pas trop expéditif ? Pourquoi cette course au cavalier pour la danse du samedi soir ? Olivia n'avait jamais éprouvé la moindre honte à se rendre aux soirées de fête à Sainte-Anne-de-Beaupré ou aux événements du Poné à Saint-Éleuthère sans l'ombre d'un accompagnateur. Elle ne voulait pas un homme à tout prix. Elle s'était toujours mieux sentie seule que mal accompagnée. Mais d'un autre point de vue, elle ne voulait pas perdre l'homme qui était entré par inadvertance dans sa vie. Vito Costa… Elle ne l'avait jamais vu venir, celui-là. D'ailleurs, qui aurait pu prédire un amour et un désir aussi improbables? Maintenant qu'elle y avait goûté, elle ne voulait pas qu'il se dissipe. Or, il y avait une limite à vivre une telle relation sans réel engagement. Elle en était bien consciente et cela la chicotait sérieusement.

Maxence avait récupéré son reçu et Olivia s'était arrachée à ses cogitations existentielles. Tandis que les deux dîneurs nouaient leurs écharpes et s'apprêtaient à sortir, Vito et Romain s'introduisirent dans le restaurant. L'expression faciale du grand Italien valait mille mots!

— Oh, salut! Je savais pas que tu rentrerais plus tôt, lança Olivia en se pressant contre lui.

Ce n'était pas intentionnel de la part de la jeune femme, mais la phrase ne sonna pas mélodieusement à l'oreille de Vito. C'est comme si Olivia avait été prise de court ou, pire encore, prise sur le fait! Ce qui n'était pas du tout le cas, mais comment Vito pouvait-il le savoir ? Il baisa tout de même ses lèvres, lui flatta le visage et s'assura qu'elle lui consacrerait sa soirée entière. Elle agréa sa requête, salua Romain et suivit Maxence jusqu'au stationnement. Vito tourna sept fois sa langue. Puis il se commanda une bonne bière fraîche avant qu'une première parole acerbe ne sorte de sa bouche. Romain imita son copain. Lui aussi en avait bien besoin.

***

Malgré ses insécurités face aux bouleversements qui venaient de secouer sa famille, Marion avait accepté d'héberger les nouveaux mariés jusqu'à l'obtention du diplôme secondaire de Raquel. De toute manière, le gîte battait de l'aile… aussi bien remplir d'occupants la plus grande chambre. Et si Mederick Wallace concrétisait sa promesse, elle profiterait d'une relance salutaire de ses revenus. Cela aiderait très certainement à apaiser les tensions.

Le soir venu, Olivia était attendue pour le dessert chez les Costa. Elle y alla sans trop d'attentes, sa première apparition dans cette famille tissée serrée ayant été particulière, pour ainsi dire. Elle s'y était sentie scrutée à la loupe par les cinq sœurs-détectives… et sur le gril de la *mamma* qui se chauffait de quel bois, allez donc savoir ! Olivia avait soigné son apparence, s'était imprimé une félicité un brin factice sur le visage et avait sonné à la résidence des Costa. C'est là que s'était produit le contraire de ce qui était arrivé la fois d'avant. Tous les Costa se montrèrent sympathiques et avenants envers elle, à l'exception de Vito. L'accueil que lui réserva ce dernier fut plus froid que le tiramisu, les biscuits à l'amaretto et le *zabaglione*[29] qui attendaient au milieu de la nappe blanche. Ce n'était pas peu dire. Tout en prenant place autour de la table, Olivia ne put se retenir de chuchoter à l'endroit de son voisin de droite :

— Est-ce que ça va ?

Vito se contenta de se mordre l'intérieur de la joue. Sa sœur Alfonsa offrit l'espresso, tandis que Gigi passa le thé orange pekoe. L'invitée pencha en faveur de la seconde option. Elle avait eu vent que le café italien était un peu trop corsé pour elle, voire amer, selon le grain. Elle irait avec une valeur sûre. Et puis, il y avait déjà assez d'amertume dans les parages…

— Désolée de te recevoir par un simple jeudi, l'aborda Kobra Costa, sans hypocrisie, mais sans aucune chaleur dans la voix. On a su que tu retournais en ville dimanche midi, alors…

— C'est très gentil de votre part, peu importe le jour, répondit Olivia en prenant sa tasse à deux mains dans un geste réconfortant.

— Alors dans ce cas, s'éleva la voix festive de Giuseppe, on mange maintenant ?

Aussitôt dit, aussitôt fait ! Tous se servirent de généreuses parts des délices sucrés et les dégustèrent avec appétit. Sauf Vito, qui mangea peu. Il ne trempa qu'un seul biscuit dans son café fumant. Il avait déjà eu meilleure mine. Son beau visage était allongé ; ses traits, assombris. Lorsque Olivia

29. Sabayon : crème mousseuse à base de jaunes d'œufs et de vin sucré.

posa une main au bas de son dos, il demeura de glace. Il ne la repoussa pas, mais ne souligna pas son toucher non plus. Quelques minutes passèrent. Après quoi Vito s'excusa afin de se retirer de table et de passer à la salle d'eau. Kobra et Giuseppe en profitèrent pour rapporter les couverts utilisés dans le lavabo émaillé rempli d'eau savonneuse. Ainsi seule à table avec quelques-unes des sœurs de Vito, Olivia eut une idée futée, soit celle de clarifier un point qui la chicotait. Après divers tournants dans la conversation, Olivia parvint à leur jaser de leur chalet et des souvenirs qu'elles y avaient bâtis.

— Ma copine Colette me racontait d'ailleurs les baignades mémorables qu'elle a vécues à la plage.

— Ahhh, ça donne le goût de sauter le reste de l'hiver pour aller se faire bronzer à la tête du lac ! s'extasia Alfonsa.

Gigi et Teresa approuvèrent en chœur. Cela ne procurait toujours pas à Olivia la certitude que Colette avait oublié son haut de bikini lors d'une baignade entre filles au chalet. Vito avait-il dit vrai ?

— Vous êtes amies avec Coco depuis votre jeunesse ou ?…

— Pas vraiment, non, répliqua Alfonsa.

Olivia accusa la négation comme une gifle. Elle aurait préféré ne pas savoir que Vito avait partagé un lit avec…

— Maria ! l'interpella l'une de ses sœurs. C'est toi qui passais tous tes étés avec Coco ! Tu serais mieux placée que nous pour en jaser avec Olivia.

Y avait-il de l'espoir ? Maria revint de la cuisine, précédée de ses parents. Olivia se disait que tout n'était pas perdu. Elle se demandait juste comment interroger subtilement la jeune Italienne. Il lui fallait obtenir la confirmation qu'elle désirait sans avoir l'air étrangement obsédée par la thématique de la baignade. Après tout, les filles auraient vite fait le tour du sujet.

— Disons que j'avais pas la même chance que Coco et toi, lança-t-elle à Maria. Me baigner presque tous les jours, me prélasser sur le sable… j'étais loin de tout ça sur la Côte-de-Beaupré !

Olivia sentait qu'elle était sur le point d'atteindre son objectif. Le seul hic : Vito avait choisi cet instant pour réapparaître, lui aussi. Il ne fallait pas que Maria prononce les mots *Colette* et *chalet* devant Vito sinon il se douterait de quelque chose ! Olivia supplia secrètement tous les saints.

— C'est sûr qu'on était chanceuses, admit Maria en souriant devant d'aussi joyeuses réminiscences. Hé, le nombre de folies qu'on a faites ensemble !

Réponse trop générale pour pouvoir identifier précisément un lieu ou une personne. Olivia expira longuement. Elle l'avait échappé belle.

— As-tu changé la couleur de tes cheveux, ma fille ? demanda soudain Giuseppe.

— Pardon ? fit Olivia, comme sortie d'une boîte à surprises.

— Ta chevelure est beaucoup plus foncée que d'habitude.

L'homme retira ses lunettes pour la passer à un examen minutieux. Il plissa les paupières pour tenter de clarifier sa vision. Elle était devenue trouble, sans aucune raison évidente.

— Mais non, *babbo*[30], rectifia Teresa. Elle a les mêmes cheveux blond foncé.

— Eh bien ! Ça doit être l'éclairage. T'as encore changé l'ampoule, Kobra ? Je t'ai pourtant dit de plus prendre l'autre marque qui brûle trop vite !

— *Ma no !* réagit la matriarche. *Che cosa racconta, quello*[31] *?*

Mari et femme se mirent à s'obstiner et leur progéniture se mêla à leur argumentation. Cela ne dura pas longtemps, toutefois. Ce fut un feu de paille qui ne provoqua qu'un embarras passager chez leur invitée. Après quoi on rangea au froid les restants de desserts qui étaient demeurés au centre de la table et on passa au séjour pour écouter des chansons. Les sœurs Costa se mirent à parler de maquillage et d'autres futilités, tandis qu'Olivia entama une discussion avec Giuseppe sur la politique locale. Vers les vingt et une heures, la soirée tirait à sa fin. Vito indiqua à Olivia qu'ils feraient mieux de laisser ses parents se reposer. Tandis que le couple marchait à l'extérieur en direction du cottage adjacent, une querelle éclata. Elle se produisit dès que la jeune femme osa faire une remarque sur son attitude bourrue.

— Oui, ce soir, j'ai effectivement un problème d'attitude !

— Je le savais ! s'exclama Olivia en regrettant tout à coup son commentaire.

---

30. Terme affectueux pour désigner un père.

31. Mais non ! Qu'est-ce qu'il raconte, celui-là ?

— Si tu le sais vraiment, je vais t'inviter à me donner LA raison derrière tout ça, la défia Vito, l'orgueil masculin piqué au vif. Vas-y, explique-moi tout, si t'es au courant !

La jeune femme s'arrêta à mi-distance sur le terrain enneigé. Elle se retourna. En cette amorce de nuit, la pleine lune projetait une lumière blanchâtre sur les silhouettes, et les branches d'arbres au vent se mouvaient comme des créatures.

— Tu dois être déçu de moi, j'imagine. Pour une raison que j'ignore.

— Tu tombes réellement des nues ? réagit-il, ébahi. T'as aucune idée ?

Olivia était réticente. Devait-elle lui dévoiler le vrai fond de sa pensée ? En le voyant braqué devant elle, prêt à attendre jusqu'à l'aurore pour une riposte, elle se dit qu'elle n'avait plus rien à perdre.

— Peut-être que t'es déçu que j'avance pas au même rythme que toi.

— Quoi ?

— J'ai trouvé la bague.

Abasourdi, il lui fit une gestuelle signifiant de développer son propos. La jeune femme alla droit au but.

— La bague de diamants. Dans ton coffret de sûreté. Pendant que je prenais l'argent pour ma mère.

Vito voyait très clair à présent. Et surtout, il s'en voulait de ne pas avoir été plus prudent. Les deux mains dans la chevelure, il regarda au ciel, s'accrochant désespérément à une étoile, n'importe laquelle. Il ne voulait pas faire face à la situation.

— Je sais pas quoi en penser, souffla-t-elle.

Il ne dit rien et continua de lorgner les constellations à travers les nuages sombres.

— La seule explication qui me vient, c'est que t'es fâché parce que je suis pas rendue à la même étape que toi dans la vie.

Il baissa enfin la tête. À travers le clair-obscur, elle réalisa qu'il la dévisageait. Puis, il lui avoua qu'elle avait tort, et ce, sur toute la ligne. Cette déclaration la saisit.

— Oui, cette bague-là est pour toi, lui confirma-t-il. Peut-être pas aujourd'hui. Peut-être pas la semaine prochaine, ni même dans six mois ! Mais je l'ai choisie pour toi. Parce que je t'aime comme j'ai jamais aimé personne. Je t'aime tellement ! Et ce qui me frustre, c'est que tu t'éloignes, dit-il sur un ton devenu glacial. En fait, non ! C'est pas *toi* qui t'éloignes, c'est plutôt *un autre* qui t'attire !

Ah, mais pourquoi ne l'avait-elle pas vue venir, celle-là ? Olivia s'en voulait de ne pas avoir été plus perspicace. Tout en grinçant des dents, elle se dit qu'elle aurait préféré que Vito lui reproche de ne pas être rendue au même point que lui.

— Mon ami de volley vous a vus en train de rire, au ski, ajouta-t-il en luttant pour ne pas laisser paraître sa furie. Et moi, je vous trouve tous les deux seuls au restaurant. Quel message ça m'envoie, tout ça ?

Ce fut au tour d'Olivia de se taire tout en fixant l'horizon.

— Comment tu te sentirais si c'était toi ? cria-t-il, bouillant. Mets-toi à ma place, Oli ! Jure-moi que ça te ferait rien !

La jeune femme réfléchissait à ses mots.

— Vas-y, essaye de me convaincre !

Elle plongea son regard dans le sien.

— J'aurais confiance en l'autre.

— Ça dépend de quel « autre » tu parles, nota-t-il, toujours frustré. Je dirais que j'ai plutôt confiance en toi. C'est Rodrigue qui me...

— Plutôt ? cria-t-elle à son tour. Plutôt confiance en moi ? Eh bien, monsieur Costa, je vous en remercie grandement !

À bout de nerfs, Vito se prit la nuque en lui disant de laisser tomber. Tout aussi vannée que lui par leur dialogue de sourds, Olivia lui tourna le dos pour marcher vers l'entrée où était garée sa Coronet. Ils se lancèrent quelques paroles acrimonieuses, sans même daigner se retourner, jusqu'à ce que Vito claque la porte de son habitation et qu'Olivia claque celle de son véhicule. La jeune femme se rendit chez elle sans jamais cesser de maugréer. Furibonde, elle monta au deuxième pour rejoindre Raquel. Elle se rendit compte qu'en raison de leur chicane, elle n'avait pu annoncer à Vito le grand retour de sa sœur. Elle fouilla l'étage et trouva Raquel à la lingerie, cherchant des taies d'oreiller. En fait, elle respirait l'odeur de lessive fraîche.

— Déjà rentrée ? s'étonna la brunette en se décollant le bout du nez du tissu. Ça s'est bien passé chez les Costa ?

Olivia lui prit le poignet et l'entraîna en catimini vers une pièce inoccupée. Elles s'y enfermèrent et s'assirent en tailleur sur le duvet d'oie. Olivia lui déballa tout : le pharmacien, la bague secrète, la querelle, la jalousie de Vito, tout ! Raquel se croyait dans un véritable feuilleton télévisé, mais Olivia lui rappela qu'elle ne laissait pas sa place, elle non plus, sur le plan des péripéties dramatiques. Raquel dut le lui concéder.

— Toi, comment Mederick t'a fait la grande demande en mariage ?

— Tout simplement, au coin du feu, rêvassa Raquel. Mais… y faut dire que…

Pourquoi cette hésitation ? Trop accrochée pour lâcher prise, Olivia la bouscula dans ses aveux.

— Sa demande était toute simple, mais…, chuchota Raquel en se penchant vers l'avant, on a passé la soirée à faire l'amour et c'était grandiose.

D'un coup sec, Olivia poussa sa sœur comme pour chasser cette ahurissante confidence. La brunette s'étala sur le lit tout en pouffant de rire. Olivia lui asséna une série de tapes entrecoupées de « Je peux pas croire ! » et de « Comment t'as pu ? » qui agirent tel un gaz hilarant plutôt qu'une remontrance.

— Chut ! l'avertit Olivia. Tu vas nous attirer des ennuis avec ton… avec tes…

— Mes quoi ?

— Je sais pas moi, ronchonna-t-elle. Tes histoires insolentes, tiens !

— Ha ! ha ! Tu peux ben parler, toi.

— Comment ça?

— Voir que, Vito et toi, vous avez jamais fait des choses «insolentes», comme tu dis si bien.

Touché. En plein dans le mille, à part de cela! Olivia changea de couleur. Ce fut à son tour de se faire pousser par sa sœur. Elle atterrit sur un coussin. Elles s'esclaffèrent tout en se couvrant la bouche afin d'assourdir leurs cris. Une fois calmées, elles s'allongèrent sur le flanc, face à face.

— Raconte, chuchota Raquel. Je le vois ben que tu me caches des choses.

— Contrairement à toi, qui sembles prendre tous les risques…

— Hum, je te rappelle que je suis mariée, lui rafraîchit-elle la mémoire en montrant son alliance. J'ai respecté les bonnes mœurs, moi.

C'était bien vrai! D'ordinaire consciencieuse, Olivia venait de se faire battre à plates coutures par Raquel. Les rôles étaient inversés. La plus sage des Levasseur était celle qui avait couru le plus grand risque. Raquel s'en délectait.

— Pour une fois que c'est pas moi la plus *vlimeuse* ou la plus volage des deux! Marquons cette date mémorable au calendrier. Ha! ha!

— On l'a juste fait une fois, murmura Olivia en référant à l'acte sexuel. En réalité, on l'a fait deux fois, mais c'était la même fois. En tout cas, peu importe! s'impatienta-t-elle. Tu dis rien à personne, jamais! Et de mon côté, tu peux être sûre que je recommencerai pas!

Raquel la fixa droit dans les yeux, juste avant de s'écrouler de rire. Olivia se rendit compte que sa promesse n'était qu'un ridicule vœu pieux et que sa naïveté en était presque pathétique. Elles partagèrent ensuite leurs impressions sur les sentiments amoureux en général, sur les sensations qu'elles avaient vécues pendant leurs relations intimes, et surtout, comment elles envisageaient l'avenir de leur couple. C'est à ce moment que Raquel osa poser la question qui tue :

— Si tu me dis qu'avant Vito voulait te garder ici à tout prix pour gérer sa pharmacie, penses-tu qu'il aurait payé toutes tes études pour te garder éloignée du nouveau pharmacien ?

N'y ayant même pas songé auparavant, Olivia figea sur place. Voilà une perspective qu'elle n'avait jamais considérée, ni même imaginée ! Si tel était le cas, le bel Italien se ferait remettre à sa place, et puis vite ! Olivia ne se ferait jamais manipuler. Elle, et elle seule, déciderait de son cheminement. En secret, elle s'était toujours imaginée dans un grand hôpital, du temps où elle songeait à suivre une formation en infirmerie, ou dans un grand bureau corporatif. C'est le second parcours qui serait finalement le sien. Juste avant de dire au revoir à son ancien village, elle avait d'ailleurs fait un pacte avec elle-même. Aucune contrainte ne l'empêcherait d'accomplir son projet de vie, que cette contrainte soit circonstancielle, pécuniaire… ou masculine ! Elle aurait Vito à l'œil. Elle s'assurerait qu'il ne nourrissait pas le dessein de restreindre ses libertés. Cette bague cachée, qu'elle n'était pas censée trouver, était-elle un symbole d'amour ou un moyen de l'assujettir ? Olivia se devait de le découvrir.

24
Mémoires vives

Le matin était calme. Vito s'arracha enfin à ses rêves tourmentés pour se laisser baigner dans la douceur de ce début de journée. Le réveil fut un peu brutal, étant donné la clarté du jour, mais après une bonne douche chaude, il fut en mesure d'envisager la journée à venir avec un minimum d'entrain. Vito s'inquiétait de la tournure de son histoire avec Olivia, mais puisqu'il y avait des viandes à parer et des pièces à ficeler… Aujourd'hui, il décida de ne pas passer par la pharmacie avant de se rendre à la boucherie. Ce n'est pas la présence de sa sœur Rosa qui le rebutait, mais plutôt celle du gentil et affable Maxence Rodrigue. Pourtant, son employé ne lui avait rien fait de mal. Et pour dire vrai, il avait beaucoup apporté à son nouveau commerce. Lorsqu'il y pensait à tête reposée, Vito réalisait que Maxence était un atout dans sa vie, professionnelle du moins. Il n'aurait jamais pu imaginer que le pharmacien perturberait sa vie affective. Mais tout cela n'était-il que fabulations ? Vito n'avait jamais été jaloux auparavant, puisqu'il n'avait jamais véritablement aimé auparavant. Était-ce une nouvelle nature qu'il se découvrait ? Possiblement, mais pourtant, il trouvait qu'Olivia rayonnait lorsqu'elle évoquait les faits et gestes de Maxence… Si tout cela n'était que pure invention, Vito devrait faire un examen de conscience.

En poste à l'épicerie, il se changea les idées avec ses besognes routinières. Il s'occupa une bonne partie de la matinée avec la mise en place de son comptoir vitré, question de ne pas trop ruminer sa colère. Les clients défilèrent, certains joyeux et disposés à la jasette, d'autres plus pressés ou juste inintéressants. Vers les onze heures, le curé Ferguson fit son entrée dans l'espace boucherie. Il était vêtu en civil et avait cet air jovial qui le suivait en toute circonstance. Vito retira ses gants afin de pouvoir échanger une salutation avec le religieux.

— Les affaires vont bien ? s'enquit Grégoire en zieutant les belles viandes au frais, derrière la vitre.

— Toujours, toujours, je peux pas me plaindre ! Et vous, ça va ?

— Idem ici, répondit-il en souriant. Votre père est dans le coin ?

— Non, parfois je le force à prendre congé du magasin. Dire qu'il est à la retraite !

— Ha ! ha ! Toujours aussi travaillant, ce Giuseppe ! Au fond, c'est bien parfait qu'il ne soit pas ici, puisque je voulais vous parler de lui.

Vito eut un petit sursaut de panique. Il ne laissa rien transparaître, mais à l'intérieur, l'influx nerveux voyageait à toute vitesse. Qu'avait-il fait encore ? Lorsque le curé mentionna la quête, à nouveau, Vito se découragea.

— Mais cette fois, il n'a pas pigé dans la corbeille, le rassura-t-il. Il a plutôt mis beaucoup trop d'argent. Un billet de cinquante dollars.

Grégoire sortit le billet en question et le glissa, à plat, sur le comptoir. Ayant regagné une certaine sérénité, Vito repoussa l'argent en direction de son vis-à-vis. Le curé sourcilla.

— Gardez-le comme un ajout à la dîme offerte en septembre par les Costa.

— C'est trop généreux, je…

— J'insiste. Et au risque de me répéter, car ce genre d'incident risque de se reproduire, merci pour votre bienveillance envers mon père.

Le curé lui dit que ça allait de soi. Il accepta la donation et choisit ensuite un alléchant filet mignon, qu'il paya de sa poche, bien évidemment. Vito lui vanta les mérites des épices à steak maison ensachées par Kobra et le curé ne put y résister. Après avoir récupéré sa monnaie et lui avoir avoué à quel point il trouvait qu'il était un paroissien fiable et généreux, Grégoire fit une toute dernière intervention.

— Dites-moi, avec le mal qui ronge la mémoire de Giuseppe, craignez-vous le jour où il ne saura plus que vous êtes son fils ?

Vito prit une profonde inspiration.

— Oui, avoua-t-il enfin. Mais au moins, moi je vais toujours savoir qu'il est mon père.

Si bien dit. Et si vrai, surtout. Le curé hocha la tête avec compassion, pour ensuite se retirer de la vue du boucher. Vito se mit à contempler le vide.

* * *

Il ne restait qu'un jour avant le retour en classe de Béa et de Raquel au couvent et le départ d'Olivia pour l'École de métiers. Un seul petit jour. Marion avait empesé les chemisiers blancs des filles et fait sécher à plat leur gilet marine. Elle avait toutes les misères du monde à s'habituer au fait que Raquel était mariée. Or, elle se consolait à l'idée que celle-ci s'était engagée, et ce, d'une promesse ferme, à décrocher son diplôme. Il ne lui restait qu'à se soucier de la scolarité d'Olivia. Le sentiment de culpabilité était fort. Elle n'était pas à la hauteur de son rôle de pourvoyeuse et cela l'affectait.

— As-tu appelé à l'École, finalement ? demanda Marion à son aînée en se présentant sur la galerie avant.

Olivia avait déblayé la balançoire et s'y était installée, emmitouflée dans une couverture de La Baie d'Hudson. Avec un long manteau de mouton de perse sur le dos, Marion alla s'asseoir à la gauche de sa fille. Les deux femmes se balancèrent doucement. Olivia se posait une question morale : devait-elle travestir la vérité quant au paiement intégral de sa formation ? Elle voulait apaiser les tensions que vivait sa mère, mais se demandait comment cette dernière réagirait face à la formidable bonté dont avait fait preuve Vito. Son hésitation ne passa pas inaperçue.

— S'ils ont refusé de te faire un prêt à Rivière-du-Loup, je vais aller m'asseoir à la Caisse pop d'ici, tu vas voir, s'énerva Marion.

— C'est pas qu'ils ont refusé, c'est plutôt que…

Seconde hésitation marquée. Marion lui demanda ce qui n'allait pas. Il était impossible pour Olivia d'esquiver la question.

— Vito a tout payé.

— Qu'est-ce que… quoi ?

— Pour cette année et l'année prochaine aussi. Il a tout payé, même mes manuels.

Comme le destin était fantasque ! Les deux gendres desquels elle s'était tant méfiée s'avéraient être d'inespérés preux chevaliers ! Elle sortit un mouchoir en prévision de larmes qui allaient bientôt couler. Olivia s'empressa de la secouer avec affection afin de lui éviter un débordement. Ce geste arriva juste à point puisqu'un véhicule noir et rutilant descendait l'allée vers leur hangar. Elles dressèrent la tête pour tenter de deviner qui était le mystérieux visiteur. Plutôt ventru, il portait un manteau, un chapeau et des verres fumés de marque.

— C'est monsieur le maire, chuchota Marion en se dressant comme une flèche.

Olivia se releva de la balançoire à son tour. L'homme se présenta à elles en s'excusant d'arriver tel un cheveu sur la soupe. Ce n'était pas dans ses habitudes de ne pas prendre rendez-vous au préalable. Mais puisqu'il avait pris le clan Levasseur en affection dès son arrivée dans ce patelin, et surtout, depuis le départ précipité du paternel, il avait aujourd'hui tenu à se déplacer en personne. Marion n'était pas sûre d'en comprendre la raison jusqu'à ce qu'il s'explique en ces termes :

— J'ai été très pris dans différentes activités, avec d'autres maires du Témiscouata. Je viens à peine de prendre connaissance de vos suspensions de permis.

Le maire Borduas était en mesure de palper le désemparement chez Mme Levasseur. Il reprit aussitôt la parole.

— Pour tout dire, c'est Vito Costa qui est venu me rencontrer, ce matin même. Il était le premier en file à l'hôtel de ville. J'ai bien vu que c'était du sérieux, son affaire, à huit heures moins quart. Disons qu'il a votre dossier à cœur.

Olivia n'en revenait pas que Vito se soit embarrassé d'une telle besogne, si tôt dans la journée, et surtout, après la querelle qu'ils avaient eue. Une chaleur incomparable l'assaillit. Le maire évoqua les arguments convaincants de Costa, un fier contributeur à la vie entrepreneuriale de la communauté. Il assura à Marion qu'il mettrait son cas sur le dessus de la pile et qu'il verrait personnellement à dénouer cet imbroglio plutôt que de le reléguer à un échevin. Les deux femmes offrirent à M. Borduas leurs remerciements les plus sentis. Quand le visiteur fut reparti, le mouchoir de Marion absorba un flot de larmes. Affairé à déglacer son perron, Théophane Garneau avait entrevu la scène. Il s'interrogeait sur la nature de l'intervention du maire de Saint-Éleuthère. À voir larmoyer Marion, se pouvait-il que le maire ait été porteur de mauvaises nouvelles additionnelles ? Le sexagénaire acheva de casser la couche glacée qui rendait ses marches d'escalier hasardeuses, puis clopina jusqu'au gîte. Il ne voulait pas écornifler sa voisine, mais simplement s'assurer du bien-être de Marion.

— Dites-moi pas que la Providence vous a quittée encore une sainte fois ? lança-t-il en ressortant son expression la plus avenante.

Marion fit sourire ses pattes d'oie.

— Au contraire, mon cher Théo, au contraire, déclara-t-elle. Y a encore du ben bon monde… même dans l'administration publique !

— Tant mieux ! se réjouit-il. Ça me donne l'impression que le vent a peut-être enfin tourné.

Sur ces mots, une bourrasque souleva l'enseigne La vieille maison du lac pour la faire valser un moment, au bout de ses chaînes, avant de la laisser ralentir et retrouver le repos. Théophane poussa une exclamation. Les femmes lui sourirent.

***

Mederick et Raquel revenaient d'une longue promenade sur le lac gelé, à contempler son immensité et à écouter le chant des geais et des mésanges. Ils s'étaient bécotés à chaque vingt pas et s'étaient confié leur fierté d'être mariés, à l'allée comme au retour. Raquel était transportée de félicité.

— J'ai tellement hâte qu'on ait notre vie à deux !

— Peut-être qu'on pourrait se construire de ce bord-là du lac. Regarde les terrains vacants.

Il pointa une vaste étendue parsemée de conifères, non loin d'une baie située sur la rive opposée à celle du village. Presque en ligne directe avec le gîte. Raquel trouva l'idée géniale. Ne leur restait qu'à se renseigner si l'un des lots était à vendre.

— Faudrait que la construction soit enclenchée avant qu'un premier petit Wallace vienne au monde, fit remarquer Raquel en se serrant contre Mederick.

Ce dernier le lui promit.

— *Pileyahsis*[32], murmura-t-il tout en posant une paume contre le ventre de la jeune fille.

Ils s'enlacèrent pour la énième fois.

— Lâchez-vous, les vieux mariés ! plaisanta Olivia en leur envoyant la main.

Raquel la salua en retour. Sa sœur partait pour un endroit qu'elle ignorait. En fait, ce lieu inconnu était la pharmacie. Olivia avait apposé le point final à sa lettre de recommandation. Elle savait Maxence impatient de la lire, alors elle ne tarderait pas plus longtemps avant de la lui remettre. De l'extérieur du commerce, Olivia entrevit Rosa qui grillait une cigarette, adossée à la façade arrière. Elle passa lui dire bonjour avant de pénétrer à l'intérieur.

— Salut, Oli. Je suis en *break*, mais mon frère est là, l'informa l'Italienne. Tu peux passer par cette porte-ci.

C'est ainsi qu'Olivia s'introduisit dans le commerce par l'entrée des employés. Elle craignait la raison derrière la présence de Vito à la pharmacie, outre le fait qu'il en était le propriétaire. C'est plutôt sa *véritable* intention qui l'insécurisait. Surprendrait-elle patron et subordonné en train de se lancer des bêtises ? Ou pire, la main au collet de l'un et de l'autre ? Elle s'avança tranquillement. Lorsqu'elle put obtenir une bonne vue d'ensemble, elle fut étonnée de constater la sérénité qui régnait dans les lieux. Les deux hommes paraissaient détendus. Vito tenait son parka replié sur l'avant-bras. Maxence était appuyé contre son comptoir, les jambes

32. Bébé.

légèrement croisées. La scène lui parut invraisemblable. Elle continua d'avancer pour saisir quelques mots de la conversation. Les voix sonnaient calmes et basses. C'était louche. Puis, les hommes se serrèrent la pince dans la bonne humeur. Cette fois, c'était irréel ! Olivia choisit ce moment précis pour pénétrer dans la pièce. Trois têtes se retournèrent. Pourquoi trois ? Marguerite Chenard était du trio. Olivia alla d'abord à sa rencontre, pour faire sa connaissance, avant de se diriger auprès de Maxence pour lui donner sa lettre. Elle ne savait pas comment s'adresser à Vito. La gêne – et un restant de rogne de leur prise de bec de la veille – la fit l'ignorer.

— Merci, merci, merci ! s'emballa le pharmacien en l'étreignant amicalement.

Après quoi il se hâta vers Marguerite pour lui expliquer le but de cette lettre. La jeune femme écouta son projet d'édition avec enthousiasme. C'était une intellectuelle et elle adorait ce qu'elle entendait. De son côté, Vito n'avait d'intérêt que pour la belle aux yeux gris-vert… bien que celle-ci semble impatiente de disparaître. Elle avait remis ce qu'elle avait à remettre. À présent, elle ne souhaitait qu'une chose : s'en aller. Elle risqua une forme de salutation, c'est-à-dire une simple inclinaison de la tête en direction de l'Italien, puis elle repartit par où elle était arrivée. Ce qu'elle ignorait, c'est que Vito était sorti par la porte principale, bien décidé à la rejoindre au tournant de l'immeuble.

— Vito ! s'exclama-t-elle dans un sursaut. Qu'est-ce que tu…

— Viens avec moi. Y faut qu'on se parle.

— Mais…

— Pas de *mais*. Tu viens avec moi.

Le trajet fut épouvantablement silencieux. Vito n'ouvrit la bouche qu'une fois rendu chez lui.

— Assois-toi, dit-il en restant debout. C'est moi en premier.

Bien qu'exaspérée, la jeune femme obtempéra. Elle se rendit au canapé et attendit la suite, en simple spectatrice qu'elle était par la force des choses. Vito ne semblait plus en colère, comme le soir précédent. Il avait l'air ému, ce qui déjà la rendait perplexe. Ce qui la frappa également, c'était à quel point il paraissait bien. Sa stature, ses traits racés, son t-shirt d'un blanc immaculé, ses grandes mains qui s'apprêtaient à gesticuler et qui, inexplicablement, en disaient long sur sa personnalité. Face à ce spectacle, Olivia se radoucit. Elle était prête à accueillir le discours de Vito.

— Je viens d'accorder ma confiance à Rodrigue. Je lui ai parlé de toi, de nous… Je lui ai expliqué ma position. Il m'a expliqué la sienne. J'ai vu qu'il avait déjà un faible pour la fille du docteur. Je te cacherai pas que ça m'a plu.

Olivia ne voulait pas l'interrompre ; elle craignait que toute riposte de sa part passe de travers ou dévie le cours de ce monologue.

— Je lui ai demandé s'il accepterait d'écrire les mémoires de mon père. Il a tout de suite répondu oui. Il a même dit que ce serait un honneur pour lui. Ça m'a un peu démontré sa valeur, *you know* ? expliqua-t-il, la main contre le torse.

Olivia comprit tout l'effort et l'humilité qu'avait dû rassembler Vito pour se défâcher, se pointer à la pharmacie, révéler au jeune homme sa jalousie naissante et lui demander d'entrer dans l'intimité de son père. Elle le regarda de nouveau, de la tête aux pieds, et le trouva encore plus beau qu'il y avait quelques minutes à peine. Elle revit tout ce qu'il avait fait d'honorable dans les dernières semaines : le coup de fil à Raquel à Madawaska, l'acquittement des frais de scolarité, la visite au maire Borduas, et puis la dernière rencontre avec Maxence. Elle se releva du canapé. Vito l'observa alors qu'elle passait devant lui et qu'elle poursuivait sa marche jusqu'au portique. S'apprêtait-elle à quitter son domicile ? Après tout ce qu'il lui avait confié ? Il n'en croyait pas ses yeux !

— Si tu fais ça, Oli…

Vito laissa sa phrase en suspens. Il fronça les sourcils tandis que la jeune femme ouvrait la garde-robe. Elle écarta les vêtements et se mit à enfoncer les touches du coffret de sûreté. Elle y pigea l'écrin de la bijouterie, pivota sur elle-même et marcha vers Vito, qui se tenait, immobile, au centre de la pièce. Elle plaça la boîte de velours dans l'une des mains de l'homme.

— Je veux être à toi.

Sidéré, il ne bougea pas. Elle lui prit la main et ouvrit elle-même le boîtier.

— Selon les termes qu'on a déjà discutés. Une union d'amour, de réciprocité, de loyauté, mais libre des contraintes des couples à l'ancienne. Pas d'enfants si on n'en veut pas, pas de pression des prêtres sous notre toit, des voyages hors des sentiers battus si on en a envie, des projets qui nous passionn…

Le baiser de Vito arriva comme une violente vague. Ils en reculèrent ensemble de quelques pas. Ses lèvres se retirèrent, le temps d'une respiration, puis s'abattirent à nouveau sur celles d'Olivia. L'ardeur émotive de la collision fut telle que l'écrin se retrouva au tapis. Après s'être amplement embrassés, Vito s'accroupit pour récupérer la bague et Olivia s'agenouilla avec lui.

— C'est pas à la femme de mettre un genou au sol, l'avisa-t-il avec un sourire en coin.

— Dans mon scénario à moi, oui.

Égayé, Vito rouvrit le boîtier et lui présenta la bague. À genoux, face à face, ils se contemplèrent.

Pour une fois, enfin, tout était comme Olivia l'entendait.